MERIDIANE

Aus aller Welt

Band 105

Ich hätte dich kennenlernen sollen, als ich noch tanzte.

G.

I

Rascheln vor der Tür. Leises Atmen, knackende Gelenke, Haut, nackte Füße. Vielleicht ein Besen oder ein Lumpen. Es gibt Diener, aber keinen bekomme ich zu Gesicht. Ich weiß nicht, wann sie mein Zimmer säubern, stets ist es gefegt, sie scheinen hier zu sein, ohne daß ich sie bemerke, vielleicht passen sie meinen Schlaf ab. In der Neonröhre über dem Bett vermute ich eine Kamera, ich könnte nachschauen. Aber genau das möchte ich nicht, keine Gewißheiten bitte, du weißt, ich ziehe das Raten und Rätseln vor. Grüße aus dem schönsten Gästehaus in Lanjo-Dara von deiner Marie.

Unsinn. Natürlich bekomme ich die Diener zu Gesicht; kleine, schwarze Menschen, die des Nachts im Hof schlafen, auf den Tischen oder in zwei Plastikstühlen. Auch von Kamera kann guten Gewissens keine Rede sein. Aber Ganto versteht schon, daß ich absichtlich, also aus Spaß nur (denn ich bin jung) den Ton einer bereits Gehirngewaschenen anschlage, jene apathische Unterworfenheit mime, die in Wahrheit doch nur aus Schwebeteilchen meiner sumpfartigen Müdigkeit besteht. In mir dreht sich noch die halbe Welt, die ich durchquert habe in so kurzer Zeit.

Ich werde den Brief aber sowieso noch etwa einhundertmal umschreiben (so wie den ersten auch), bevor ich ihn dann in einer der rotgelben Internetboxen von JettyCyber Wort für

Wort abtippe. Ich werde ihn also durch die Straßen von Lan-jo-Dara tragen, durch diese breiten Alleen mit pflanzenhaltiger Luft, diese schwere Süße und sanfte Fäulnis, die an Treibhäuser erinnert, gärend wie die Blumenhalden auf Friedhöfen; die Nuancen variieren mit jedem Meter, und ich habe den Verdacht, diese Luft hängt irgendwie mit den kleinen, schwarzen Menschen zusammen, so wie Photosynthese mit Bäumen, und ist vielleicht nur dazu da, einen interessanten Kontrast zu den hellen Gründerzeithäusern zu bilden, aus denen die Alleen hier gemacht sind, das Wunder ihres Überdauerns in tropischem Dampf zu unterstreichen, das Wunder weißer menschlicher Kraft (auch wenn Einheimische einst Stein auf Stein gelegt haben und die Weißen nur Befehle brüllten), weiße Villen umrahmt von weißen Mauern, die von violetten Bougainvillea überschäumt werden. Und inzwischen, auch das sei gesagt (und es sei dir gesagt, Ganto), leben die Einheimischen selber in diesen Häusern.

Aber das hat Ganto mir ja selber erzählt. Auf der ganzen Insel, Marie, ist der Kolonialismus Vergangenheit, nur nicht in Morgenstadt, diesem etwas zu groß geratenen Bioladen im Dschungel, diesem Pseudo-Utopia, in dem das Morgen ungestört am Gestern hängen kann.

So so, hatte ich stolz gelächelt, denn ich merkte, offenbar hat dieser religionsunabhängige Beauftragte für Weltanschauungsfragen noch die Zuversicht, sein angelerntes Reden könne mich von dieser Reise abhalten. Er begann sogar, Visionen von verpesteter Luft, fäkalienverseuchtem Wasser und Schimmel und Dreck heraufzubeschwören, als könnte mich das erschrecken.

Schlecht recherchiert, hätte ich ausrufen müssen, aber erwiderte statt dessen:

Je schlechter das Zimmer, desto besser, dann sucht man Gemütlichkeit nicht im Falschen, in sauberen Wänden, Bildern, weichen Betten. Nichts zu holen; such sie in dir, richte in dir ein Zimmer ein!

Werde einmal älter, Marie, werde einmal dreißig, fünfunddreißig, vierzig, dann siehst du das auch alles anders.

Ich fragte erstaunt: Woher kennst du meine Zukunft?

Weil es immer so ist.

Es ist nie immer so. Das ist euer Beschluß.

Wo hast du das nur wieder her?

Anfangs tat er gerne, als kennte er meine Antworten bereits, als seien es ungebackene Plätzchen, die man aus den Förmchen löst, Sternchen und Herzchen und Tannenbäume, immer dasselbe Sortiment.

Ich denke einfach nach, mehr nicht, sagte ich schließlich. Ich habe nichts irgendwo her. Wenn es Ähnlichkeit hat mit dem, was die anderen sagen, dann bedeutet es nicht mehr, als daß es Ähnlichkeit damit hat. Und du bist zu schnell.

Sein Blick ging zum Fenster. Er brauchte einige Sekunden, einige Autos, die am Büro der Zentralstelle für Weltanschauungsfragen vorbeirauschten, um mir wieder in die Augen sehen zu können. Denn ich bin anders als die anderen, die man mal in die eine, mal in die andere Richtung biegen kann. Sie wollen genommen und gebogen werden, von wem oder was auch immer, das spielt keine Rolle, mal sind es Drogen, dann Weisheiten, dann Ganto. Seine Erfolgsquote beträgt siebzig Prozent.

Ich zähle zu seinen Mißerfolgen. Bislang. Aber noch sind wir ja nicht am Ende der Reise. Sie hat eben erst begonnen. So schreiben wir es einander, die Reise hat eben erst begonnen, drücken auf *Senden* und meinen jeder etwas anderes.

Ich liege. Ich habe die Augen auf. An den Wänden meines Zimmers graue Flecke und Streifen von Koffern, vielleicht auch von Füßen oder schmutzigen Händen. Beim Trinken den Tee an die Wand gelacht. Auf der Mauer, die das Haus umstellt, aufgeschüttete Scherben, die im Licht der Straßenlampe funkeln. Zweifach vergitterte Fenster; Fliegendraht gegen die Mücken, gekreuzte Eisenstangen gegen die Diebe.

In welchem Zimmer wir sind, ist ganz gleichgültig, spreche ich leise zu Ganto, der es nicht hören kann. Ich knipse das Licht aus und lege mich schlafen in ein Bad aus Wärme und Geräusch.

Es geht nicht. Erst der Aufzug, der sich mit einem hysterischen Pfeifton meldet, wenn man sein ziehharmonikaartiges Türgitter öffnet, dann Stimmen und schlurfende Schritte über die Gänge, die sich im Rechteck um den Innenhof schachteln, in vier Stockwerken, falls ich richtig gezählt habe.

Und als es leiser wird, als würde auch das Gebäude endlich Ruhe haben und schlafen wollen, bin ich hellwach.

Ich schäle mich aus dem Bett, ich schlüpfe in mein Baumwollkleid, mit plötzlich sehr entschiedenen Gesten, als gäbe es eine klare Abfolge von bevorstehenden Handlungen, doch in der Nacht hinter meiner Tür weiß ich nicht weiter, finde lediglich Gefallen an dieser warmen Schwärze, die mich sanft in sich aufnimmt, als bestünde ich selber aus ihr, das eine findet zum anderen, nahtlos ineinandergeschobene Ordnungen, eine diffuse Leere bin ich nun, hautlos, hüllenlos, die sich ein paar Schritte vertrauensvoll nach vorne bewegt, ich rufe mir beruhigend ins Gedächtnis: keine Stolpergefahr, die Diener schlafen im Hof auf den Tischen und nicht wie Hunde auf meiner Matte. Ich bin also eine müde schwarze Leere, und ich habe mich selten besser gefühlt, sowohl mit diesem Faktum als auch mit dieser Selbstbeschreibung. Ich werde sie für dich aufheben, Ganto.

Ich habe überraschend einen Gefährten gefunden. Er lehnt mit mir über die Brüstung und ascht herab in den Hof, ich frage: Liegen da nicht die Köche und schlafen? Und er antwortet nicht, als hätte ich den allergrößten Mist gesagt. Aber ansonsten ist er nett. Auch er kann nicht schlafen, obwohl es für ihn schon die dritte Nacht hier ist, denn wir alle warten ja nur, daß in Morgenstadt ein Zimmer frei wird, Buchungen werden abgelehnt, aus aller Welt rufen sie an und sagen: Wir kommen dann und dann, wir möchten das Zimmer Nr. vier in der Gemeinschaft Enthusiasmus, oder Nr. drei in der Gemeinschaft Hingabe, und dann tauchen sie nicht auf, vielleicht, weil ihnen zwischendurch ein Teufelsaustreiber über den Weg lief, so wie Ganto mir, nur daß ich nicht bereit war, die eine Gehirnwäsche durch die andere ersetzen zu lassen, und so versammelt sich im schönsten Gästehaus von Lanjo-Dara einfach alles, the whole world in a nutshell, sagt der Mann, und ich denke: wie wahr, denn wie Schiffbrüchige hocken wir hier aufeinander: echte Morgenstadtanwärter und spirituelle Urlauber, die sich ins sanfte Dämmerlicht der Watch-your-body-and-breath-Kurse begeben werden (erzählt mir der Mann, der schon öfter hier war, du siehst, man kommt also durchaus wieder raus), statt die Komposttoilette zu säubern oder die toten Ratten aus der Klimaanlage zu sammeln, und die als Beitrag zur Entwicklungshilfe ihre Kleider mitbringen, um sie billig nachschneidern zu lassen von den Einheimischen. Ich bin durchaus in der Lage zu Kritik, lieber Ganto, ich kann durchaus klar sehen und unterscheiden, und auch der Mann hier an der Brüstung kann das: Er war gerade einige Tage am Strand, erzählt er flüsternd, die Hütten und Häuser alle intakt, der Tsunami habe die Insel verschont, it's a miracle, maybe the grace of the founder, er lacht (was mich erleichtert), die Gnade des Gründers, wie oft hört man diese Floskel, aber keine Sorge, sagt er, das läßt nach, wenn Sie erst einmal in Morgenstadt sind, da ist für Sprüche wenig Zeit. Ja, ja, sage ich immer wieder, die Müdigkeit hat mich im Griff, und sein Englisch ist so schnell und mühelos, daß meins sich beleidigt zurückzieht und keinen Vergleich mehr antreten mag. Die Zigarette im Mund, kramt er mit beiden Händen in seinen Hosentaschen, jetzt sehe ich, daß seine Locken grau sind und er Falten hat um den saugenden Mund. Aidan Curley, environmental journalist, San Francisco, lese ich auf der Karte, an die er die Flamme seines Feuerzeugs hält. Er schüttelt mir die Hand, als seien wir in dieser Sekunde erst aufeinandergetroffen, aber na gut. And what's your name please? fragt er. Marie, sage ich. And how old are you, Mary? Eighteen, antworte ich. Listen, Mary, sagt er.

2

Das erste Licht tropft in die Schwärze vor meinem Fenster und färbt sie pflaumenblau. Aus der Küche dringt das Scheppern von Töpfen, und neben mir flüstert noch immer Aidan Curley. Seltsam, daß wir nach langen Gesprächen die Stimme des anderen im Ohr haben und nicht die eigene (oder habe ich letzte Nacht einfach zu wenig gesagt?).

Ich schiebe mich unter den lauwarmen Regen der Dusche, dann unter den Deckenventilator zum Trocknen, denn jedes Handtuch fehlt. Ich ziehe mich an und laufe hinab in den Saal, in das vielsprachige Gemurmel zwischen klappernden Tellern und Löffeln. Ich wünschte, man ersparte mir diesen Weg, brächte mir das Essen aufs Zimmer, wo ich wieder alleine sein und mit Ganto reden kann. Ich habe bereits gestern abend versucht, einen der Diener dafür zu gewinnen, aber er verstand selbst meine Zeichensprache nicht; sein verwirrter Blick, als ich die Hände vor mir ausstreckte und in Richtung Treppe nickte.

Also muß ich den Gesprächen der anderen zuhören.

Sie reden fast nur vom Grab, das sie täglich besuchen, das Grab des Gründers, des Menschen, der sich all das ausgedacht hat: Die Zukunft, wie sie optimal wäre für den Planeten, die Tiere, die Kinder, die Luft, das Wasser, die Erde.

Aber warum ein Grab besuchen? überlege ich, während man die Befreiung von Sorge und Zweifel und das Wunder der augenblicklichen Heilung von Hitzepickeln preist. Und warum die Überreste eines Menschen verehren, der den Körper für ein Fahrzeug hielt, aus dem man eines Tages aussteigt und dann weggeht in Freiheit?

Jemand beobachtet mein Schweigen und piekst plötzlich hinein: Waren Sie schon da?

Ja, lüge ich.

Er schüttelt den Kopf: Ich habe Sie nie gesehen, und ich bin immer da.

Ich kann sehr unauffällig sein.

Ich habe nämlich die Augen immer auf. Ich halte nichts vom Nach-innen-Sehen, denn innen und außen sind eins.

Aha, sage ich, und ringsum Stille; prüfendes Nach-innen-Sehen, ob wohl stimmt, was er sagt.

Machen wir also etwas falsch, wenn wir mit geschlossenen Augen sitzen? schießt eine gereizte Stimme von links. Aber er beachtet die Frage nicht. Denn seine lautet: Soll ich Sie mitnehmen, Marie?

Drei Straßen, lächerlicher Aufwand. Er auf dem Motorrad und ich hinten drauf. Am Eingang taucht er ab ins Gedränge, aber sein Auge wird bei mir bleiben.

Ein Platz mit einem Baum, der sich über die marmorne Grabplatte beugt. Ein Hof. Menschen mit ungeschnittenen Fußnägeln und gelber Hornhaut vom langen Knien. Hier wird gebetet. Das umgestülpte Zimmer. Der stillste Ort seit langem, abgesehen von den Stimmen in mir. Sie melden sich auf die eine Frage, die ich mit mir herumtrage, doch die zahlreichen Antworten sind schlau und widersprechen sich, was ihnen nichts auszumachen scheint, nur mir, und ich weiß natürlich, Widersprüche sind eine Folge sich widersprechender Voraussetzungen, doch wer könnte da weiterhelfen; Voraussetzungen sind, wenn man sie zurückverfolgt, irgendwann voraussetzungslos und damit nur noch Setzungen. Aber irgendwo muß man anfangen, und jeder Anfang ist Willkür, das ging auch Gott mit seiner Schöpfung nicht anders.

Ohne Anfang nur Nichts! Ohne Willkür nur Nichts! (Welche Schlüsse muß ich daraus ziehen?)

Jetzt werd nicht philosophisch, höre ich Ganto lachen, überlaß das mal mir, solange du noch so jung bist, nicht einmal deinen Schulabschluß hast du, weshalb deine Eltern vor Sorge zergehen und ich dich nun am Hals habe, vertrödelst ja lieber deine Zeit im Zukunftsghetto, eure Stadt da im Land der Analphabeten, die nie wird leben können ohne das Geld von hier, aus der alten Welt, der Vergangenheit, in der trotzdem mehr Zukunft ist als bei euch!

War der Baumstamm schon schief, als das Grab gelegt wurde, oder hat der Gründer den Baum zu dieser Verbeugung gezwungen? Falls er schon vorher schief war: gut getrickst, ihr Sektenführer (die es nicht gibt, das geht an Ganto), laßt uns glauben, das Heilige hier ist so heilig, daß gar die Natur es merkt und sich biblisch verneigt.

Im Grunde ist mir das alles egal. Ich suche etwas anderes. Und vielleicht bleibt es dabei, daß ich es nicht benennen kann, auch wenn ich es habe. Hinkende Worte, an dieser Stelle druckste ich herum und sah tapfer in Gantos blaue Augen. Schöne Augen mit ausgeprägtem Wimpernkranz. Schönes, schwarzes Haar (mit nur ganz wenig Grau), das er zwischendurch hatte schneiden lassen, ich bemerkte es gleich und lächelte in mich hinein, denn ich stellte mir vor, wie er zum Friseur sagt: Ein bißchen jünger, ein bißchen modischer.

Fransen, eingezeichnet mit Gel, als wäre er gerade aus dem Bett gekrochen. Lange wird das nicht mehr Mode sein, man hätte ihn warnen müssen, fast war der Zeitpunkt schon jetzt überschritten, wenn man mich fragte. Aber ich habe mir mein Lächeln verkniffen sowie jede Bemerkung, als fiele mir nicht auf, was nicht weniger auffällig als eine Glatze war.

Verlangen nach dem, was nicht ist, sagte Ganto nachdenklich; steckt dahinter fehlendes Selbstvertrauen und die Kompensation durch einen Entwurf in die Zukunft? Selbsterhöhung gar? Tut mir leid, das sagen unsere Psychologen. Du machst es dir jedenfalls unnötig schwer mit deiner Suche, es ist, als wolltest du als Blinde ein Bild malen.

Weiß er, wovon er spricht, kann ich ihm trauen? Aber was hilft es, einem anderen zu trauen, solange man es selber nicht weiß? Ich möchte mir kein Wissen leihen, und darum kann ich auch nicht weiter auf eine Schule gehen, die auf die Fähigkeit zum Ausleihen setzt. Niemand kann mir also helfen, auch Ganto nicht, schon gar nicht Ganto, und er weiß das.

Vielleicht fiel er deshalb am Ende seiner Sätze gerne ins Nuscheln, schob manchmal auch die Hand über den Mund, als wische er die Worte, die er sprach, im selben Moment schon weg, putzte sie sich vom Mund wie Verkleckertes, und die Hand und das Nuscheln sorgten dafür, daß ich ihn manchmal kaum verstand. Aber Nachfragen erlaubte ich mir nur dann, wenn ich ahnte, es könnte unentbehrlich werden für die Fortsetzung des Gesprächs. Meistens nahm ich dann in Kauf, daß ich seine Worte mehr erriet als verstand und daß meine Antwort nicht paßte. Er hatte sich nie etwas anmerken lassen; entweder ich riet richtig oder sein Beruf lehrte ihn Haltung, oder aber er dachte im stillen, sie leidet nicht an mangelndem Selbstvertrauen und zwanghafter Selbsterhöhung, sondern an Konzentrationsschwäche. Aber damit konnte ich leben. Denn wenn ich wirklich jedesmal nachgefragt hätte (und manchmal verstand ich auch die hingenuschelte Wiederholung nicht, und dann hätte ich ja strenggenommen erneut fragen müssen), das hätte ihn vielleicht in Verlegenheit gebracht, und das wäre wie-derum mir peinlich gewesen.

Ich trotte allein die drei Straßen zurück. Am Tor schlenkert der Portier einen Schritt auf mich zu, legt eine witternde Pause ein und fragt:

Wie gefällt Ihnen unser Gästehaus?

Ausgezeichnet, rufe ich, ausgezeichnet!

(Ein wirklich inspirierendes Nichts, könnte ich meine Begeisterung unterfüttern. Tonrote Fliesen mit hellen Ablagerungen wie auf der schwarzen Klobrille. Vielleicht die Salzluft, man sagte mir, das Meer sei ganz nah. Wände mit Spuren zerdrückter, blutgetränkter Mücken.

Ich liebe dieses Zimmer, denn trotz allem ist es sauber!

Der Ventilator hält mir des Nachts die Mücken vom Leib; es ist sehr heiß, daher schlafe ich nackt, Angriffsfläche für Stiche genug!

Ich höre die Fahrzeuge, und ich höre die Stimmen der anderen Frauen und Männer, die ebenfalls in die Stadt der Zukunft wollen. Ich bin nicht allein. Und es gibt Sie, den Portier! Es ist vollkommen.)

Ich hebe winkend die Hand und gehe die Treppe hoch.

Am Nachmittag plötzlich Regen. Er lockt uns aus den stickigen Zimmern hinaus auf die Veranda, mit Plastiksesseln unter dem Arm, um gemütlich in die weißlich glitzernden Fäden zu sehen, mit denen jemand den Raum in unserer Mitte zunäht, eine feine, unergiebige Stickarbeit, die uns den Blick zu kontemplativen, halbgeöffneten Buddhaaugen verengen läßt. Segen, sagt jemand, als könnte er das Konzert damit noch verschönern oder uns auf etwas aufmerksam machen, das nur er hören kann, und schon wieder: rain is a blessing, said the founder, ich lehne mich vor, um zu sehen, wer das sagt, und erkenne auf der anderen Seite hinter dem Pfeiler eine ältere Afrikanerin in blauer Strickjacke, sie hat ein breites, über den Stuhl quellendes Gesäß, aber ein Gesicht, als stehe sie mit den Souffleuren des Himmels in Verbindung, edel und runzlig, voller Jenseits und Welt zugleich. Vielleicht ist es ja richtig, wenn jemand wie sie so etwas sagt, denn gut möglich, daß sie andere Quellen besitzt als wir, die nur nachplappern, was so gut und überzeugend klingt aus Gesichtern wie ihrem, und wir wünschen uns, einen ähnlichen Effekt auf andere zu haben, eine ähnlich stille Tiefe zu erzeugen zwischen den Wörtern, aber sage ich so einen Satz – und ich habe es ausprobiert beim nationalen Jahrestreffen der *Freunde von Morgenstadt* –, werde ich bloß schief angesehen: Ein Segen des Gründers, daß er mir einen Teufelsaustreiber über den Weg schickt, denn so habe ich die Möglichkeit, noch tiefer in mich zu gehen und meine Motive zu überprüfen. Sagte ich zu Olaf Schiede, dem Morgenstadt-Pressesprecher. Der bereits wußte, daß ich zur Zentralstelle für Weltanschauungsfragen ging, und der mich darauf ansprach. Das nicht verstand. Und ich hatte gedacht, es müßte ihm doch imponieren, meine Fähigkeit, alles, was im Leben uns zustößt, auch scheinbar Unpassendes, anzunehmen und konstruktiv zu wenden (Worte des Gründers), aber das schien ihm dann doch zu unpassend, da hatte er kein Verständnis für, daß ich jemandem mit *Secondhandwissen* überhaupt Gehör schenkte.

Oh dear, the poor flowers! ruft eine andere Frau. Sie meint die länglichen Blüten des Trompetenbaumes im Hof, die nun wie zerklebte Gänsehälse herabhängen, nun ja, man kann es nie allen recht machen, auch nicht der Gründer mit seinem Segen, denke ich und schiele zur afrikanischen Göttin, doch sie hat die Augen geschlossen, vielleicht konzentriert sie sich auf die Seelen der Blüten, auf daß sie ein neues Leben finden als Gänse, ich traue Menschen wie ihr alles zu.

Der Gründer hatte auch so ein Gesicht, ich kenne es zwar nur von Fotos und wenigen kurzen Filmschnipseln, alle schwarzweiß und grobkörnig, und so alt, daß er nun ständig wie in Hektik wirkt, beim Reden leicht diktatorhafte Hiebe mit den Händen in die Luft setzt; aber das treffe wohl auch seinen Charakter, sagt man, und genau das liebten die Menschen an ihm, seine barsche, kompromißlose Art, weil er frei war, frei von der Meinung anderer. Das sah ich in seinen klaren Augen. Und ich finde es seltsam, daß das nicht jedem so geht, der sein Foto sieht, daß Simon, als er mich das erste Mal besuchte, nur die Achseln zuckte und meine Mutter tu diesen alten Knacker weg! ausrief, und mein Vater lächelte.

Der Regen läßt ein Licht zurück, das weiche, silbrige Auren um die Balustraden schlingt, Glanzpunkte setzt auf die Blätter des Trompetenbaums und in uns das kaum begründbare Gefühl erzeugt, Teil eines bedeutsamen Ereignisses zu sein, ein Moment mikro- und makrokosmischer Zusammenkunft. Alle lächeln still vor sich hin. Und Aidan Curley lächelt mir zu. Seine gebräunte Haut wirkt wie mehrmals zerknülltes und wieder glattgestrichenes Papier, auch die grauen Locken sind recht wüst. Aber vielleicht bin ich falsch erzogen, ist der Geschmack meiner Mutter zu dominant, den ich ihr gegenüber ja lauthals anklage, sobald sie einige der Jungs aus meiner Stufe für ungepflegt hält, weil sie die Haare extra ungekämmt aussehen lassen. Und nun, in ihrer Abwesenheit, stoße ich ins selbe Horn.

Remember where to go? lächelt er.

Freedom Forest, pariere ich, und wir legen gleichzeitig den Kopf in den Nacken und lachen.

That's your place, Mary, that's your place! (Er zeigt mit dem ausgestreckten Zeigefinger auf mich.)

Ich nicke begeistert, meiner Beeindruckung der letzten Nacht die Treue haltend. Er schaut begeistert zurück. Und weil dieses begeisterte einander Ansehen kein Ende zu nehmen droht, schaue ich kurz woanders hin, zu meinem Zimmer mit den offenen Fenstern, der offenen Tür, denn überall sind zum Lüften nun Fenster und Türen auf (das Gebäude wirkt dadurch merkwürdig zerfleddert), nur die Fliegengitter sind wie geheimnisverbergende Schleier vor die Öffnungen gespannt. In meinen klaffen hier und da unregelmäßig angerissene Löcher mit sich aufwellenden Rändern, ich mache Aidan darauf aufmerksam: Kein Wunder, daß die Moskitos reinkommen! maule ich.

When they bite you it means they love you! antwortet er.

Okay-y? frage ich, die zweite Silbe erwartungsvoll nach oben ziehend, aber er lächelt nur, scheint genug von mir zu haben und versinkt hinter den aufgeschlagenen Seiten der New York Times. Ein wenig unschlüssig stehe ich nun zwischen ihm und meiner Tür und entscheide schließlich, daß es an der Zeit ist, mich an den einhundertundersten Brief an Ganto zu begeben.

Doch das Bild des zeitunglesenden Aidan begleitet mich, als ich drinnen am schmalen Holztisch Platz nehme (unter einem seiner Beine liegt mehrfach gefalteter Karton). Ich könnte

Ganto von Aidan erzählen; daß er die New York Times liest, das ist doch was, oder? Aber Aidan will ja gar kein Morgenstädter werden, sondern nur hin und wieder die günstigen Meditationskurse belegen oder einen environmental report herstellen für irgendwen oder irgendwas in San Francisco (ich habe ihn nicht so genau verstanden letzte Nacht), daher wäre es auch nicht redlich, ihn Ganto als einen Morgenstädter mit Interesse an der Restwelt zu präsentieren. Denn wen von uns interessiert schon noch, was auf dem untergehenden Schiff der Restwelt so passiert und wie man versucht, während es sinkt, hier und da ein Kissen noch hübsch zu drapieren, oder sich über eine zersplitterte Fensterscheibe aufregt? Ich gebe da dem Gründer recht: daß wir uns auf Morgenstadt konzentrieren sollten, neu anfangen, statt im untergehenden Alten Verbesserungen vorzunehmen. So geben wir der Welt ein leuchtendes Beispiel. Wir machen alles neu. Das sind seine Worte, ich zitiere nur. Habe ich auch für Ganto zitiert, damit er sieht, wie unangebracht herkömmliche Kritik ist, die sich ja immer nur auf bereits Bekanntes und Erprobtes bezieht. Du kannst das Unbekannte nicht kritisieren, sagte ich.

Das war in der allerersten Sitzung. Da hatten wir uns noch nicht geduzt. Mir ist es dann irgendwann herausgerutscht, und nur deshalb, weil ich es in den Gesprächen, die ich innerlich mit ihm fortsetzte, längst tat; wenn ich überlegte, was ich noch Klügeres hätte antworten können oder auf welche Weise seine Antwort lächerlich machen. Nie getan, nur in der Phantasie, und allein das Duzen ist von dort in unsere Mitte gekommen.

Mit Vornamen heißt Ganto Günther. Also Günther Ganto. Ich habe ihn nie mit Günther angeredet, weil sich nach den inneren Debatten mit ihm längst Ganto in meinem Kopf eingenistet hatte, das war nicht mehr rückgängig zu machen, und so habe ich nach unserer Du-Vereinbarung einfach vermieden, ihn überhaupt mit einem Namen anzusprechen (unsicher, ob ihm Ganto als Vorname gefiele), und wenn ich ihm schreibe, dann schreibe ich ›lieber Ganto‹, und zum Schluß, nachdem die Nachricht fertig ist, überschreibe ich mit spitzen Fingern und abgeschalteter Empfindung den Namen Ganto mit den Buchstaben G-u-e-n-t-h-e-r.

Ganto, Günther, Teufelsaustreiber. Man hatte ihn mir mehr oder weniger aufgeschwatzt, das Ganze war nicht meine Idee gewesen. Sonst gebe es kein Geld für die Reise: Wenn du nichts zu fürchten oder zu verbergen hast, dann kannst du ihn doch treffen. Hör dir an, was er zu sagen hat.

Aber ich will nicht, sagte ich.

Wer das Gespräch meidet, den Dialog, der will mit seinem Daimonion allein sein.

Spezialisten für antike Philosophie, die beiden. Daher meine Neunmalklugheit, die Ganto mir bescheinigt hat; so ein Elternhaus bleibe nicht ohne Folgen, vielleicht aber auch daher der Überdruß, spekulierte er weiter; wer mit gelehrten Streitgesprächen über die Politeia groß wird, dem ist das Abendland vielleicht schon mit – achtzehn bist du doch? – am Tag der Reise erst – mit siebzehn über, und der will zu den Wilden (wie pubertär er manchmal sein kann!).

Ich will doch gar nicht zu den Wilden, hatte ich gerufen, aber nicht unerfreut, denn an Gantos Beobachtung schien auch etwas Richtiges; vielleicht aber schmeichelte sie mir bloß, auch das kann sein, und darum habe ich sie als Erklärung akzeptiert, unterstrich aber gleich, weil ich auf Widerworte ihm gegenüber programmiert bin, daß die Wilden mich nun wirklich nicht interessierten, die seien nun mal auch da, seien sogar zuerst dagewesen, aber sie spielten keine große Rolle.

Gewiß, sagte er, nur daß ihr ohne sie dort kaum zurechtkämt, ihr müßtet selber den Garten machen und das Haus putzen, bei vierzig Grad, und das können nur sie.

Schlecht recherchiert, sagte ich, denn wir alle arbeiten im Garten, ob Wilde oder Weiße.

Nein, sagte Ganto laut und ganz ohne Nuscheln: Für euch ist die Gartenarbeit eine meditative Übung, für sie eine Frage des Überlebens.

Das erste ist es für deine Frau doch sicher auch, oder, zumindest eine Art Nachmittagshobby?

Ich hatte natürlich den Ring an seinem Finger bemerkt, das unübersehbare Aufblitzen, wenn die Sonne vorbeikam und im Gold sich fächerte. Der Rest war geraten, aber gut geraten, tatsächlich gibt es neben der Frau auch einen Garten, in dem die Frau sich hin und wieder *austobt,* wie er es dann lächelnd und nuschelnd nannte. Sein Nuscheln machte übrigens mehr als klar, daß wir zu einem anderen Thema übergehen mußten, welches, weiß ich nicht mehr, aber die Runde ging an mich.

Also gut, sagte ich zu den Geldgebern, mein Gewissen ist rein, holt den Teufelsaustreiber her.

Er ist kein Teufelsaustreiber, er ist ein religionsunabhängiger Beauftragter für Weltanschauungsfragen, belehrten sie mich.

Was ist der Unterschied?

Der eine informiert, der andere meint, er könne mit Gottes Hilfe zaubern. Davon halten wir aber nichts.

Ich möchte aber lieber einen Zauberer, sagte ich listig.

Nichts zu machen. Sie schickten mich zu Ganto, Günther, im Chromsessel vor passendem Chromschreibtisch.

Ganto, Günther, Zauberer.

Es sprach sich schnell herum. Und es begann ein versprengter Chor mit ein und derselben Stimme aus allen Richtungen: Dem Lehrerzimmer, dem Elternzimmer, dem Freundeszimmer: Du ruinierst dir die Zukunft.

Sie wußten genau, was Zukunft ist. Wer hatte es ihnen gesagt, wem glaubten sie?

Nur ein halbes Jahr noch, und die Schule ist zu Ende! Kannst du denn wirklich nicht mehr so lange warten?

Auch Simon stimmte mit ein. Doch mehr als meine ruinierte Zukunft störte ihn mein häufiges Reden von Ganto.

Inzwischen schwimmen Schaumkronen zerknüllten Papiers auf dem Boden meines Zimmers. Doch auch Ganto scheint an seinen Nachrichten zu feilen, in der letzten waren noch Spuren seiner Überarbeitung in Form doppelter Wörter. Einerseits ist das nachlässig, andererseits verrät es, daß auch er die richtigen und passenden Worte für mich finden will, auch wenn sie nur lauten: Wie geht es dir inzwischen wohl geht?

Ich streiche alles wieder weg, und übrig bleibt: Lieber Günther, es geht mir gut, heute hat es endlich geregnet, und am Morgen hat mich ein Mann auf seinem Motorrad zum Grab des Gründers gefahren, mach's gut, Deine M.

Lieber nicht zuviel, denn wenn auf ein langes Schreiben dann nichts folgt, muß man sich nicht im Stich gelassen fühlen. M. sieht aus, als bleibe mir gerade noch Zeit, den Punkt hinters M zu setzen, weil bereits Motorradmänner hinter mir stehen und mit dem Schlüssel klimpern für die nächste Spritztour. Aber wenn Ganto mir mit Doppelungen kommt, komme ich ihm eben mit Auslassungen; so ergänzen wir einander; die Frage ist nur, ob er es merkt.

3

Ich verschließe mir die Ohren mit Wachspfropfen, ich klebe mir ein selbstgebasteltes Schild über das Herz: Silence. So laufe ich die Treppe hinab in den Saal, aus dem jetzt nur noch ein gedämpftes Summen an meine Ohren dringt. Hinter den beschlagenen Fensterscheiben wächst die abendliche Dunkelheit heran und züchtet glimmernde Lichtkreise aus Scheinwerfern, Reklame, Zigarettenspitzen. Man kann die Welt beeinflussen. Man kann sie weicher machen und auch sich selber. Ich bin nicht die einzige mit so einem Schild. Nur die Wachspfropfen scheinen meine Erfindung. Denn so wenig ich meine eigene Stimme hören mag, so wenig die der anderen. Doch habe ich das Gefühl, durch die Taubheit meine Orientierung leicht einzubüßen, vielleicht ist es aber auch nur die stickige Luft, der Dampf aus den Tellern (Tofusuppe mit Kokosmilch), alles scheint mir unerträglich intensiv, und tatsächlich schwanke ich leicht hölzern durch dieses Aquarium mit Tischreihen und pralle schließlich, obwohl ich doch achtgebe, mit einem Diener zusammen. Der aber gleich weitergeht, so daß ich mich frage, ob ich mir das gerade nur eingebildet habe. Und nun spüre ich sehr deutlich, daß jemand an meinem Kleid zieht, ja, einen Zipfel erwischt hat wie jene Kranke einst das Gewand Jesu, mitten in der Menschenmenge, und ich drehe mich um und sehe in das große Gesicht einer sitzenden Frau unter mir, die vor der Brust – wie viele hier, man scheint sich abzusprechen – einen Halbedelstein hängen hat, dem sie sicherlich magische, heilende und dekorative Wirkung unterstellt, und ihr Mund sagt (wie schnell ich mich in die Rolle der Taubstummen begeben kann): Bist du taub?

Vielleicht habe ich die Worte aber auch nicht von den Lippen gelesen, sondern gehört, vielleicht schließen die Pfropfen nicht ganz so gut, ich höre auch das Klirren der Eiswürfel im Krug, als die Dame mir eingießt. Denn schon sitze ich an ihrem Tisch, einem Tisch mit lauter Damen, und sie ähneln einander wie die Jungen in der Unter- und Mittelstufe, mit ihren angedeuteten Irokesenkämmen, die, wenn sie in Horden über den Pausenhof stürmen, aussehen wie Krieger außerirdischer Herkunft, in der Oberstufe legt sich das Problem ja bekanntlich, wir haben allmählich unsere Persönlichkeit und riskieren eigenen Stil, aber diese Damen hier scheinen alle zurückgefallen in frühpubertäre Anpassungsnöte, sie tragen als Ohrringe komplizierte und nach Kunst aussehende Konstrukte aus Metall, Glas und Steinen und wallend herabfallende Kleidung von asymmetrischen Schnittmustern (als solle die Asymmetrie auf irgend etwas Rebellisches in ihnen hinweisen), sie haben Kurzhaarfrisuren mit neckisch gefärbten Ponysträhnen und auffällige Brillengestelle. Die Dame, die an mir gezupft hat, trägt ihr weißes Haar provozierend lang und stolz.

Da ich das Lippenlesen nicht gewohnt bin, nehme ich die Pfropfen aus den Gehörgängen, was die Damen lachen läßt und in die Hände klatschen. Auch mein Schild ist nicht mehr da. Ob es nun an der Schulter des Dieners klebt?

Du willst also Morgenstädterin werden? fragt eine Frau mit holländischem Akzent, während der Diener einen Topf Suppe in unsere Mitte stellt, und ich sage: Entweder alles oder nichts, was ihrem Lächeln einen kleinen Knick zufügt. Ich weiß natürlich, keine von ihnen ist hier, um Morgenstädterin zu werden, ihr Mut reicht gerade für einen Watch-your-body-and-breath-Kurs oder einen Vollmondtanz unter Anleitung, und dann fliegen sie nach drei Wochen beseelt wieder nach Hause. Leider wird Morgenstadt immer mehr zum Urlaubsort. Man verkauft Weisheiten, Therapien und ethnischen Plunder. Hat alles nichts mit der ursprünglichen Idee des Gründers zu tun, sagte Aidan, und ich gab ihm recht. Man weiß um die reichen Touristen und wie man sie erst bedürftig und dann glücklich macht, und einige wirtschaften heimlich in die eigene Tasche statt in den Morgenstadtfond. Das sagte bereits Ganto (und nahm es großzügig als Beweis, daß die ganze Sache korrupt sei), das sagt nun ebenfalls Aidan. Das ist dann wohl auch so. Aber warum das Kind mit dem Bade auskippen? Ich besinne mich auf die Worte des Gründers, auch wenn ich sie manchmal nicht verstehe. Denn es gibt da einiges, das ich nicht mag, Ausdrücke wie *hypermentales Bewußtsein.* Und jetzt am Tisch taucht das Wort immer wieder auf und nagt an meiner Selbstbeherrschung. Nun ist es bei der Dame mit dem weißen Haar angekommen, die so fromm von ihrer nachmittäglichen Lektüre spricht, die Worte des Gründers zitierend, so daß es mich juckt, es ihr kaputtzumachen, vor allem, weil sie zuvor die Hände segnend über ihren Teller gehalten hat, als sei die Suppe ohne ihre segnenden Hände Gift, vielleicht die Spuren der schwarzen Köche noch enthaltend, was auch immer, ich fand ihre minutenlang schweigend segnenden Hände, die sie vor dem weiten fliederfarbenen Kleid ausstreckte, penetrant und vorwurfsvoll denen gegenüber, die einfach drauflosessen, so wie ich.

Hypermentales Bewußtsein ist das letzte, was mich interessiert, rufe ich in die Runde. Ein häßliches Wort! Vielleicht liegt es ja auch nur am Wort, lenke ich schnell ein, die Blicke bemerkend, vielleicht schreckt mich das Wort ab, technisch, darwinistisch, faschistisch...

Schweigen.

Als hätte ich das Angebot zur Einlenkung nicht gemacht, sagt die Dame mit dem weißen Haar: Sprich nicht von Dingen, von denen du nichts verstehst.

Ich ziehe das Nichts aber vor, lege ich nach, und man wiederholt, nach einigen Blickwechseln, ich wisse nicht, wovon ich spreche.

Einige Sekunden lang tut mir das weh. Dann wieder denke ich: Vielleicht ist es ja doch mein eigener Fehler. Vielleicht komme ich einfach zu selten zum Reden. So allein auf meinem Zimmer und ohne Ganto, so daß ich dann bei der erstbesten Gelegenheit, sobald es ein kleines Publikum gibt, in Extreme falle, um mich zu vergewissern, daß ich rede: ungeübt und mit eingeschlafener Zunge bin ich (ohne Ganto, dem einzigen, mit dem ich wirklich reden mag).

Im Nichts, hebe ich erneut an, löst sich alles auf.

Ich schaue erwartungsvoll in die Runde. Niemand teilt meine Begeisterung.

Wie traurig, sagt eine schmächtige Frau mit grauem Igelhaarschnitt und Nickelbrille, und sie sagt es abschließend und endgültig.

Aber alles würde sich auflösen im Nichts, erkläre ich, inklusive des Traurigseins darüber. (Ha, damit hab ich sie!)

Werd mal ein wenig älter, dann redest du nicht mehr so leichtfertig daher.

Und dann reden sie über die bevorstehenden Kurse, die ihr Leben umkrempeln sollen. Ich bin wohl zu schlau für sie. Wirklich ein Problem. Aber wenn ich ganz ehrlich bin: Zwar zu schlau für sie, aber zu dumm für mich selbst. Denn noch immer gelingt es mir nicht, eine simple Frage einstimmig zu beantworten: Soll ich Ganto zur Rede stellen?

Mit dieser Frage wate ich wie durch hohes Gras die Treppe hoch und schmeiße mich erschöpft aufs Bett. Auf meinem Handy finde ich Alles-klar-bei-dir-Grüße von Simon, die ich in ihrer Beiläufigkeit als Kränkung empfinde, bedenkt man, daß ich hier am Wendepunkt meines Lebens stehe. Nebenan höre ich Aidan mit seiner Frau telefonieren, sie sind gerade im Mittelteil des Gesprächs, wo Aidan noch normal spricht, gegen Ende wird seine Stimme dann sanft und ungeahnt hell. Auch er ist nur ein Mensch. Dabei ist Freedom Forest sicher nichts für Menschen. Ob Aidan annimmt, ich gehöre dahin, weil ich jung bin, und junge Menschen idealistisch und belastbar?

Freedom Forest. That's your place, Mary. Believe me. Freedom Forest.

Sie halten sich dicht an der Grenze zum Canyon auf, sie wandern mit, sie *sind* der Rand, sie sind Morgenstadts lebende Haut. Sie arbeiten gegen die illegalen Holzfäller, sie klettern zur Not die Bäume hoch und harren dort Tag und Nacht. Sie pflanzen Bäume, sie versuchen, den ursprünglichen Tropenwald wiederaufzuforsten, den die Besatzer einst niedergeholzt haben. Love in action you know. Yes. Sure. Ich spürte, als er das Feuerzeug einsteckte, kurz die glatten Flächen unserer Fingerknöchel aus Versehen gegeneinander wischen. Go to Maurice. Maurice and his camp. Die einzige Gemeinschaft that is not at war with the local people. They work together. Go there, Mary.

Er beschwor mich, wie man Warzen bespricht (so stelle ich es mir jedenfalls vor). Ich fühlte mich unwohl und geschmeichelt zugleich. Fatale Mischung, Ganto. Ich weiß nicht, ob ich auf Bäume klettern kann.

4

Ein Klopfen schreckt mich auf und eine Stimme im Militärton: Deine Genehmigung ist da. Du kannst weiter. Die Stimme verwandelt sich in Aidans Stimme, und er sagt eher weich und vorsichtig: I hope I didn't wake you up, Mary?

Durch die Mottenlöcher der Vorhänge bahnen sich Lichtstrahlen ins Zimmer, glühende, staubige Strahlen, Vormittagslicht. Mary? fragt Aidan hinter der Tür. Ich habe Mühe zu sprechen, die Hitze im Zimmer liegt auf mir wie ein totes Tier, one moment, höre ich mich ächzen, ich greife nach dem erstbesten Hemd, ziehe es falsch herum an, trage die Nähte wie unschöne, haarige Narben nach außen, und beim Öffnen der Tür spüre ich meine Wangen unangenehm glühen.

Aidan steht an der Brüstung und dreht sich langsam zu mir um. Mit einem Blick, den ich in diesem Moment wiedererkenne und ausmachen kann als Aidans Blick: er würde sich nie erlauben, an mir herabzusehen, bei ihm bestehe ich aus Augen. Das finde ich bemerkenswert. Wir sind dadurch Geist, vom Körper befreit. Bei Aidan weiß ich, wo ich dran bin. Das ist selten, es wäre eine Notiz an Ganto wert.

The new list is out, Mary. You have a room in Eternity, it's one of the major guesthouses. But don't stay there too long. You better hang out with the right guys. Eternity is a problematic place.

Hm, mache ich und ziehe die Mundwinkel leicht spöttisch herab; manchmal wird mir Aidans Auskennerei etwas zuviel.

You don't believe me?

Sure, sage ich schnell, why not?

You're still a kid. You believe anything and nothing, don't you?

Sein Angriff überrascht mich, ich fliehe in ein Lächeln, als versage in diesem Moment mein Englisch. Vielleicht ist es auch so, denn warum sollte Aidan mir mit einer so aufgeblasenen Frechheit kommen?

There's only one bonus about the place, sagt er nun, Eternity is very close to Tempintem, it's in walking distance. The building is odd, remember, totally waste, but you can have real great meditation in the inner sanctum.

Der Tempel der Zeitlosigkeit, Tempintem (temple intemporel), Morgenstadts Wahrzeichen und Inbegriff morgenstädtischer Experimentierfreude. Lanjo-Daras Souvenirläden verkaufen Tempintemfotos auf Postkarten, Tassen und Kalendern.

Great, sage ich und deute mit der Hand zu meiner Tür, um mein baldiges Verschwinden dahinter anzukündigen. Denn ich möchte nicht schon wieder mit Aidan über das Für und Wider von Tempintem diskutieren, so wie vor zwei Nächten, ja, ich spüre regelrecht Widerwillen in mir aufziehen, vielleicht hat es aber auch noch damit zu tun, mal eben als leichtgläubiges Kind abgetan worden zu sein. Jedenfalls drehe ich mich nun um und gehe durch die Tür, auf die ich zeige.

Ich beginne mit dem Kofferpacken, sammle ein Ding nach dem anderen ein. Durch mein tagelanges Draufstarren scheinen sie mit ihrer Umgebung verschmolzen, es ist, als risse ich dem Zimmer Stücke aus dem Leib: das Mückenmittel vom

Fensterbrett, den Wasserkocher vom Tisch, eine weggerollte Grapefruit aus dem blinden Winkel bei der Tür.

Ich lege mich noch einmal aufs Bett, die Schuhe bereits an den Füßen. Aus der Küche dringt das gleichmäßig dumpfe Auftreffen eines Messers auf Holz, sie bereiten das Mittagessen vor, doch werden sie heute ohne mich speisen. Ich fahre nach Morgenstadt, ich habe dort ein Zimmer in der Ewigkeit. Noch immer spüre ich Aidans Satz in mir wie einen fliehenden Einbrecher, der sich duckt durch die Dunkelheit der Räume, der tut, als sei er nicht da, aber er ist da, wie alles, was kränkt. Ich haue auf die Matratze, und die Kokosfasern unter dem Laken leisten unbeeindruckten Widerstand. Ich schwinge mich aus dem Bett, ich öffne die Tür und ziehe den Koffer mit Nachdruck über die Schwelle. Vor Aidans Tür hängt ein Schloß.

Mein Portier steht mit einem kleinen Gesicht – als sei es die Verkleinerung eines Gesichts, ein Bonsai-Gesicht – in der Eingangshalle und geleitet mich stumm lächelnd, auch ein wenig stolz, nach draußen, mit wunderbar fließenden Bewegungen; wir haben uns wohl aneinander gewöhnt, eine Wohltat, ihm zuzusehen. Er winkt ein Taxi an den Straßenrand, er wünscht mir bon voyage, er lächelt zuversichtlich, als hätten wir uns tagelang miteinander bekannt gemacht in nächtlichen Gesprächen. Aber vielleicht genügt es, unter einem Dach zu schlafen oder auf dem Boden sich einzurollen, auf den wir Gäste unsere Schritte setzen, vielleicht liegt in alldem eine Intimität, die sich unbemerkt in uns entfaltet und dann zum Zuge kommt in Momenten wie diesem, dem Abschied. Nicht jeder läßt das zu (und wo ist Aidan?). Der Portier schon. Seine Hand gleitet von der Autotür, die er für mich geschlossen hat, und hebt sich zum Gruß.

Und da beginnt es zu regnen. Regen von einem Himmel, der zweigeteilt ist, die eine Seite blau und fast wolkenlos, die andere asphaltgrau verdunkelt. Schwere Tropfen zerplatzen auf der Kühlerhaube, von Sonnenlicht bestrahlt wie gleißende Flammen, wie tausend blitzende Geschosse. Was für eine schöne Art, Lanjo-Dara zu verlassen und nach Morgenstadt zu fahren! Sogar ein Regenbogen wölbt sich über dem Stadtpark, senkt sich in den Turm des hellen Rathauses und vollendet den Eindruck einer meisterhaften Inszenierung, wie wunderbar, und ich sehe zum Fahrer, ob er empfänglich ist für solche Bilder oder lediglich das Auto fährt, so wie auch das Auto nicht empfänglich ist für irgend etwas jenseits seiner Mechanik. Und als wir die breiten Alleen des Zentrums verlassen haben und in die etwas tristeren Straßen kommen, da zeigt er zu den schiefgebauten Läden (Futur-auto, Futur-marché, Futur-spiritueux ...), hinter der wäßrigen Scheibe wie auf einem Foto verwackelt, sie preisen sich an als letzte Gelegenheiten für Alkohol- und Zigarettenkauf. Ist er ein Spion, der mich testen soll? Morgenstadt, erinnere ich ihn, Cité Future! D'accord, nickt er und sagt mitleidig: Il n'y a pas d'alcool à Cité Future, ich erwidere: Non, pas d'alcool, und mache ein Gesicht, als fände ich das selber skandalös, dabei trinke ich doch gar nicht.

Es gibt keinen einheitlichen Namen für Morgenstadt. Das war die Idee des Gründers, daß in jeder Sprache ein eigenes Wort genommen werde, Cité Future, Morgenstadt, Ciudad de Mañana, Avriópolis.

Wieder zeigt er zu den Läden und wird langsamer, non, sage ich jetzt entschieden; doch ich merke, ich habe den richtigen Ton noch nicht gefunden, überhaupt bei den Einheimischen hier, das ist nicht das erste Mal, daß man meine Wünsche, normal geäußert, nicht zu verstehen vorgibt, s'il vous plaît, allez à Cité Future, vite, versuche ich es, und er hält an und dreht sich zu mir um.

Une minute, hat er gesagt und ist in einen der Läden verschwunden. Zurück kommt er mit Zigarette im Mund, die Hand vor dem Regen schützend darüber gewölbt, und beugt sich zu meinem geöffneten Fenster. Vous voulez de la marihuana? Beleidigend. Ich sage: Freedom Forest.

Das Wort fliegt mich plötzlich an wie ein lang gesuchtes Puzzleteil für ein Bild, das man schon vorher sieht und ergänzend hochrechnet trotz Lücke, Freedom Forest; jetzt selber einmal ausgesprochen, gehört es plötzlich zu mir, zu meinem Bild, zu meiner Wirklichkeit.

Ganto weiß nichts von Freedom Forest (typisch), seine Unterlagen geben nur das Negative wieder (das sagte auch Olaf Schiede beim Jahrestreffen), er sprach sogar von Spionen, die sie überall einsetzen, und daß auch ich eines Tages dazu berufen werden könnte, wenn sich die Spione, nach genügend langer Beobachtung, von meiner Tauglichkeit überzeugt hätten. Ob ich das wolle. Ob ich so weit gehen würde. Und ich runzelte die Stirn (als dächte ich nicht über die Frage, sondern über Ganto nach, ob ich ihm den moralisierenden Ton glauben sollte) und sagte schließlich lässig: Es gibt vielleicht Spione, dafür aber keine Polizei.

Ganto erwiderte nichts, so daß der Satz, in verschiedene Richtungen zitternd, im Raum stand, doch bis zum Schluß gab ihm niemand Halt durch ein Wort.

Eigentlich ist es doch besser so: keine Polizei, dafür aber Spione, hatte ich dann auf dem Nachhauseweg sinniert. Auch die optimale Zukunft muß sich schützen vor Eindringlingen,

Nutznießern, denen, die nur einen warmen, sonnigen Ort wollen, wo sie günstig leben können, weil die Einheimischen für fast umsonst unsere Zimmer fegen und unser Essen kochen; das interessiert sie statt das höhere Leben. Und lieber, kam mir da der gute Gedanke, dezente Spione als aufdringliche Uniformierte, die uns unnötig erinnern an das Potential zum Bösen in jedem.

Du biegst es dir ganz schön zurecht, hörte ich Ganto erwidern. Übrigens nuschelt er nie, wenn er nicht dabei ist.

Freedom Forest: Der Fahrer läßt die Zigarette aufwippen (ich glaube: anerkennend), steigt ein und fährt los. Die Geschäftsgegend löst sich allmählich auf, wird übernommen von Baracken, dann von noch ärmeren Gegenden, von Zeltlagern und Hütten. Das sind die Außenbezirke Lanjo-Daras, ich kenne sie von der Ankunft, der neue silberne Flughafenbus schnitt wie ein Messer durch das graue Meer aus Planen, Stein und Blech, ein Durcheinander, als wäre vor Jahren eine Bombe in ein Wohnviertel eingeschlagen und man habe aus den Trümmern hastig kleine Unterschlüpfe aufgezogen, ungeschickt, wie Kinder es tun würden, das alles ist sicher nichts für Touristen, begleitet aber ihren Eintritt ins Land, unvermeidbar, denn die Armen siedeln einfach da, wo jeder vorbeimuß, sichern sich so ihre schamlose Präsenz, stellen ihre abgelaufenen Behausungen wie außer Kontrolle geratene Geschwüre zur Schau; ich weiß, das sind unhöfliche Vergleiche, haben wir es doch hier mit Menschen zu tun, mit den Armen, den Wilden, den Verlierern, jenen, die keine gute Arbeit finden, weil es einfach zu viele von ihnen gibt. Sie tun mir leid, ehrlich, sie kauern da auf ihren blanken Füßen, das Gesäß über dem Boden schwebend, und betrachten die vorbeidonnernden Autos, als schauten sie längst von woanders her zu, als seien sie in Wahrheit nur das Fenster, das Portal für eine außerterrestrische Studie, die Näheres über diese seltsam ungerechte Welt hier herauszufinden versucht.

Morgenstadt hat einen Krankenwagen, der täglich in diese Gegenden fährt und die Menschen kostenlos verarztet. Das weiß ich von Aidan.

Freedom Forest? wiederholt der Fahrer. Ich starre auf die rote, rissige Kraterlandschaft vor uns, die Sturzbäche, zu denen das Adergeflecht aus Regenrinnsalen hier und da anschwillt, tiefe Furchen in die Erde gräbt und ganze Erdschollen wegbricht. Das also ist der *Canyon,* das brache Land, das sich um Morgenstadt legt wie ein Ring. In der Ferne schimmert eine Hügelkette auf, graugrün bewachsen und verschleiert von Dunst. Dahinter müßte Morgenstadt sein.

Freedom Forest, bestätige ich dem Fahrer, und daraufhin hält er an. Seine Hand zeichnet eine Schlaufe in die Luft, als überspringe sie ein Hindernis, er schüttelt den Kopf. Inaccessible. Unerreichbar.

Geduldig lasse ich sein Wort zwischen uns wirken. Unerreichbar. Inaccessible. Ein Lastwagen überholt uns und spritzt Schlamm gegen die Karosserie. Es folgen zwei Motorradfahrer in grauen Regencapes. Ich habe Fotos von Morgenstädtern im Regen gesehen, strahlende Männer und Frauen in Gummistiefeln und Ganzkörperregencapes, bis zu den Hüften mit rotem Modder bespritzt.

Eternity? fragt er nach einer Weile.

Eternity, bestätige ich.

Es ist der Weg, den alle nehmen, an dessen Ränder sie Felsbrocken gekippt haben als Orientierung. Langsam und vorsichtig holpern wir über die leere Ebene. Einst stand hier ein reicher, tropischer Wald, jetzt erinnert nichts mehr daran, nicht einmal liegengelassene Baumrinden oder zerplatztes altes Holz gibt es hier, nur uns und die anderen, Autos, Zweiräder und Busse, und wir ritzen über diese rote Haut wie über einen bereits zu Genüge geschundenen Körper.

Es sitzen Tagesausflügler in den Bussen, das weiß ich von Aidan. Für sie ist Morgenstadt eine der vielen Sehenswürdigkeiten der Insel. Sie fotografieren mit Vorliebe Tempintem, sie tun das mit derselben monotonen Hingabe wie beim Eiffelturm oder den Pyramiden; Tempintem ist als Motiv sehr begehrt, denn man kann sich so leicht darüber lustig machen, über seine zugegeben leicht übergeschnappte Architektur. Und schon seit vierzig Jahren bauen sie daran herum, weil immer wieder das Geld ausgeht und immer wieder Streit ausbricht, wie der Gründer sich den Tempel gedacht habe, es gibt da diesen unbequemen Deutungsspielraum, und das, was einst als zeitlich hochneutrales Design galt, wirkt heute veraltet, die silbern glänzende Außenverkleidung des Kubus erinnert an Objekte aus Science-fiction-Filmen, als hätte der Gründer zu viele davon gesehen, lästerte Ganto, und auch das Innere sei recht absonderlich, Gänge wie Tropfsteinhöhlen mit eingravierten Seepferdchenspiralen, herabhängenden Zacken; Ganto nannte das alles eine heillose Fehlkonstruktion, stets müsse man die Besucher durch Kameras beobachten lassen, daß sie nichts abbrechen und mitnehmen als Souvenir, und ich hatte zu Ganto gesagt, verteidigend: Sie wollen mit Tempintem das Vergehen von Zeit symbolisieren, wie Zeit in die Materie dringt und wir sowohl frei davon sind als auch selber ein wenig betroffen:

Der wie von Wasser ausgehöhlte Stein symbolisiert auf perfekte Weise die Dauerhaftigkeit und zugleich die Veränderbarkeit von Materie, ich finde das sehr ausgeklügelt.

Das alles hatte ich in der Nacht auch zu Aidan gesagt, oder an ihm ausprobiert, aber Aidan hatte seine Zigarette am Geländer ausgedrückt und ebenfalls gesagt, das Ding ist verfehlt, vor allem im Innern, mit seinem rosa Anstrich, es ist, als wandere man als Zwerg durch weibliche Genitalien. Das sagte er tatsächlich, aber er sagte es ganz nebenbei.

Mit dem Hügel beginnt wieder ein wenig Zivilisation; es gibt Asphalt, Leitplanken und weiße, unregelmäßig von Hand gemalte Kreise auf den Baumstämmen. Die Straße verläuft in Haarnadelkurven, und hinter uns drückt ein Reisebus auf die Hupe, doch mein Fahrer gibt nicht nach, bis wir oben sind, bei einem Aussichtspunkt mit Teestube, Souvenirs und Touristen. Doch zu sehen gibt es nicht viel. Wir schauen herab auf eine zarte grüne Decke, die sich bis zum Meer hin erstreckt, wogend und atmend im Wind wie zitternde Härchen eines Fells, und darunter, das müssen wir glauben, liegt die Stadt. Eine Stadt, die vollständig im Dschungel ertrinkt, hier und da Gebäudesplitter durch die Oberfläche stößt wie Münder zum Luftholen; es könnten Turmspitzen sein, Wassertanks, Solarpanels. Langsam und würdevoll wie ein Leichenwagen passieren wir den Platz, der Fahrer scheint mir die Aussicht möglichst lange vorführen zu wollen, und als es bergab geht, stellt er den Motor aus, so daß wir uns wie auf Zehenspitzen hinabbewegen zu einer Schlafenden.

5

Krokodilgrünes Dickicht und in der Tiefe sich vor dem Wasser duckende Stille. Roter Lehm, der im Regen zu Schlamm und blutigen Pfützen zerläuft, wir umfahren sie wie Wunden im Weg. Und ich höre Ganto spotten: Ist hier die Zukunft, Marie?

Sei nicht so ungeduldig; die Stadt entsteht ja erst! Ein Experiment, ein Labor, nichts weiter, es mag noch zehn Jahre dauern oder hundert oder tausend, bis wir präsentieren können, was euch überzeugt, aber was ist schon Zeit? Wichtig ist, den Anfang zu machen, der da heißt: Wir sind frei. Wir halten nicht zwanghaft fest an Traditionen und Gebräuchen, wir werden, wenn nötig, in jedem Moment korrigieren, was soeben als falsch sich erwies.

Ich gerate ins Nachplappern, wie Ganto jetzt richtig bemerken würde, doch rede ich ja nur mit mir selbst. Denn ich erkenne: Ausschließliches Grün und Rot machen mich einfallslos. Als säße ich wie Aidans Zwerg im Gehäuse einer Verkehrsampel (absurdes Bild, höre ich Ganto murren), wo das Geschehen zwar durchaus angenehm vorhersehbar, aber arm ist im Vergleich mit dem Schauspiel da draußen.

Ob von hier aus tatsächlich die Welt beeinflußt wird? So in etwa glaubt man hier.

Und was glaube ich?

Das wollte auch Ganto wissen und sah mich schief an, als ich sagte, daß ich, was bislang nicht widerlegt wurde, als Möglichkeit offenhalten muß. Eine im übrigen wissenschaftlich übliche Methode.

Den dritten Weltkrieg verhindern, las Ganto von seinem Zettel, und das durchaus genüßlich, denn er wußte um meinen Verstand, auch, daß der noch funktionierte: Morgenstadt als Wiege des neuen Bewußtseins, kosmischer Ausgangspunkt einer neuen Stufe der Evolution, dann, er sprach besonders artikuliert, fast sang er es: Morgenstadt als Manifestation göttlichen Bewußtseins! Ich dachte, Marie, du glaubst nicht an Gott?

Als Attribut ist er mir recht, als Substantiv nicht. Denn er ist gewiß kein Ding. Und nun hör auf, mir mit Parolen des Gründers zu kommen, die ein halbes Menschenalter zurückliegen, alles sowieso nur ein Streit um Begriffe und Worte.

Ich spürte, das war schwach, sah es auch an Gantos enttäuschtem Gesicht, der stets den Streit mit mir liebt, und so hob ich noch einmal an und sagte: Und nun weg mit dem Zettel, sonst rede ich dir von Jungfrauengeburt und totem Leib, der wieder lebendig wurde und dann auffuhr zum Himmel.

Tatsächlich: Wir hätten Spielkarten austauschen können wie Jungs beim Autoquartett, die Zungenspitze angestrengt im Mundwinkel, wer hat was zu bieten?

Auch da rate ich von ab, lächelte er, vom Glauben an tote Leiber.

Mir sind die lebendigen ebenfalls lieber, hörte ich mich sagen. Und wieder sah er mich schief an, eine Sitzung der schiefen Blicke. Nein, ich war mir meiner nicht sicher. Und ich wünschte mir, daß er es merkte, aber ohne darüber ein Wort zu verlieren. Nur ein Versuch, nur jugendliche Koketterie, denn ich bin doch jung, nicht wahr, trotz meiner erschreckenden Reife? Sowieso, auch das sollten wir uns klarmachen, sind Mann und Frau eine Erfindung der Kultur und der marktwirtschaftlichen Interessen, kalkulierte Festlegungen, die uns die Freiheit rauben.

Wo kommt denn das nur wieder her? Ach ja, ich sagte es in einer der letzten Soziologiestunden, als sowieso nichts mehr zu retten oder zu verlieren war. Und ich sah, wie Jan meinen Simon in die Seite stieß, das tat mir weh, nicht ihm. Denn Simon stieß munter zurück, und ich wußte sofort, diesem Ellenbogenkontakt war einiges an Kommunikation vorausgegangen. Bislang nicht weit gekommen. An der Grenze zur Marktwirtschaft müssen wir anhalten. Dabei ist sie doch hübsch.

So ungefähr.

Wenn sie wüßten, daß Simon bloß zu jung ist, dachte ich in dem Moment.

Dann erkläre uns bitte, was Kultur ist, forderte Herr Reich. Ich ging zur Tafel und zeichnete zwei Strichmännchen, Mann und Frau, denen ich die primären Geschlechtsmerkmale zugestehen mußte, was natürlich Kichern auslöste, beide einander zugewandt, doch in ihrem Rücken jeweils ein leerer Kreis. Auf den zeigte ich und sagte: Das ist, was sie wirklich sind, der Rest ist eine Mischung aus Natur und Kultur, letzteres: Hergestelltes, Gemachtes. Aber das dahinter ist ungeschaffen und weder Mann noch Frau. Nennen wir es: Bewußtsein. Liegt allem zugrunde, kann jeder selber nachprüfen, und anders geht es auch nicht, Beweise erspare man mir.

Ich nahm wieder Platz, und das Tuscheln begann. Herr Reich wischte derweil die Zeichnung fort wie einen Fluch. In früheren Jahrhunderten hätte er mich für den Scheiterhaufen vorgeschlagen, obwohl ich keine roten Haare habe, und auch sonst ist da nichts, das zum Verwünschen einlädt, kein Klumpfuß, keine Hasenscharte, keine Warzen. Allein mein Wille zur Wahrheit. Auf den meine Eltern stolz sind. Ich liebe meine

Eltern! Und weil sie um meine Wahrhaftigkeit wissen, erlauben sie mir diese Reise, trotz Gantos Warnungen. Denn natürlich ist auch ihnen klar, daß Ganto vor allem aus beruflichen Gründen warnen muß und von Gruppenzwang und Gehirnwäsche quasseln, der Arme. Als sei ich eine der Debilen, die vor dem Supermarkt Broschüren hochhalten mit lächerlichen Vollversammlungen von wilden Tieren und Menschen auf einer Blumenwiese, weil sie diese unmotivierte Fröhlichkeit für das Paradies halten!

Willst du noch weiter zu Herrn Ganto, fragten sie nach einer Weile, bist du inzwischen nicht informiert genug?

Noch nicht, sagte ich und dachte: Ich warte auf den Zauberer.

Auch mir sind die lebendigen Leiber lieber, hatte ich also gesagt, und vielleicht waren es weniger die Worte und mehr der berühmte Unterton, der mich ja selber überraschte, nun, ich bin ja noch im Wachstum, also kann man sich selber hin und wieder überraschen, der Ganto zum schiefen Blick Zuflucht nehmen ließ: Augenbrauen leicht zusammengezogen, das Kinn gesenkt, so daß er zu mir hochsehen konnte wie zu einem bizarren Monument in einem fremden Land. Dabei war ihm das alles sicher überhaupt nicht fremd. Er holte Luft und blätterte mit der Hand eine unsichtbare Seite in einem unsichtbaren Buch um. Eine Gruppe wäre keine Gruppe, hob er nun in leicht dozierendem Ton an, wenn sie sich nicht um etwas gruppierte. Laß es Konzepte sein, ein Grab, einen Gründer oder eine schöne Phantasie.

Und ich sah, wie hinter Gantos Stirn etwas anderes stattfand, etwas, das den leeren Raum des schon hundertmal Gesagten nutzte, um über mich nachzudenken. Was in diesem Hinterzimmer vor sich ging, er würde es mir nie verraten, vielleicht sogar sich selber nicht, denn, das ziehe ich nun in Betracht, vielleicht gibt es zwischen dieser kleinen Kammer und dem, was er laut vor sich herdenkt, nicht einmal einen Durchgang. Das eine Denken weiß vom anderen nichts! Ich könnte ihn darauf ansprechen, aber dann geriete wohl alles durcheinander, noch mehr, als es ohnehin schon ist; bin doch immer ich diejenige, die auf etwas angesprochen wird von ihm. Ich, der Problemfall, darauf können wir stets zurückkommen!

Ganto war beim Gründer angelangt. Sein Lieblingsthema. Da fühlte er sich gut, denn er hatte mich einmal zum Lachen gebracht, als er beim Wort Supermensch einen Clark Kent andeutete, der sich aus seinem Anzug schält, bereit für die nächste übermenschliche Heldentat.

Du wirst nicht lachen dürfen, wenn der Gründer zitiert wird, so wie du es bei mir gelegentlich tust, aber du wirst diesen Preis letztlich zahlen, weil da irgend etwas ist, das dir gefällt, vielleicht der schlagartige Bedeutsamkeitszuwachs, sobald du durch ihr Tor spazierst, dann ihre Ethik, die ja nicht schlecht ist, wenn auch kalter Kaffee: Die Einheit der Menschen über Geschlecht, Status und Nationen hinaus, Verzicht auf Gewalt jeder Art, sei es im Denken, Reden oder Handeln; wirklich nicht schlecht, ein wenig Kant könnte man da freischürfen oder auch gleich den Volksmund, was du nicht willst, das man dir tu, das füg auch keinem andern zu ... Ach Marie, wer wünschte nicht, das verstanden und gelebt zu sehen?

Stille. Ich hatte vergessen, während seiner Rede meine Gegenrede vorzubereiten. Es gab wohl auch nichts zu erwidern. Also redete er weiter und hielt dabei seine geöffnete Hand im Schoß, ich sah eine kabeldicke Ader vom Handteller über das Gelenk den Unterarm hochlaufen, er hebt Gewichte, das wußte ich, Sportler in seiner Freizeit, ich kleidete ihn in Gedanken um, kurze Hosen und Muskelshirt, und mußte lächeln. Und Ganto unterbrach seine Rede, die bei Schillers ästhetischem Staat angekommen war, und sagte:

Am liebsten würde ich ja mit. Vielleicht kann ich es einrichten, dich zu besuchen, vielleicht liegt das im Budget, ich werde mit dem Vorstand reden.

Er sah zur Tür, als wolle er gleich aufbrechen. Ich wagte nicht, mich zu freuen. Und tatsächlich folgte, wenn auch nuschelnd: Wir müssen mehr über Morgenstadt herausfinden.

Stimmt, sagte ich spöttisch lächelnd, was ihm zurückhalf zu klarer Stimme: Das Problem ist folgendes, Marie. Wenn wir uns zu erkennen geben, wenn wir mit offenen Karten spielen, speisen sie uns ab mit Tempintem, der Stadthalle, mit den Produktionsstätten für Seife und Räucherwerk und mit frommen Pamphleten. Sie lassen uns nicht weiter. Den Rest kennen wir bislang nur von Fotos und aus den Berichten der Aussteiger.

Wir hatten uns die Fotos gemeinsam angesehen. Die Gebäude liegen versteckt in großen Gärten, man hatte sie einst ablichten lassen für einen Fotoband, einige wirken wie Märchenschlösser unter Wasser, andere wie futuristische Kuben oder Objekte der NASA; es sind Fotos, auf denen man instinktiv nach Meerjungfrauen sucht oder dem schwarzen Schatten von Darth Vader. Niemandem gehören diese Häuser, denn sie gehören allen, der Menschheit im Ganzen, so steht es in den Statuten. Bewohnt werden sie von denen, die sie gebaut und finanziert haben. Mehr Rechte als dieses Wohnrecht haben sie allerdings nicht. Gehen sie weg, verlieren sie alles. Auf diese Weise, das sagte ich einst zu Ganto, beugt man der Illusion von Besitz vor, denn letztlich werden wir alle die Welt so verlassen, wie wir sie betreten haben, nackt und dumm. Das sagte ich. Nackt und dumm. Es kam einfach so, und ich glaube, Ganto war beeindruckt, denn er erwiderte nichts. Und nach einer Weile kam von ihm leise: Du kannst mir ja vorerst berichten.

Ich könnte dir berichten: von grünen Büschen, Bambusstauden, Eukalyptus und blutenden Wegen.

Und niemand zu sehen. Liegt wohl am Regen. Zudem nirgends ein Schild, eine Aufschrift, aber wer braucht schon Aufschriften, sobald alles klar ist? Stellt man in sein eigenes Haus Schilder, die auf Küche und Bad verweisen?

Auch der Fahrer braucht so etwas nicht; er kennt den Weg, darauf vertraue ich. Oder lieber nicht? Vor den Einheimischen wurde ich gewarnt, und das nicht nur von Ganto. Arm und reich – kein stabiles Paar.

Ist es noch weit? rufe ich durch das Prasseln des Regens.

Der Fahrer dreht sich um und brüllt, als lägen Täler und Berge zwischen uns: Cinq minutes!

Der Regen flutet nun breit wie ein Fluß über uns hinweg. Wahrscheinlich kann der Fahrer schon gar nichts mehr sehen, will es aber nicht zugeben. So fährt er einfach weiter.

Warum redete Ganto vom Tor? Nirgends ein Tor, durch das man käme und schlagartigen Bedeutsamkeitszuwachs verspürte; niemand kommt nach Morgenstadt, der nicht gerufen wurde, hatte Ganto den Gründer zitiert und mein Gesicht beobachtet, während seins auf Spott programmiert war. Das göttliche Bewußtsein höchstpersönlich ruft, was für eine Ehre, lachte er. Und ich sagte, gar nichts hast du verstanden, denn nichts ist hier persönlich.

Wie wahr.

Ganto, Günther, Zauberer. Wärst du hier. Dann müßte ich dir nicht berichten. Dann könntest du selber sehen, und ich wäre endlich allein.

6

Da macht der Fahrer einen Schlenker nach links mitten ins Grün, so daß mir kurz das Herz stehenbleibt. Zweige prasseln gegen die Karosserie, Blätter sammeln sich in den Scheibenwischern. Weiß der Fahrer, was er tut? (Wie oft ich in letzter Zeit überlegen muß, ob andere wissen, was sie tun!) Doch bevor ich protestieren kann, sind wir offenbar schon angekommen.

So etwas habe ich noch nie gesehen. Ein hoher Saal, eine Kathedrale aus Grün: Schlingpflanzenbäume, die ein Dach aus Blättern bilden und aus der Höhe Luftwurzeln herabwerfen. Die Rinden wie Elefantenhaut, man möchte die Hand anlegen und streicheln. In der Mitte und leicht erhöht steht ein Pavillon, drum herum etwa ein Dutzend kleine Häuschen im Blutfarbengemisch der Erde.

Der erste Schritt führt in den Schlamm, der die Waden hochspritzt; ich gehe in die Knie und kremple die Hosen hoch. Hinter mir startet der Motor, das geht mir jetzt ein bißchen schnell, und wo ist mein Koffer und wer trägt ihn für mich? Da bewegt sich etwas aus dem zerlaufenden Rotgrün heraus und formt sich zu einer Gestalt, die tatsächlich wie gerufen meinen Koffer nimmt und wegträgt, perfekt; aber befinden sich noch mehr unsichtbare Augen um mich herum? Du bist Marie, sagt jemand, ich drehe mich um, doch die Stimme ist schon an mir vorbei und voraus zu einem der Häuschen gelaufen, ich kann nur den Rücken einer dürren Frau erkennen unter violettem Regencape, helle Waden mit Sommersprossen, oder sind das die Spritzer des roten Schlamms? Sie hat die Tür erreicht und dreht sich um: Sie ist ein Mann, seine Stimme einfach nur zu hoch geraten. Gekräuseltes schlammbraunes Haar, hängende Wangen. Ja, ich bin Marie, bestätige ich ihm, und wer sind Sie?

Du hast deine Schuhe noch an.

Er wendet sich ab und sucht etwas auf dem Schreibtisch, doch so ganz weg ist er noch nicht, vielleicht sucht er seinen Namen, darum frage ich nicht noch einmal, damit er jetzt sagen kann: Anthony. Steht schließlich auf einem kleinen Schild an der Tür, das ich entdecke, als ich den Schritt in sein Büro ein zweites Mal probe, mit nackten Füßen diesmal.

Du bist Anthony, nicht wahr? Ich tue heiter, als kapierte ich, daß er nur ein harmloses Spielchen mit mir treibt. Er nickt, und seine Hände klappen den Ordner zu, reichen mir ein Formular und einen Stift. An seinen Fingern fehlt etwas, Fingernägel, Rillen, alles ist glatt und eingeebnet. Brandwunden, Lepra, eine Allergie? Ich schaue kein zweites Mal, sonst merkt er es, beuge mich also über das Formular und schreibe zügig und lesbar, denn ich will seine Zeit nicht stehlen.

Aber warum ihm gefallen wollen? Ist das die Flucht nach vorn, weil er mir zu verstehen gibt, wie zwecklos, dumm und evolutionär niedrig Gefallsucht ist? Entweder ist Anthony besonders weit auf seinem Weg zu höherem Leben, oder er liegt besonders weit zurück; ein sachlicher Mensch, der gar nicht weiß, um was es hier geht, vielleicht sogar ein Angestellter nur, der nun mit seinen komischen Händen in einer Schublade wühlt, Schlüssel ins dämmrige Fensterlicht hält, mit einer dumpfen und geplagten Miene, wenn ich es mir recht überlege, als sei ich ihm überaus lästig; er ist unfreundlich, wie man das bei uns nicht einmal mehr von Schalterbeamten kennt. Jeder ist inzwischen freundlich!

Alles in Ordnung? frage ich so beiläufig wie möglich, denn falls er wieder das Schweigen vorzieht, fällt es nicht so sehr als Unhöflichkeit auf. Doch er schaut sich zu mir um, ein Blick, so erstaunt, als habe er vergessen, daß ich da bin; wie erfinderisch er im Unhöflichsein ist!

Und er sagt: Der zweite Schlüssel fehlt. Das Mädchen hat ihn nach dem Putzen nicht abgeliefert. Laß nichts im Zimmer, das wertvoll ist. Behalte dein Geld bei dir. Die klauen dir alles unterm Arsch weg!

Ganto hatte recht: Manche Morgenstädter neigen zu vulgärem Ausdruck, um zu beweisen, daß sie nicht in die Falle des Heiligkeitsgetues geraten sind; aber auch das ist eine Falle, Marie, es ist bloß eine andere Form von Dogmatismus. Sei gewarnt!

Jetzt habe ich prompt Mitleid mit Anthony. Der noch immer in der Schublade kramt. Wie lange er wohl schon hier lebt und Schlüssel ausgeben muß? Und wie oft man ihn das gefragt hat, und zwar genau in dieser Situation, er, wühlend mit stumpfen Fingern in der Schublade, ihm gegenüber der Neuankömmling mit seiner Unsicherheit und seinen Fragen, die Anthony so gekonnt in eine riesige Selbstüberwindungsangelegenheit verwandelt; hat man ihn vielleicht gerade deshalb ausgewählt für die Aufgabe, einer der ersten zu sein, den man in Morgenstadt antrifft? Und ob er es heimlich genießt? Nein, ich werde keine weitere Frage stellen, denn das ist offenbar die Lektion bei der Ankunft: Bleibe bei dir und bohre nicht in anderen.

Ein Schlüssel wandert von seiner komischen Hand in

meine, die sich selber gleich komisch fühlt, als müßte sie sich rechtfertigen für ihre Vollständigkeit (denn wofür brauchen wir schon Fingernägel?). Er zeigt in den strömenden Regen: Nummer neun ist dein Haus.

Ach, ich habe ein eigenes Haus?

Und mein Koffer ist schon da, steht auf der Veranda wie ein kleiner schwarzer Empfang. Daneben der Mann, der ihn getragen hat: mit nacktem Oberkörper und nackten Füßen, und seine Haut so schwarz wie der Koffer selbst. Bleibt er dort stehen, um auf ihn aufzupassen, oder wartet er unter dem Vordach den Regen ab? Er sieht mich nicht an und scheint es selber nicht zu wissen. Also hinein ins Haus, der Schlüssel paßt, die Tür springt auf, anscheinend das Kommando, denn der Mann dreht sich um und will nach meinem Koffer greifen; Halt! Nein!, und meine blitzschnelle Hand am Griff läßt ihn zurückweichen, mein Lächeln jedoch erntet keine Erwiderung, aber das bin ich ja inzwischen gewohnt, nur will ich nicht, daß er denkt, meine Hand sei dort, weil ich seiner mißtraue. Wer ist er überhaupt? Und noch immer sein Schatten im Milchglas, als ich die Tür bereits geschlossen habe; ein regloser Rücken, doch bereit, ich spüre es, mir beizuspringen, sobald ich ein paar nach Hilflosigkeit klingende Geräusche mache. Daher bleibe ich stehen. Reglos wie er, zwei reglose Körper, getrennt durch Milchglas und rauschendes Wasser, das die Regenrinne herabsaust.

So geht das nicht weiter; vergessen wir den Mann vor der Tür und öffnen wir die Vorhänge. Und erkennen wir ruhig an, daß wir uns im schönsten Zimmer der Welt befinden! Ganto, das ist Wohnen! Ein Lehmboden, kühl und atmend wie der Rücken eines schlafenden Tiers; wer würde da Schuhe oder

Strümpfe tragen wollen? Nie habe ich einen anderen Boden unter meinen nackten Füßen spüren wollen als diesen, und ich wußte nicht einmal, daß es ihn gibt. Das bedeutet, Ganto, daß, wenn wir Pech haben, wir ein Leben lang verzichten müssen auf Dinge, die uns glücklich machen würden, nur weil wir von ihnen nichts wissen! Zum Beispiel dieses Bett: Eine Bank aus Lehm mit einer Matte aus Kokosgeflecht. Und darauf plaziere ich dich und schaue dir zu, wie du dich im Sitzen nach hinten lehnst und dein Gesicht im Liegen sich glättet. Während ich durchs Zimmer wandere, nicht wissend, ob du mir nachsiehst oder nicht, beides möglich, und die Unwissenheit schön. Ich berühre das Regal, das aus Lehm ist und Puder an die Finger abgibt, dann den Tisch aus Stein und alles, womit ich nun leben werde; alles einmal berühren und zum Leben erwecken wie Gott seinen Adam. Und dann schaue ich mich um zu dir, ob du tatsächlich meinen Schritten nachsiehst, die sowohl für dich als auch für mich durch diese lavarote Höhle wandern, und du fragst: Wo ist denn nun das Feuer, Marie, das Licht vor der Tür, von dem du uns Höhlenmenschen berichten willst?

Tja. Dämmrig ist es, drinnen und draußen, der Lichtschalter funktioniert nicht, und noch immer gießt es in Strömen, so sagt man doch, schöner wäre, von herabfallenden Glasketten zu sprechen, was auch viel eher zutrifft, und von glitzernden Kronen, die über orangerote Seen treiben. Während du, Ganto, die Augen geschlossen hältst und mir lauschst, genausogut aber längst eingeschlafen sein könntest, das überläßt du mir, kein Schild auf deiner Brust, das sagte: Ruhe, ich schlafe; denn das würde jetzt helfen, aber niemand tut so etwas, obwohl dadurch viel vermieden werden könnte, zum Beispiel unnötig schweigsam sein.

So erkläre ich mir das.

Und so wandere ich weiter um dich herum und packe meine Sachen aus, bis schließlich der Himmel sich öffnet und die Sonne durchs Geäst ihre Strahlen wirft, ein einziger glühender Mikadohaufen ist das, und als ich die Tür öffne, stelle ich fest, der Mann steht noch immer da draußen und schaut in den dampfenden und leuchtenden Wirrwarr, als suchte er den Stab, den man herausziehen kann, ohne die anderen ins Rutschen zu bringen; wer würde wagen, ihn jetzt zu stören? Doch da dreht er sich um. Ausdruckslos gar kein Wort, Ganto. Ein Meister des Verbergens! Da hätten wir uns ein Beispiel dran nehmen können, schlägt mich und dich haushoch in Sachen erwartungslosen, weil Über-allem-drüberstehenden-Blicks. Dabei habe ich noch gar nichts gesagt, das kommt erst jetzt, und zwar in allen fünf Sprachen, die ich kenne:

What are you doing here? Que est-ce que vous faites ici? Quid hic facis? Ti kánis edó? Was machen Sie hier?

Meine Fragen dienen ihm als Startschuß; er schnappt sich einen Besen und beginnt zu fegen, was das Zeug hält. Was soll ich tun? Ich schaue ihm zu, wie er roten Staub in meinem Zimmer aufwirbelt, was mich nicht unbedingt stört, nur, ich könnte das auch selber erledigen. Zweimal versuche ich Hand anzulegen, und ein heftiges Wegreißen und Mir-den-Rücken-Zukehren sind die Folge.

Ich gehe zu Anthony und lasse mich von ihm über die Lesebrille hinweg kurz ansehen wie den schon lange aufgegebenen Schüler, hundertmal hat man ihm etwas erklärt, und er hat es nicht verstanden, also hat man als Lehrer schließlich das gute Recht, stur mit der Computerarbeit fortzufahren, als wäre die Kreatur im Türrahmen eine bereits aus der Liste des Wirklichen gestrichene Erscheinung.

Oder übertreibe ich? Was um Himmels willen macht mich so empfindlich; das war ich doch früher nicht, Günther Ganto, sprich, erklär es mir!

Die hohen Erwartungen an diesen Ort, sagst du als Psychologe ohne Diplom. Und ich sage: Wir hätten reden müssen. Das ganze Gerede davor war doch nur, nun, was war es? Und ich erröte, ohne daß da überhaupt jemand wäre, dem das Erröten Botschaft sein könnte; denn wie immer bist du nicht da, wie immer, wenn ich mich der Wahrheit nähere, statt mit dir das Spiel Träumereien eines Noch-halben-Kindes versus Aktenwissen zu spielen (deine Formulierung, darum holpert sie).

So stehe ich in der Tür. Das halbe Kind (daß ich nicht lache). Und Anthonys halbe Finger schlagen einen nörgelnden Rhythmus in die Tastatur. Es riecht nach Erde und ein bißchen nach Schimmel. Er hat Strom, ich habe keinen. Oder ist der Strom inzwischen zurück, zusammen mit der Sonne? Wie lange haben wir Strom am Tag? Muß Anthony deshalb so tun, als sei ich nicht da, weil er seine Arbeit schnell erledigen will, bevor die Sonne untergeht und der Strom nicht mehr reicht? Und wie viele Fragen habe ich bei Anthony gut? An der Wand das Foto des Gründers: ein geduldig blickender Mann, der auf einem harten Stuhl sitzt wie Gott auf seinem Himmelsthron. Das gibt mir Mut, und ich frage:

Wer ist der Mann vor meinem Haus?

Your watchman, sagt Anthony, natürlich ohne aufzuschauen.

Alles klar. Ich gehe zurück, besser, balanciere über die Erdwülste am Rand der Pfützen und springe von Stein zu Stein. Gibt es sie also doch, die Spione? Ach was, Unsinn: watchman, das ist ein Wachtmeister, ein Wachmann, ein Wächter! Und kein Stock, kein Gewehr oder Messer. Das ist mir ein angenehmer Wächter. Mein Wächter! Man sollte aufpassen, was man sich in Gantos Gegenwart wünscht; ein Wächter ist nicht das erste, was in Erfüllung geht: erst das Zimmer in Lanjo-Dara, um das herum die Welt brauste wie weggeschlossen von mir für immer, und nun also der Wächter. Denn ich hatte zu Ganto gesagt, wenn auch mehr aus Spaß und Aufschneiderei:

Ich wäre gerne in einem Gefängnis, in einem Raum, in dem sich nichts bewegt bis auf das Licht, das durch die Fensterläden kriecht oder durch die vom Wind geteilten Vorhänge. Schlitze und Schienen aus weißem Licht, die den glatten Boden und die getünchten Wände abwandern. *Stabilitas loci.* Ich wäre gerne allein in einem Raum, der nicht betreten werden kann, und um diesen Raum herum mag es Geräusche geben, vielleicht die einer Baustelle oder eines kleinen Kindes oder des Straßenverkehrs. Vielleicht eine Decke, die für Winter und Sommer geeignet ist. Die Matratze lieber hart als weich, kein Lattenrost bitte, aber natürlich ein Bett; ich brauche ein bißchen Erhöhung, um in den Schlaf fallen zu können. Wenn man von außen abschlösse, das gefiele mir am besten, so werden Ausbruchsversuche, die hin und wieder fällig sind, weil sie der Natur entsprechen, im Keim erstickt.

Und Ganto hatte sich mehrmals während meines Sprechens ungeduldig geräuspert und dann gesagt: Unsinn, niemand wird dich dort einsperren, wir wissen das, wir haben das recherchiert, es steht in den Akten; wenn du in eine geschlossene Abteilung willst, dann schluck Tabletten (seine erste Entgleisung, er wollte mich wohl überraschen).

Nein, der Wächter hat nicht einmal einen Schlüssel, um mich einzusperren, den habe ja ich, und den anderen hat das Mädchen, das zum Putzen kommt, in Wahrheit aber zum

Klauen. Vielleicht wechseln sie sich auch nur ab, so wie mit dem Fegen wohl auch? Und als ahne er meine Gedanken, schaut er geradeaus wie ein Soldat in die anrückende Armee des Feindes, doch sieht er wohl nur die grüne Wand aus beginnendem Wald, aus dem heraus es friedlich gluckert und zirpt.

7

Was habe ich mir denn noch alles in Gantos Gegenwart gewünscht? Ich weiß es nicht, aber vielleicht stelle ich mich auch dumm vor mir selbst. Und während ich das selbstkritisch für möglich halte, gelingt dennoch kein Aufbrechen der verriegelten Tür, hinter der ich heimlich Verabredungen mit meinen geheimen Wünschen getroffen haben könnte, gut möglich aber auch, daß es eine solche Tür gar nicht gibt oder dahinter nie etwas dergleichen stattfand und nur nachträglich von mir nun hinzugedichtet wird, wegen des Zwangs zur Stimmigkeit. Denn wir mögen keine Widersprüche, Lücken und Unsauberkeiten, in jedem Aufsatz werden uns rote Kringel an den Rand gemalt, und Herr Reich zitiert einen sogar an die Tafel, wenn er seine Chance wittert, eine gewagte Neunmalklugheit zu widerlegen. Und auch ich brauche nach wie vor Stimmigkeit, daher mein Drang, die vielen Stimmen in mir zu einer einzigen zu überreden. Sonst müßte ich demnächst ja wohl die Mehrheit entscheiden lassen, wenn ich wissen will: Soll ich Ganto zur Rede stellen oder nicht?

Aber das wäre ja zu blöd, so geht es nun wirklich nicht, man weiß ja, wohin das führt, wenn man nackte Zahlen entscheiden läßt. Man muß es fühlen, am besten im Innern, auch wenn Ganto vor dem Innern warnte, seine Klienten für mich nachäffte, die offenbar glaubten, mit diesem Wort einen heiligen Kreis zu ziehen, vor dem auch Ganto respektvoll auf die Knie fallen müßte, doch hielt er dieses Wort nur für Ausflucht und Trick, benutzt von denen, die ihren Willen möchten, ohne Argumente zu haben.

Und du, Marie, willst nach Morgenstadt, weil du meinst, es im Innern zu fühlen.

Wie seltsam, dachte ich da, diese Innenwörter habe ich ihm gegenüber doch nie gebraucht! Schwieg aber, denn während Ganto weitersprach, kam mir ein neuer Gedanke, der die kleine Ungerechtigkeit sofort angenehm wettmachte: Gantos Unterstellung war ja nur damit erklärbar, daß auch er seine Gespräche mit mir fortsetzte und nun die eingebildete Marie mit der echten verwechselte, und die eingebildete schien schlechter abzuschneiden als die echte, eine Spur dümmer, eine Spur den Schafen ähnlicher, die sonst bei ihm aufkreuzen und die er innerhalb einer Sitzung dahin bringen kann, wo wir seiner Meinung nach alle hingehören, weg von lebensunpraktischen Hoffnungen (seine Formulierung). Und in dieser modernen Teufelsaustreibung ist Ganto inzwischen so geübt, daß er währenddessen die Autobahnroute für das verlängerte Wochenende durchgehen kann.

Nur nicht bei mir. Und kurz sah ich, wie wir beide auf dem Nachhauseweg, jeder durch verschiedene Straßen gehend oder fahrend, mit dem anderen reden, nachträglich Verbesserungen und Präzisierungen vornehmen am zuvor Gesagten, den anderen noch ein bißchen mehr provozieren und ein wenig dümmer dastehen lassen; ich fragte mich aber auch, ob Ganto in der Lage war, mich von dieser Marie zu unterscheiden, deren Kampfstärke er wie im Computerspiel beliebig zurechtstufen und kontrollieren konnte, oder ob sie sich unbewußt über mich legte, wenn ich in Fleisch und Blut bei ihm war? Und das frage ich mich noch immer (es würde manches erklären). Aber ich weiß ja nicht einmal, ob er das überhaupt tut, mit mir reden, wenn ich nicht dabei bin. Vielleicht ist das auch nur ein Wunsch; ich habe ein starkes Bedürfnis nicht nur nach einstimmigen Stimmen, sondern auch nach Symmetrie.

Daher wird es Zeit, ihm endlich auf seine Wie-geht-es-dir-inzwischen-wohl-geht-E-Mail zu antworten. Es geht mir ja ständig anders, das kommt erschwerend hinzu, weshalb ich den Brief, der seit Lanjo-Dara in meiner Hosentasche steckt, über dem Papierkorb zerreiße. Weg mit dem Motorradmann! Ich will vertrauen, daß spontan die richtigen Worte schon kommen werden, sobald ich in einer der rotgelben Plastikboxen sitze, mit denen die Internetcafés hier ausgestattet sind, auch die in Morgenstadt, das weiß ich von Morgenstadtsprecher Olaf Schiede, der nicht in Ordnung fand, daß ausgerechnet Morgenstadt einen Konzern dulde, der mit seiner Softdrinkproduktion den Grundwasserspiegel der Insel so dramatisch senke, daß die Bauern im Sommer kaum die Felder bewässern könnten; aber die Einheimischen selbst betreiben doch die JettyCyber-Cafés, wurde ihm entgegengehalten, die Stunde ist da um zwanzig Prozent billiger als bei unserem hauseigenen Server FutureCyber und zieht massenweise Lowbudget-Touristen an, und da die Dörfer, auch wenn sie sich auf Morgenstadtland befinden, Morgenstadt leider nicht gehören, können wir ihnen das nicht verbieten, wir können sie nur aufklären, daß JettyCyber demselben Konzern gehört, der uns allen den Grundwasserspiegel senkt, so wie wir sie zu überzeugen versuchen, beim Cashewanbau die Pestizide wegzulassen, und das ist genauso schwierig, denn was für sie zählt, ist das schnelle Geld, wie überall. Die Lösung kann also nur sein, daß sie uns ihr Land verkaufen, was aber immer unwahrscheinlicher wird, wenn der Wert des Landes mit jedem Jahr steigt, woran wiederum Morgenstadt schuld ist, weil immer mehr Touristen kommen, und je mehr Geld wir einnehmen mit Morgenstadt, desto utopischer werden die Summen, die die Einheimischen für ihre Grundstücke fordern, es ist ein Teufelskreis. Und darum ist es das beste, meldete sich Olaf Schiede wieder zu Wort, die Einheimischen zu boykottieren, Morgenstädter und Gäste dazu aufzurufen, weder an ihren Imbißbuden haltzumachen noch JettyCyber in Anspruch zu nehmen, auch keine Handwerksprodukte bei ihnen zu kaufen, weder Kerzen noch Honig noch Trachten. Morgenstadt darf nicht zum Eldorado des Kapitalismus werden: Wenn wir uns nicht von der Restwelt unterscheiden, haben wir keine Existenzberechtigung.

So in etwa die Diskussion. Gut, daß Ganto nicht dabei war.

Landvolk. Sie riechen. Nach Rauch, nach Heu, nach Schweiß. Der Werkstattmann trägt kurze Hosen, mehr braucht er nicht, und einen Kugelschreiber hinter dem Ohr. Die Fahrräder wirken klapprig und sind schon leicht verrostet, Modelle wie aus einem früheren Jahrhundert, als man vielleicht schon zufrieden war, daß etwas Rundes uns nach vorne bringt. Sie scheinen vollzählig. Auf der anderen Seite der Werkstatt hingegen ist gähnende Leere, bis auf das Moped, vor dem Werkzeug ausgebreitet liegt. Noch immer habe ich die Wahl: Nehme ich das Moped (von dem ich nicht glaube, daß ich es bedienen kann), um die etwa fünf Kilometer zu FutureCyber zu schaffen, dann trage ich immerhin nicht dazu bei, daß der Grundwasserspiegel weiter sinkt. Statt dessen aber lasse ich ganz klar den Meeresspiegel weiter steigen. Also entscheide ich mich fürs Fahrrad und für JettyCyber, weil mir die globale Gesamtlage Vorrang zu haben scheint vor dem Wohl einer einzelnen Insel. Denn an der braunen Schraffur auf dem Faltplan erkenne ich, daß in Fahrradnähe ein Einheimischendorf ist. Und wenn es stimmt, was Olaf Schiede sagt, befindet sich in jedem Einheimischendorf mindestens ein JettyCyber aus rot-gelben Plastikboxen, das wir boykottieren sollen.

Ich helfe dem Werkstattmann, in dem großen, vom Regen aufgeweichten und schimmlig riechenden Buch die Seite mit dem Datum von heute zu finden; er zeigt mir im Gegenzug die Spalte, in die meine Unterschrift gehört, und kickt die scharfkantige Stütze des Fahrrads mit dem bloßen Fuß weg. Ich teste den Sattel, er holt schon den Schraubenschlüssel, um ihn niedriger zu stellen. Ich schaue herab auf seine montierenden Hände, die angewinkelten Ellbogen, ein Glanzpunkt von Schweiß in seinem Nacken. Draußen siebt das Blätterdach flirrendes Licht auf die rote Erde, ein gelber Hund trottet hindurch, mit einem spitz aufstehenden und einem hängenden Ohr, nun erreicht er die Leute, die teetrinkend und schwatzend vor dem Pavillon stehen und sich vom Know-your-true-Self-Kurs erholen. Auf dem Weg zum Schuppen ging ich durch sie hindurch wie durch die Leute im Wohnzimmer meiner Eltern. Nur daß die Frauen im Wohnzimmer meiner Eltern ihre Beine rasiert haben. Die Sommersprossige dort drüben hat orangenes Fell auf den Waden, aber vielleicht gehört das zum wahren Selbst dazu. Das könnte ich Ganto schreiben. Als reinen Beschreibungsbrief, der auf Anspielungen und Untertöne einmal ganz verzichtet. Ich könnte schreiben, denn sie trägt ein dschungelgrünes Kleid: Sie ging im rot-grünen Morgenstadt-Look. Ich sehe Ganto lächeln. Ich habe ihn immer wieder zum Lächeln gebracht.

Der Werkstattmann hält mir den Lenker hin. Faites attention, Mademoiselle, sagt er und imitiert den Zugriff eines

Diebs, als ich meine Tasche auf den Gepäckträger klemme. Ich hänge sie mir also statt dessen um und erhalte ein schönes Lächeln aus fleckigen Zähnen.

8

Das Fahrrad quietscht und sirrt vor sich hin wie ein abgelehnter und in sich gekehrter Gefährte. Mir geht es bald ähnlich, ich scheine gefärbte Luft zu sein, die mit ihren Mopeds zu umfahren sie sich aus irgendwelchen Gründen angewöhnt haben. Ich bemühe mich um Blickkontakt, aber erhalte keinen zurück. Nicht einmal die Einheimischen schauen. Nur die Frau, die zwischen ihren Schenkeln einen Weidenkorb flicht und kurz losläßt, um mit der einen Hand zu winken, mit der anderen auf die fertigen ineinandergeschobenen Körbe zu verweisen.

Vielleicht aber schauen sie heimlich, so wie meine Mutter und ich uns heimlich belauern, nach unseren langen Diskussionen, wenn wir überprüfen müssen, ob die andere sich etwas von unserer Rede zu Herzen genommen hat, etwa, ob es sich lohne, die Joghurtbecher auszuspülen und in die gelbe Tonne zu tun, ob also ich zu naiv bin oder sie zu pessimistisch, oder ob gerade der Pessimismus meiner Mutter Menschen wie mich zu Naiven macht, weil der städtischen Abfallentsorgung am Ende tatsächlich nichts anderes übrigbleibt, als alles wieder zusammenzukippen, wenn meine Mutter ihren Joghurtbecher unausgespült zum Altpapier tut. Daher also mein heimliches Lauern, wenn ich sie den Kühlschrank öffnen höre, den Löffel auf dem Grund des Plastikbodens ankommen und dann das Rauschen des Wassers vermisse und hereinstürze in die Küche: Siehst du, Mama, schon wieder, warum denkst du nicht daran? Oder die beste Freundin, die ich nicht habe, wir könnten einander belauern, ob die andere manchmal nicht doch heimlich geplagte Blicke durch die Gegend schickt, nachdem die eine etwas gesagt hat. Manchmal wünsche ich mir, ich würde das, was ich nur wie Meeresrauschen in der Ferne vernehme, am eigenen Leib einmal spüren, ebenfalls ergriffen werden von der Brandung des Erwachsenwerdens, ebenfalls aus dem Unterricht stürzen können tränenden Auges, weil ich auf dem Handy eine SMS gefunden habe, die mich zum Weinen und Herausstürzen treibt, und man schaut mir betroffen nach, alle, sogar der Lehrer. Ich dagegen erhalte nicht einmal einen Gruß, wenn ich morgens den Klassenraum betrete, man scheint in mir nur ein Monster aus Worten zu sehen, ein Konstrukt, das, sollte es eines Tages zusammenklappen, nicht einmal Blut hinterließe, höchstens Staub, der auffliegt wie aus einem zu lange unbenutzten Bett. Vielleicht bin ich für sie ebenfalls nur gefärbte Luft, die dann und wann rätselhafte Sätze von sich gibt, die sie nicht hören möchten, weil meine Ansichten sie irritieren wie eine juckende Stelle am Rücken, die man nicht finden kann, wahrscheinlich, weil der Arm zu kurz ist, der Arm der Intelligenz.

Daher mußte ich weg.

Daher war mir fast egal, wohin und warum.

Und dann hörte ich von Morgenstadt.

Ich hörte es im Radio, an den wenigen Tagen, an denen in meinem Leben ich Radio hörte, weil ich krank im Bett lag, man hatte einen kleinen Tumor in meinem linken Auge entdeckt, und ich lag in der Strahlenklinik, und niemand durfte mich besuchen, weil ich strahlte. Das ist nun geheilt. So geheilt, daß ich Ganto nie davon erzählt habe; es tut nichts zur Sache, ich bin ja geheilt. Ich lag im Bett, und Krankheit paßte so wenig zu mir, daß ich selber fast vergaß, was ich hatte, nur diese Augenklappe schien es zu wissen, sie barg unter sich das Geheimnis eines fünfzig Cent großen Geräts, das ständig Strahlung aussandte. Fünf Tage lang. Dann war alles gut. Aber im Radio ging derweil die Welt einmal unter und einmal auf für mich. Das alles habe ich Ganto nie erzählt. Ich passe ja auf, was ich ihm mitteile und was nicht, vielleicht bin ich deshalb so erschöpft nach unseren Sitzungen, ich komme mir vor wie ein Türsteher, der die Leute nicht nur mustern, sondern auch noch erfinden muß. Seltsam, daß ich dann nicht gleich die richtigen Leute erfinde, daß unter meinen Gedanken immer wieder Abzulehnende sind, wie die Sache mit meinem kleinen Tumor, dieser Phase im Bett, in der ich nur Radio hörte, da das Lesen mir verboten war und auch jeder Besuch, weil ich ja strahlte. Und in der ich alles über die Welt erfahren habe, an mehreren Nachmittagen, einfach alles, ich hatte den richtigen Sender auf einmal, da waren Stimmen, die wie von einer nur für mich hörbaren Frequenz zu mir kamen und die mir von Morgenstadt erzählten, nachdem ich am Tag davor erfahren hatte, welche Küstenstriche auf der Welt es ab wann nicht mehr geben, weil alles überschwemmt sein würde, und welche Regionen wir noch retten könnten, wenn wir sofort alle Emissionen stoppten. Seltsam, daß man das so genau weiß. Für mich wäre es selbstverständlich, auf alles zu verzichten, was uns zerstört, so wie es für die Ärzte selbstverständlich war, mich und mein Auge zu retten. Auch die Insel Lanjo-Dara wird untergehen, in etwa sechzig Jahren. Bis dahin sollte man in Morgenstadt genügend Fortschritt geleistet haben, um der Welt ein leuchtendes Beispiel sein zu können, jener Welt, die dafür verantwortlich ist, daß Morgenstadt untergeht. Das ist schön und traurig zugleich. Besonders traurig, schaue ich mir diese üppigen Cashewplantagen links und rechts an, und die schwarzen Arbeiter, die so elegisch durch die Furchen der Äcker wandern, mit Eimern und Schaufeln, in der Stille des Nachmittags. All das wird im Meer versinken wie Atlantis. Wer wird wohl zuletzt in diesem Gebäude wohnen, das am Rande des Feldes nun aufglüht im späten Nachmittagslicht? Ein großes, feudales Haus in Erdtönen, mit Balkonen, Terrassen und römischen Säulen; wer wird dort wohnen, wenn die Wellen schon hochsteigen zum Dachgeschoß? Die Mäuse und Ratten, die Hunde und Katzen, oder die Einheimischen, die endlich die Stunde gekommen sehen, da das Versprechen sich erfüllt: Morgenstadt gehört allen Menschen und niemandem im besonderen. Werden sie oben in der höchsten Stube sich einnisten, in der Hoffnung, das Meer ziehe sich bald wieder zurück, so wie man das kennt von Ebbe und Flut, und derweil harren sie aus, bis ein Hubschrauber vorbeikommt und ihnen Strickleitern herabwirft, auf denen sie unter Dröhnen den Weg zu Unbekannten hochklettern? Vielleicht kommt aber auch niemand. Weil man zu viele retten muß und es Reihenfolgen der Wichtigkeit gibt; warum sollten die, die heute nicht beachtet werden, die im grauen Planenmeer von Lanjo-Dara Wache halten vor dem Nichts, in Notzeiten wichtig werden? Oder unterschätze ich das Rückgrat der Welt; wird die UNO für den letzten schlappohrigen Inselhund rechtzeitig einen Umsiedlungsplan erarbeitet haben?

Vom Meer kommt nun Wind, fegt die Straße hoch, trägt den Geruch von Fisch und Hitze und bringt die Schilder ins Schaukeln und Flattern, *future-massage, future-bikes, dolphin spotting, cuisine méditerranée, tibetan kitchen,* der Wind hat alles Lose beim Schopf gepackt, Bonbonpapier und pinkfarbene Blüten wirbeln durch die Luft, die Straße wirkt viel zu leer für so viel Angebot, aber wer will schon Zukunftsmassagen, die womöglich nie stattfinden? Und wer um Himmels willen hat die Einheimischen beraten?

Sie selbst scheinen kein Interesse an ihren Angeboten zu haben; die Frauen in ihren taillierten Kleidern, brombeerrot und kanariengelb, mit Puffärmeln, inspizieren lieber die Fische, die auf Holzkisten ausgebreitet daliegen und schwarz sind vor Schmeißfliegen, oder drängen sich vor dem Gemüseverkäufer, der Kürbis und Kartoffeln gegen Eisengewichte aufwiegt, und die Männer versammeln sich statt im apfelgrünen *Coffee Day* unter den abgesenkten Vordächern der Teestuben, doch mit Blicken, die trübe über ihre plakatierte Straße flackern, über das Wort Frühstück in fünf Sprachen, das sie sich von vorübergehenden Touristen wohl buchstabieren ließen, und ihr Blick wird noch trüber beim Anblick der blonden Mädchen, die nun auf ihrem Moped uns alle überholen, in Bikinioberteilen, in Röckchen mit ethnischen Ornamenten; es sind die gleichen Röcke, die hier im Wind darauf warten, daß jemand wie ich sie kauft, denn die Einheimischen tragen offenbar mit Vorliebe das, was sie für unsere eigentliche Kleidung halten, was wir also ihrer Meinung nach zu Hause tragen, bevor wir uns hier in diese Hippiehüllen werfen und die Zeit um dreißig Jahre zurückdrehen. Doch sind sie selbst eher in den Fünfzigern gelandet mit diesen adretten Cocktailkleidern und den korrekten Hosen mit Bügelfalte, mit Rüschen und Satinwesten für die Kinder, über die dennoch unübersehbar der Meereswind geleckt hat, die Sonne und die Angst, nicht zu genügen vielleicht.

So viele Kinder auf einmal. Aus einer Gasse laufen sie herbei; Kinder und Lärm und inmitten des näher kommenden

Lärms ein schrilles Lachen. Ich halte an. Er fällt herunter. So scharf habe ich gebremst. Nein, ich habe ausgeholt und ihn weggeschubst. Er war auf meinen Gepäckträger gesprungen. Ich wußte nicht, daß ich so katzenschnelle Reflexe besitze. Er taumelt, er wehrt mit der Hand den schlammigen Boden ab, aber verliert das Gleichgewicht erneut und fällt schließlich der Länge nach hin. Er rappelt sich auf, er ist voller Schlamm. Du Mistkerl. Die Kinder umfließen mich und kreischen vor Vergnügen. Der Junge ist unter ihnen abgetaucht. Mistkerl, wiederhole ich, als suchte ich mit diesem Wort nach ihm, als wäre das sein Name, aber ich deute damit nur das Herzklopfen um, das mich überfallen hat, dieses übertriebene Gepumpe, hinter dem ich lieber Wut als Angst wissen möchte, falls man mir da die Wahl läßt. Was ich als Kreischen der Kinder wahrnahm, wird zu Wörtern, comment-allez-vous klebt von innen gegen die Wand ihres Lärms. Der Junge steht abseits am Straßenrand. Schmale Augen, ein verschlagenes Gesicht, häßlich; vielleicht ist es seine Wut, die ihn so häßlich macht, und vielleicht, da auch ich wütend bin, denkt er das gleiche in diesem Augenblick von mir. Wir starren uns an, über die kreischenden Körper hinweg. Vielleicht sollte ich zu ihm hingehen und versuchen, die Sache zu erklären? Daß er mir angst gemacht hat, nein, mir immer noch angst macht? Er ist kein Kind mehr. Er ist bestimmt schon dreizehn, vielleicht vierzehn. Das sind die Schlimmsten, ich kenne sie vom Pausenhof. Völlig unkontrolliert. Er stopft sich eine Zigarette in den Mund, unter der Nase glänzt es feucht. Rotz. Laß es Rotz sein, keine Tränen. Damit werde ich fertig. Ich fühlte mich angegriffen von ihm, werde ich sagen, wenn das hier Ärger nach sich ziehen sollte. Ich sah darin kein Spiel, keinen Spaß. Die Kinder wimmeln weiter um mich herum, der Junge scheint ihnen egal, es war keine Mutprobe, kein verabredeter Streich, womit Kinder einander das Leben so schwer machen, wie es später dann bestimmt kaum noch werden kann. Ich schiebe mein Fahrrad durch sie hindurch, die stetig mitwandern, atemlos erreiche ich eine schleichende Kolonne aus Mopeds und Autos, die Kinder scheinen sich zu langweilen und zupfen an meinem Haar, ich hebe die Hand, aber ernte nur Lachen und drücke meine Tasche fester an mich.

Mit einem Moped würde mir das nicht passieren. Ich würde durch sie hindurchsausen, gezogen und beschützt von der Autorität einer fremden Kraft, statt vorwärts zu strampeln mit meiner eigenen, sie hätten mehr Respekt vor mir, sie ließen mich in Frieden.

Der Grund des Wartens ist ein Straßensee, rot, sämig, schlammig. Es scheint einen krummen Weg durch ihn hindurch zu geben, man fährt zur Mitte, hält sich links und dann scharf rechts. Ich lasse meine Füße durch das Wasser auf- und abstampfen, meine Schuhe sich vollsaugen mit dieser Brühe, dem Saft ihrer Erde, ich lasse es zu, ich habe keine Wahl. Der Tag wird enden mit Kummer, mit nassen Hosen, mit Schmutz. Vielleicht habe ich Ganto etwas zu berichten. Morgenstadt ist nicht nur ein Wort, an das wir unsere Reden heften, Morgenstadt besteht aus Erde, Luft und Wasser, aus Rauchgeruch und Kindergeschrei, das meine eigenen Stimmen verdutzt zusammenzucken läßt.

Ich bin auf den letzten Metern zu JettyCyber. Neben einer muschelweißen Marienkapelle steht der vertraute Kasten aus Fertigwänden, mit verschmierter Plexiglasfront, hinter der die rotgelben Plastikboxen verheißungsvoll leuchten. Sie sind begehrt. Bis draußen stehen sie Schlange. Jugendliche. Weiße.

Meinesgleichen. Ich stelle mein Fahrrad zwischen ihre Mopeds und reihe mich ein hinter einen schmächtigen Jungen, dessen Schädel rasiert ist, als hätte man Läuse bei ihm entdeckt und sofortige Maßnahmen ergriffen.

So stand ich auch hinter Gantos Rücken, nur daß Ganto groß ist, sehr groß, und sein Haar von Woche zu Woche jugendlich länger wurde, und stehe ich direkt vor ihm, dann muß ich den Kopf in den Nacken legen, will ich nicht auf seine Brust schauen. Denn ich bin klein. Möchtest du Kaffee, hatte Ganto mich manchmal gefragt, wenn er feststellte, daß wir müde wurden, und obwohl ich nie müde war, sagte ich ja, damit wir gemeinsam durch die Tür auf den langen Gang hinauskonnten, zum Automaten am Ende, aus dem es zischt und röchelt und Plastikbecher herausfallen. Meistens stehe ich hinter ihm, als stünde ich Schmiere, während er Zahlen eingibt wie in einen Tresor, und weil es mir unangenehm ist, die blinde Rückseite eines Menschen zu betrachten, schaue ich an mir selbst herab, zwei Beine in Jeans und zwei Füße in flachen blauen Schuhen, die, wenn man sie auszieht, die Form meiner Zehen wiedergeben (daran erkennt man den Zeitpunkt für den Wechsel, meint meine Mutter, ich dagegen finde, sobald die eigene Form sich durchdrückt, gehören die Schuhe erst wirklich den Füßen.)

Ganto also mit dem Rücken zu mir am Automaten, und ich vermeide, ihn anzusehen, auch wenn ich manchmal den Eindruck habe, wir gehen nur deshalb zum Automaten, weil er mir verschiedene Seiten von sich zeigen will, den athletisch gehenden Ganto, den sich lässig zum Münzschlitz beugenden Ganto, den mir den Plastikbecher wie einen Drink reichenden Ganto.

Manipulation auf allen Ebenen. Er weiß, daß Reden nicht

reicht, weiß es längst und wußte es schon immer. In Gegenwart des Automaten, als sei er ein Beichtstuhl, tritt es zutage, nach und nach: zuerst kommt er mir mit dem Film, wir könnten ihn gemeinsam ansehen, ein Film über Orte wie Morgenstadt, dokumentarisch und fair.

Orte wie Morgenstadt, denke ich und nippe am Kaffee, wenn das stimmte, müßte ich nicht nach Morgenstadt, doch hat es eben seine Gründe, daß es keine Filmaufnahmen von Morgenstadt gibt, denn Morgenstadt ist anders als die Orte, die Filme erlauben, darum: was er mir da gerade anbietet, lohnt nicht die Mühe. Aber ich habe nichts dagegen, neben Ganto im Auto durch die nächtliche Stadt zu fahren, denn der Film, sagt er, laufe leider sehr spät, um neun, ob er meine Eltern anrufen und um Erlaubnis fragen müsse, und ich lache und erkläre, ich wohne seit einem Jahr im Souterrain, ich habe einen eigenen Zugang vom Garten aus, ich kann also gehen und kommen, wie ich will, auch andere können das im übrigen, niemand merkt es, das wissen meine Eltern so gut wie ich, und weil sie mir rundum vertrauen, haben sie mich dort einziehen lassen, vielleicht, um schlimmere Umzüge zu verhindern, entferntere als die Stufen hinab. Denn meine Eltern waren früh gewarnt, schon als Kind bin ich ausgerissen manchmal, und es hatte nichts zu tun mit ihnen, die garantiert die besten Eltern auf der Welt sind, sondern eher mit Unruhe, die ihr Ziel erst fand, als ich von Morgenstadt hörte.

Wohin bist du denn ausgerissen? fragt Ganto zwischen zwei Schlucken und leichtfertig im Ton.

Ins Kornfeld. Oder zum Wald. Oder ins nächste Dorf. Es war eigentlich egal, Hauptsache, ich konnte fühlen: Ich reiße aus.

Ich sehe, ich kann ihn nicht faszinieren, er hat sich mehr

erhofft. Ich auch, aber ich weiß einfach mehr nicht zu sagen in diesem Moment. Das passiert manchmal, wenn wir hier beim Getränkeautomaten stehen, vielleicht weil der hohe dunkle Kasten mir vorkommt wie eine dritte Person, ein heimlicher Mitlauscher. Und falls der Automat nicht lauscht, dann vielleicht jemand hinter den beiden Türen links und rechts.

Auch ich bin ausgerissen, sagt Ganto da.

Ach ja?

Mit einem Freund.

Das gilt nicht, rufe ich, dann ist es ja nur ein Spiel, und Ganto lächelt auf diese ironische Art, wenn er meint, mir erkenntnismäßig einmal wieder voraus zu sein, und damit kann er mich tatsächlich verunsichern. Ich puste auf meinen Kaffee. Die Stimmung der Widerworte; das ist es, was er gesehen hat. Und es wird wie immer schwer, da wieder herauszufinden.

Und für dich war Ausreißen kein Spiel? fragt er.

Ich spiele nie, sage ich ernst.

Er lächelt um so mehr.

Wenn du mich fragst, Marie, du spielst die ganze Zeit.

Soll ich protestieren? Oder lieber lachend ihm zustimmen? Da beides gleich möglich scheint, ist beides wohl falsch. Die wahre Reaktion liegt verborgen. Aber hält Ganto mir nicht gerade die Tür dahin auf, und ich muß bloß vertrauensvoll hindurch? Und vielleicht kann dann endlich das von mir ersehnte Spiel: Karten auf den Tisch, das Ende aller Spiele! beginnen.

Aber ich mag mich täuschen. Blamieren möchte ich mich nicht. Und nun habe ich weder gelacht noch mich wütend gezeigt, nur Zeit verstreichen lassen mit Nachdenken, während ich weiter konzentriert auf meinen Kaffee puste, als sei die Temperatur gerade meine größte Sorge. Und da sagt Ganto: Du denkst wieder nach, nicht wahr? Das gefällt mir an dir. Du denkst. Du bist gründlich. Du willst Wahrheit und nutzt alle deine Möglichkeiten. Du bist wirklich anders als die anderen.

Ich schaue ihn an, doch er verschwindet in zügigem Kaffeeaustrinken und neuen ziehen. Könnte man einige Sekunden lang in den anderen hineinblicken. Das würde vieles einfacher machen. Ich fühle Glück. Er auch?

Davon habe ich zuletzt etwas neben Simon am Feuer gespürt, als das Gegröle der anderen und das pädagogische Gitarrengezupfe unserer Lehrer wie im Film leiser zu werden schien und ich mich fragte, wie konnte ich diesen blonden Jungen jahrelang übersehen, der doch so schön von mit Pflanzenöl betriebenen Autos redet?

Seltsam, daß Situationen anfangen, sich zu ähneln. Oder ist Glück immer dasselbe, egal ob Drogen uns glücklich machen, schöne Einsichten oder die Worte des Gründers?

Nur daß Ganto natürlich eine ganz andere Art Mensch ist als Simon. Komplizierter. Hintergedanken und Hinterzimmer. Und jetzt noch ein Zimmer halb im Keller. Denn darauf kommt er zurück, nachdem er hellseherisch festgestellt hat: Und nun denkst du über dein Nachdenken nach, nicht wahr?

Aristoteles, sage ich, noch immer beglückt, das Denken des Denkens! Aber da ich mehr nicht weiß und im Augenblick auch für unangebracht halte, erkläre ich ihm schnell den Weg: Von der Liebermannstraße aus durchs Gartentor, das hielte ich für ihn offen, und von dort über die Steinplatten direkt zu meiner Tür und klopfen.

Du bist dann aber fertig, ja? Dann verlieren wir keine Zeit! Ich hole dich um halb neun ab!

Klar bin ich fertig. Oder soll ich draußen am Tor stehen?

Er knabbert am Plastikbecher und sieht plötzlich aus wie selber erst siebzehn. Sein Zögern und ebenfalls gründliches

Nachdenken, wobei er noch seinen Fuß auf den Getränkekasten abstellt und das Knie beugt. Wie selbstvergessen Ganto manchmal sein kann! Ich dagegen weiß immer ganz genau, was ich gerade tue und wie ich dabei aussehe!

Ach nein, ich klopfe. Denn du sollst nicht allein im Dunkeln an einem Gartentor stehen und auf jemanden warten. Falls ich mich verspäte.

Diesmal bin ich es, die sich Ironie im Lächeln gönnt. Denn natürlich: Er möchte mein Zimmer sehen! Wo ich doch von der Sehnsucht nach Zimmern rede, die möglichst leer sind und die man von außen verriegelt.

Das alles war jedenfalls neu, auch wenn ich mir sagte, wahrscheinlich bekommt er den Ausflug bezahlt, oder damit er ihn bezahlt bekommt, fertigt er anschließend ein Protokoll an, das bei der nächsten Mitarbeiterbesprechung die Runde macht.

Noch immer steht die E-Mail von Ganto zuoberst, nicht einmal Werbung verirrt sich zu mir. Aber was erwarte ich auch, habe ich mich ja auf seine Frage, wie es mir geht, noch immer nicht gemeldet; was soll er mir da schon wieder schreiben? Ich tippe und lösche ein wenig vor mich hin, vielleicht gibt es ja nichts zu sagen, vielleicht gibt es nur Fragen, zu denen mir der Mut fehlt, und ich schreibe: Es geht mir gut, wie geht es Dir?

Die Kürze der Nachricht gefällt mir. Ihre Schlichtheit. Völlig untypisch für mich. Ich gehe auf Senden, logge mich aus und schlängle mich an den Wartenden vorbei zur Kasse, wo ein Einheimischer eine mir unverständliche Zahl murmelt und dann meinen Schein einsteckt; der Betrag schien genau zu stimmen. Ich trete mit einem Lächeln nach draußen.

Sie stehen inzwischen in kleinen Grüppchen zusammen, rauchend und verschworen, kaum anders als die Grüppchen auf dem Pausenhof. Ich schultere meine Tasche und gehe an ihnen vorbei. Sehe mich aber nach einigen Metern doch noch einmal um, denn das Bild eines schlaksigen Jungen ist mitgegangen, sein struppiges helles Haar und die schwarzen Espadrilles, deren Ränder hinten flachgetreten sind, wie er raucht, die Zigarette zwischen Daumen, Zeige- und Mittelfinger. Und jetzt sieht er mich an. Als er die Zigarette in den Boden tritt und kurz aufschaut von seinem drehenden Fuß. Kurz nur. Er hat ein schmales, strenges Gesicht, jemand sagt seinen Namen, Hendrik, und er schaut sich um, seine Füße nun übereinander wie die des Erlösers am Kreuz, ich gehe weiter, ich bin mir nicht sicher, nie bin ich mir sicher, vielleicht wäre es einfach gewesen, so einfach wie meine E-Mail an Ganto. Es wird dunkel. Sowieso, ich muß zurück. Sage ich, als er plötzlich neben mir steht, während ich mein Fahrrad aufschließe, er fragt, mit holländischem Akzent, wir fahren zum Strand, willst du mit?

9

Ich schließe die Zimmertür und stehe neben meinem Watchman auf der Holzveranda. Wir schauen nun gemeinsam in die glitzernde Dunkelheit, durch die hier und da Gestalten wandern, einige mit Taschenlampen, andere mit Leuchten vor der Stirn wie Bergwerksarbeiter. Ich stehe gerne neben ihm und habe teil an seiner intensiven Interesselosigkeit. Doch meine ich nun Anzeichen der Unruhe bei ihm zu bemerken. Ich trete vor ihn hin und mache das Zeichen für Essen (ich führe meine zusammengedrückten Fingerspitzen zum Mund), hunger, manger, sage ich dazu, und er weist mit schlaffer Hand zum Waldrand, ihm fehlt das Selbstbewußtsein für Gesten, offenbar ist er spezialisiert aufs Koffertragen und Diebeabwehren. Ich bedanke mich höflich und gehe los. Jemand nähert sich aus der Dunkelheit, sein Gesicht ist verschattet von einem Hut, aber ich habe den Eindruck, ihn zu kennen.

Guten Abend, Marie.

Hallo, sage ich leise.

Es ist der Motorradmann aus Lanjo-Dara. Er geht neben mir her, schweigend, und unsere Füße versinken schmatzend im Schlamm. Noch immer fühle ich den Schreck. Nach unserem Besuch des Gründergrabes hatte ich ihn nicht einmal mehr gegrüßt, ja sogar weggeschaut und getan, als bemerkte ich ihn nicht, wenn er mir entgegenkam durch den Gang des Gästehauses. Er scheint nicht nachtragend, doch das macht die Sache nicht leichter. Besser, er strafte mich mit Beleidigtsein. Dann könnte ich umgekehrt auch ihm die kalte Schulter zeigen, und wir hätten ausgewogene Verhältnisse. Jetzt bin ich lediglich mal wieder verwirrt.

Kurz vor dem Eingang zur Kantine bleibt er stehen, folglich bleibe auch ich stehen. Das gelbe Licht der Reispapierlampen bestrahlt seine schmalen roten Lippen und die gebogene Adlernase; er sei mir zugeteilt worden, sagt er da, sagt es fast schüchtern, er sei mein *buddy,* so nenne man das hier.

Diese stechenden, flinken Augen. Mir noch gut bekannt vom Abendessen in Lanjo-Dara. Ob er sich als Kamerad, als Buddy ausgibt, in Wahrheit aber prüfen soll, ob ich zur Morgenstädterin tauge? Ist er ein Spion? Ich werde den Teufel tun, ihm zuliebe meiner Vorstellung von seiner Vorstellung einer guten Morgenstädterin nachzukommen.

Auch fällt mir sein Name nicht mehr ein.

Bist du gut angekommen, fragt er, und ich sage, geht so, mich stört, daß man die Einheimischen als Dienerschaft mißbraucht, das habe ich mir anders vorgestellt an einem Ort, der allen zugleich gehört, der an die Einheit der Menschen glaubt; er hält mir die Tür auf, im Eingangsbereich steht ein blauschimmerndes Elektrogerät, an dem knisternd Insekten verglühen, und wie eine Illustration meiner Beschwerde stehen da die schwarzen Köche hinter der Theke und verteilen Essen aus Edelstahlwannen. Also immer diese schwarze Dienerschaft, stöhne ich, warum machen wir das nicht selber, Essenausgeben, ich rede und rede und merke plötzlich, daß ich die einzige im Saal bin, die redet, der Motorradmann legt bereits den Zeigefinger an die dünnen Lippen und flüstert: Noch zehn Minuten, dann ist es acht Uhr, und das Schweigen wird aufgehoben. Alle sehen mich inzwischen an, sie haben natürlich mitbekommen, daß endlich hier mal jemand die Wahrheit ausspricht, ich bin wirklich glänzend heute im Mich-Danebenbenehmen, aber wenn ich Erwartungen nachkommen soll, muß ich instinktiv das Gegenteil tun, wobei ich dachte, hier dürfte ich das endlich, denn sonst hätte ich ja gleich zu Hause bleiben können; so etwa rattert die Stimme in mir nun weiter, denn sprechen darf ich nicht, und noch immer schaut man mich an, und zwar nicht nur die Touristen, die man wie üblich an ihrer exaltierten Globalisierungsgarderobe erkennt, nein, ganz Morgenstadt scheint in dieser Kantine zu hocken und mich anzusehen, Frauen mit ungefärbten, grauen Haaren und Kleidung nach der Mode, als Mode sie noch interessiert hat, Frauen wie verlassene Häuser und ohne Schminke, was ich wiederum gut finde, wenn auch nur, weil meine Mutter zu viel benutzt und ich also das Gegenteil gut finden muß; noch immer schauen sie zu mir hin, vielleicht weil ich so herausfordernd zurückblicke, das macht sie neugierig, sie denken vielleicht: Das ist ihre Jugend, sie hat das Gratis-Selbstbewußtsein derer, die noch nie angefochten wurden, weil einfach die Gelegenheiten dazu fehlten.

Aber genau deshalb bin ich ja hier! Schluß mit dem unverlangten Selbstbewußtsein, ich will ja in Frage gestellt werden, aber gründlich, und nicht wie Ganto oder Herr Reich das tun, die immer nur zu fragen wagen, worauf sie selber schon die Antwort kennen.

Ich möchte die Frage, auf die nur ich die Antwort weiß.

Er hat sich mir gegenübergesetzt, wie selbstverständlich. An diesen Tisch hier draußen bei den Bambusstauden, die im Wind aneinanderklackern. Er ist mir einfach gefolgt, mein Buddy, obwohl ich doch deutlich vor ihm geflohen bin, ohne

Blick zu ihm, der noch am Buffet stand, als ich meine Schulter gegen die Tür drückte, in beiden Händen das Tablett. Sein Name ist mir aber wieder eingefallen: Er heißt Toskim, Toskim Siedel.

Er sieht mich gelegentlich an, ich schaue nicht zurück. Von den Füßen her steigt Rauch auf, wie Trockeneisdampf in der Disko, in der ich nie war; es sind Moskitocoils gegen die Moskitos.

Wir sitzen also im Rauch, im Schweigen, im Zirpen der Grillen und im Klackern des Bambus.

Ich denke an Hendrik.

Ich könnte nun mit ihm und den anderen am Strand sein und Spaß haben.

Das wäre angemessen für mein Alter.

Hendrik hat auf meine Füße gezeigt. Das gefiel mir. Wie er den Zeigefinger ausstreckte zu meinen blauen Schuhen, die nicht mehr blau waren, sondern mit einer Kruste roter Erde überzogen, also eher lila. Die Pfütze auf der Straße, habe ich gesagt und vage den Weg hinabgedeutet, und er hat mir daraufhin von seinem neuen Motorrad erzählt, mir sogar angeboten, mich damit später zurückzufahren nach Eternity. Don't cycle, sagte er. If you use a cycle you let them know you're a tourist. They trick you. They rob you. They kill you.

Das letzte schien mir eher dem schönen Rhythmus des Redens geschuldet und einer Freude an Dramatik, die ich durchaus teile; never travel alone at night, sagte er, always use a motorbike, always and have a whistle in case of emergency. Er hatte Sand im dunkelblonden Haar. Verklebte Strähnen mit Sand. Wir waren den ganzen Tag am beach, sagte er. Es ist mein erster Abend hier in Morgenstadt, sagte ich (als erklärte das irgendwas), und er sagte auf deutsch, du wirst entweder sehr viele Abende hier haben oder sehr wenige, man haßt es oder liebt es, und ich fragte ihn: Und du? Er zögerte. Dann sagte er: Ich spreche die Sprache hier. Wir waren mit den einheimischen Kindern im selben Kindergarten. Damals war das so.

Kannst du etwas für mich sagen, rief ich seltsam aufgeregt, ich kenne bislang nur das Wort für Morgenstadt, Archanu, und das finde ich schön! Er schüttelte den Kopf und wirkte enttäuscht: Das sollte nur ein Hinweis sein, daß ich schon sehr viele Abende hier verbracht habe, und jetzt guess why. Du bist hier geboren. Ja, sagte er und wirkte erschöpft von meiner Neugier. Er wies zu seinem Motorrad, in dessen Silberverkleidung das Abendrot leuchtete, so what about you, wanna come? Weil er bereits so erschöpft von mir schien und weil die anderen in diesem Moment nach ihm riefen, habe ich auf seine Frage nicht reagiert, sondern erwartungsvoll zu den anderen geschaut, als riefen sie nach mir statt nach ihm. Du hast etwas vergessen, Hendrik, rief ein Mädchen, die Hand in einer Segeltuchtasche, die wohl seine war, du hast etwas vergessen, du mußt noch mal zurück! Die Wiederholung klang gereizt, und sie sah ihn mit Genugtuung an. Hendrik reagierte nicht. Ich muß dann los, sagte ich. Du kannst uns ja mal besuchen, schlug er vor. Wir wohnen im Chalet Jeune-Air in der Nähe der Stadthalle. Die Chefs haben uns gerne in ihrer Nähe. Geben uns zwar ein eigenes Haus, aber immer in Sichtweite.

Ich habe mit ihm darüber gelächelt und dann versucht, mich elegant und lässig auf das quietschende Fahrrad zu schwingen.

Das Ende des Schweigens: Bon appétit, Guten Appetit, enjoy your meal, und plötzlich schwirren Stimmen durch die Nacht.

Toskim sieht erneut zu mir hin, was mich stur auf meine Süßkartoffel mit Chilisauce starren läßt.

Als dein Buddy ist es meine Aufgabe, dir das Wichtigste über diesen Ort zu erklären. Denn wir möchten nicht, daß du zu schnell kapitulierst.

Er lächelt.

Ich lächle nicht zurück.

Er hört auf zu lächeln.

Und redet nun von irgendwelchen für mich anstehenden Aufgaben und Terminen: zu entrichtende Gebühren, einzurichtende Konten, zu absolvierende Vorstellungsgespräche. Ich muß plötzlich an den Schulleiter denken. Er hielt meine Hand beim Abschied sehr lange und drückte sie mehrmals, während er sagte: Falls es dir in Morgenstadt nicht gefällt, liebe Marie, dann komm zurück, ich habe mich dafür eingesetzt, daß eine Sonderprüfung dich zum Abitur zulassen wird, nicht alle Lehrer waren damit einverstanden, aber die Mehrheit will dir diese Chance geben, denn eine unkontrollierte Intelligenz wie deine braucht Führung.

Es stimmt, ich brauche Führung, aber gewiß nicht vom Schulleiter, den seine eigenen Worte sichtbar ergriffen, von Toskim Siedel aber auch nicht, der, seiner Zuhörer plötzlich gewahr (die Frauen am Tisch machen sehr zarte Kaubewegungen, als verarbeiteten sie das Gesagte auf diese Weise), sich nun in Szene setzt, den Hut abnimmt und auf den Tisch legt, was ich sehr unappetitlich finde. Der Hut hat eine Glatze bedeckt. Mich ekeln Glatzen. Hörst du mir zu, Marie? An seinem rechten Augenlid zuckt jetzt etwas, und er lehnt sich zurück, als wolle er das Zucken aus dem Blickfeld räumen. Natürlich höre ich zu, sage ich, könnte auch alles wiederholen, wenn du möchtest, und denke: Das habe ich in dreizehn

Schuljahren schließlich gelernt, und Toskim scheint zufrieden und redet weiter. Die Frau mit den vielen Ringen verschluckt sich und hustet laut, was ihn unterbricht. Frauen mit vielen Ringen wollen davon ablenken, daß der *eine* fehlt, behauptet meine Mutter. Kann sein, daß sie recht hat, ich kenne mich mit solchen Nöten nicht aus, denke aber, daß die Ehe nicht immer das beste für jeden ist; man sieht ja an Ganto, welche Probleme das bringt, er begnügt sich nicht mit Ringen an Fingern, sondern muß auch noch, wie seine Klienten, heilige Kreise ziehen, sobald es um sein *Privates* geht.

Darf ich dich etwas fragen, Marie? Toskim lehnt sich nun wieder nach vorne, das Zucken an seinem Auge hat inzwischen aufgehört. Was möchtest du hier erreichen?

Stille, sage ich aufs Geratewohl und in der Hoffnung, daß er dann vielleicht den Mund hält.

Und ich möchte dienen, sagt Toskim lächelnd, selbstlos dienen.

Wie dumm das klingt aus dem kleinen Mund unter der Adlernase. Und die Frauen am Tisch nicken auch noch zustimmend.

Vielleicht ist es ja dasselbe, schlage ich vor, denn es wirkt auf einmal, als sei seine Antwort mit meiner unvereinbar und ihr haushoch überlegen.

Vielleicht ist es tatsächlich dasselbe, räumt Toskim nun freundlicherweise ein. Denn selbstloses Dienen, wie der Gründer es uns empfiehlt, befreit uns vom inneren Lärm, indem wir einfach das tun lernen, was ansteht, abseits unserer mitgebrachten Präferenzen und Vorstellungen, wie etwas zu sein habe, daher *selbstloses* Dienen. Hast du zum Beispiel bemerkt, Marie, wie viele Gedanken und Urteile sich auf dem Weg hierher zwischen dich und deinen Blick geschoben haben?

Doch, nicke ich kauend.

Aber alles hat hier seine eigenen Vorstellungen, doziert er weiter, und daß wir erst wirklich frei seien, wenn wir von unseren Vorstellungen frei seien, und ich habe plötzlich ein Bild vor Augen, das mich bei Laune hält, ich sehe Toskim in Gantos Büro sitzen und dort genauso hündisch seine Glaubenssätze von der Freiheit durch Vorstellungslosigkeit proklamieren wie hier, und ich stelle mir Gantos Pein vor, der jeden Glauben, auch den von der Vorstellungslosigkeit, für einen zuviel hält, und dann Toskims Pein, weil Ganto seiner Vorstellung nach zu viele Vorstellungen hat, um Toskims Vorstellung von der anzustrebenden Vorstellungslosigkeit würdigen zu können, und die beiden geraten in traurige, wirre Spiralen des Besserwissens.

Inzwischen ist Toskim bei der Natur angekommen, sogar sie habe ihre eigenen Vorstellungen: Eine Wand schwarz von Ameisen, und du wendest dich kurz ab, um deinen Diener zu rufen, und im nächsten Augenblick ist die Wand wieder weiß. Niemand kann sagen, was dieser schnelle, schwarze Besuch bezweckt, vielleicht ein Witz, ein Spaß, uns erst zu alarmieren und dann eine lange Nase zu drehen. Und darum nennt man sie auch: Die Ameisen Gottes.

Die Frauen lächeln, was für ein schöner Name! ruft die mit den Ringen, und Toskim lächelt zurück, als verständigten sie sich gleichzeitig über mich, die hier gerade wunderbare Dinge erfährt und gewiß erbaut und verwandelt aus dieser Runde hervorgehen wird, ich verziehe natürlich keine Miene, was Toskim offenbar noch weiter aufdrehen läßt, er legt plötzlich die Hand auf den Tisch, als wollte er ihn zum Schweben bringen: Ist dir schon aufgefallen, Marie, wie krumm und schief hier alles ist? (Ich zucke die Schultern.) Weil die, die unsere Möbel bauen, selber keine benutzen. Wie sollen sie also wissen, daß ein Stuhl nicht wackeln darf, wenn sie selber nur auf dem Boden sitzen? Unser Bedürfnis nach glatten Oberflächen und dicht schließenden Türen; wir können es ihnen hundertmal erklären, sie sagen ja, ja und nicken, aber stellen dann den tausendsten Stuhl mit ungleichen Beinen her. Oder den Schrank mit Dellen. Hauptsache, er schließt, denken sie und hauen mit dem Hammer ins Holz, bis es paßt!

Er wird mit jedem Wort unwirscher, den letzten Satz hat er regelrecht geknurrt, und auch mein plötzliches Lächeln kann daran nichts ändern oder mein Einwand, daß ich krumme Möbel eigentlich nicht schlimm finde, vielleicht sogar im Gegenteil. Er steht auf, murmelt etwas von Nachschlag holen und trägt den leeren Teller wie eine Wünschelrute vor sich her zur Tür.

Auch ich habe noch Hunger, aber ich warte lieber, bis Toskim zurückkommt. Dann verbringen wir weniger Zeit miteinander.

Schneller, schwarzer Besuch: Das war auch Ganto. Klopft an meine Tür, und ich öffne schnell, er trägt einen langen schwarzen Mantel und sagt: Ich bin zu früh, ich weiß, aber ich gehe auch gleich wieder, denn ich muß dir leider absagen, wir gehen ein anderes Mal ins Kino.

Kein Grund.

Er hat sich darauf verlassen, daß ich, wie immer, wenn es um sein Leben jenseits der Bürostunden geht, mich mit dem zufriedengebe, was er mir freiwillig zuwirft, und das ist so gut wie nichts. Ich weiß nicht, wie er es geschafft hat, solche Bescheidenheit in mir zu ermöglichen. Vielleicht durch sein Nuscheln, das dann einsetzte und mich ängstigte, als hätte ich Angst um ihn: So wie seine Klienten heilige Kreise zu zeichnen versuchen durch Worte wie Innen, ist Gantos heiliger Kreis das Wort *zu Hause.* Sensibel für heilige Kreise, trete ich nicht darauf. Sondern warte, daß er sich herausbewegt und zu mir kommt. Klopft. Und er klopft und sagt: Ich muß gleich wieder weiter, ach, so wohnst du also, hübsch, bis nächste Woche dann, noch mal, tut mir leid, bin gerade in Eile.

Das hätte mir ein für allemal Warnung sein können.

Aber manche Warnungen kommen einfach ungelegen, und daher erkennt man sie nicht, man klammert sich statt dessen an die Hoffnung, lediglich Zeuge einer Panne zu sein, und schreibt sich die eigene Milde und Nachsicht gut. So ist es doch, nicht wahr?

Denn ich stand schon lange bereit in weißem Hemd und Wickelrock aus nachtblauer Seide, erschöpfter Kleidung vom langen Gezerre und Begutachtetwerden in Souterrain-Spiegeln, die nur wenig natürliches Licht einfangen, vor allem Abends im Spätsommer, wenn man keine Lampe anmachen will.

Ich schaute Ganto nach, wie er mit seinen langen Beinen die Betonstufen zwei auf einmal wieder hochstieg, und dann ging ich ihm nach und sah, wie er über die Steinplatten durch den dämmrigen Garten zurück zum Tor eilte; nein, er drehte sich nicht um, er war ja in Eile, hatte es gesagt und zeigte es nun. Aber ich wußte, er hatte sich mein Zimmer eingeprägt, in Sekundenschnelle alles erfaßt, und nun würden Bilder ihn begleiten, Bilder von mir, sitzend am Schreibtisch, über den letzten zu lernenden französischen Vokabeln und den letzten soziologischen Strukturen für Herrn Reich, und Bilder von mir auf dem schmalen Bett, und er wird sich vielleicht fragen, wie ein Simon dort noch hinpaßt, und mit dieser Frage lasse ich ihn allein, mich hat sie nie beschäftigt.

Das Bild, das er in mir hinterließ: Ein schwarzer Mantel, der an den Kniekehlen sich teilt und beim Laufen auseinanderflattert, darunter dunkle Hosen und ernste Lederschuhe. Ob vor dem Gartentor sein Wagen steht, darin seine wartende Frau, schon leicht genervt? Wohin fahren sie? Ein Abendessen bei Freunden, ein Konzert? Sie weiß, wie man sich elegant in Gantos Arm einhakt (ich habe es gesehen), und ich bin sicher, sie hat keine Schwierigkeiten mit dem Namen Günther. Kann aber auch sein, daß sie ihn bei einem Namen ruft, den nur die beiden kennen.

Vielleicht sitzt auch niemand im Wagen, und Ganto steigt ein und fährt zu einem Freund, um den Computer zu reparieren (weil er leider sehr gut darin sei). Oder einfach nach Hause, wo seine Frau ihm schnell den versäumten Anfang des 20-Uhr-15-Krimis erzählt, während er sich ein Bier aus der Küche holt.

Und ich weiß nichts mehr anzufangen mit diesem Abend, Fernsehen tue ich schon lange nicht mehr, und Simon glaubt, ich gehe mit Ganto ins Kino, was ich bis eben selber geglaubt habe. Ich setze mich aufs Bett und warte, daß noch etwas passiert, obwohl, es passiert gerade so viel in mir, daß ich eigentlich gar nichts mehr unternehmen muß. Und schon vorher ist so viel passiert! Den Boden gesaugt und Staub gewischt, wobei ich mir einredete, es sei sowieso Zeit fürs Saubermachen, doch auch zwei Bücher aus meiner Kindheit verschwanden unter dem Bett, das war verräterisch. Und dann war Ganto so schnell wieder weg, daß er mein einwandfrei erwachsenes Bücherregal (Platon, Hölderlin, Rilke und Adorno) gar nicht bemerken konnte.

Ganto, Günther, Ameise Gottes!

Und das Schild, ich hatte es doch hoffentlich entfernt? Eine

Grußkarte mit schlafenden Katzenbabys in einem Weidenkorb, auf die meine Eltern *Bitte nicht stören* geschrieben hatten, damit sie wußten, wann sie bei mir anklopfen durften und wann nicht. Ich sage doch: Die besten Eltern der Welt! Wie in einer guten Pension, das Wohnen bei ihnen! Denn sie sind gebildet, und die Bildung, in ihrem Fall, hat auch das Herz miterfaßt. Das einzige, woran es ihnen vielleicht mangelt, ist das tiefere Verständnis dessen, was ich hinter der Tür treibe, sobald die schlafenden Katzen dort hängen.

Immer öfter das Schild vor der Tür und auf meinen Knien das Buch des Gründers. Er ist nicht so lächerlich, wie Ganto immer tut, man muß nur ein wenig Geduld aufbringen, denn er schreibt sehr umständlich und in Worten, die nicht immer die geschicktesten sind, ich gebe es zu, sie laden zu Mißverständnissen ein, als sei das hypermentale Bewußtsein etwas, das von oben, also wie vom Himmel herab, zu uns käme, dabei ist es doch längst da, vielleicht das einzige, was zuverlässig immer da ist, und falls nicht, dann kann es mir auch gestohlen bleiben! Dabei ist es realer als die vielen Gedanken, die sich immer in den Vordergrund drängen. Und das Erstaunliche an mir ist, daß ich trotz meiner vielen Gedanken noch Zeit habe, das Bewußtsein dahinter zu bemerken! Also den oder das, das weiß, daß ich Gedanken habe. Oder gerade wegen der vielen Gedanken? Sie unterhalten sich ja nur mit sich selbst! Und derweil sinke ich wie von Geisterhand gezogen in mich zurück, werde etwas anderes, etwas Schöneres und Freieres, als die Gedanken sich jemals ausdenken könnten.

Und da fällt mir ein, das habe ich ja schon als Kind gespürt, zum Beispiel wenn ich ins Kornfeld ausriß oder in den Wald! Und jetzt wird mir ebenfalls klar, daß ich ausgerissen bin, nicht um meinen Eltern Kummer zu bereiten und auch nicht, weil ich das Kornfeld für einen besseren Wohnort gehalten hätte, sondern weil ich beim Rennen und Mich-Ducken spürte, ich bin ein Geheimnis auf der Suche nach sich selbst. Ach, hätte ich das doch schon gewußt, als ich mit Ganto am Kaffeeautomaten stand und ihm vom Ausreißen erzählte, alles wäre rund geworden!

Auch wenn Ganto wahrscheinlich bis heute nicht versteht, was ich meine, wenn ich vom Bewußtsein rede; er wird lediglich unruhig, weil er ja sehen kann, daß das Wort etwas bedeuten muß, da es immer wieder auftaucht, sowohl in Büchern als auch bei den anderen Klienten, so daß er einerseits weiß, es entgeht ihm etwas, andererseits aber nicht einschätzen kann, ob ihm etwas Wesentliches entgeht oder nur etwas für Weicheier und Lebensuntaugliche Wesentliches. Dann tut er mir immer ein bißchen leid. Aber natürlich kann ich ihm, was mir selbst ein Geheimnis bleibt, in Worten nicht wirklich gut erklären. Ich kann ja froh sein, daß er es dabei bewenden läßt und mir nicht den Rat gibt, einen Neurologen aufzusuchen, so wie die anderen, die sich dann auch noch besonders intelligent vorkommen (auch Simon, aber das passierte erst, als seine Eltern sich einmischten; wahrscheinlich wäre es ihnen lieber gewesen, ihr Sohn hätte sich weiterhin mit einer Drogensüchtigen abgegeben, das konnten sie einordnen).

Daher meine Dankbarkeit dem Gründer gegenüber, denn seit ich sein Buch gelesen habe, weiß ich, daß ich nicht verrückt, sondern auf einem Weg bin. Weil Bewußtsein, einmal seiner selbst bewußt geworden, mehr und mehr Raum im Menschen einnimmt, ihn am Ende ganz durchdringt und befreit von den zu vielen und falschen Stimmen, so daß man eines Tages endlich frei und in Einheit mit sich selbst ist. Und daraus folgt dann automatisch auch die Einheit mit der ganzen Welt.

So ist das. Wobei in Morgenstadt, und das ist der Unterschied zu den anderen Orten angeblich *wie Morgenstadt,* man beides praktiziert, denn Weltverbesserung ohne Selbstverbesserung ist fruchtlos und Selbstverbesserung ohne Weltverbesserung nicht möglich.

Und so habe ich Ganto immer wieder zu erklären versucht, daß der Gründer einfach ungeschickt mit Worten war, wohl aber das Richtige meinte, da sei ich ganz sicher! Und Ganto lachte sich Tränen in die Augen, so etwas habe er noch nie erlebt, ein Schüler, der den Lehrer in Schutz nehme, im Grunde klüger sei, das aber nicht wahrhaben wolle, und weiterhin, wohl aus dem Bedürfnis nach Unterordnung, im Wechsel mit Aufbegehren – und das sei ein Punkt, den müsse ich mal in einer Psychoanalyse durchgehen, am besten mit einer Frau (er begann zu nuscheln) –, weiterhin daran festhalte, den Gründer für größer als sich selbst zu halten.

Davon war doch nie die Rede! protestierte ich.

Aber man spürt es.

Ich spüre es nicht.

Darum sitzen wir ja hier zusammen, Marie, damit ich dir sagen kann, was deiner Selbstwahrnehmung entgeht.

Ach!

Doch verlegen ging ich in mich. Denn ich bin stets bereit, für möglich zu halten, mich zu irren. In Phantasien zu leben, zu träumen und zu kompensieren. Darum wollte ich schließlich nach Morgenstadt, um diese Verstrickungen zu lösen! Und zwar einen Strick nach dem anderen, bis ich in Freiheit dastehe! Und so würde ich gerne auch erlöst werden von dem, was andere für intelligent an mir halten. Ende der Rechthaberei! (Und ich habe leider so oft recht!) Ich suche also den Menschen, der das für mich erledigen könnte. Ich habe mich bemüht, ihn in Ganto zu finden. Ich habe ihm geholfen, diese Stärke zu entwickeln. Was natürlich schief ist. Genau da liegt der Hund begraben. Ich weiß es nur zu gut! Das Blöde überhaupt ist, ich weiß einfach immer nur zu gut Bescheid! Und wieviel Kraft geht dabei drauf, es vor mir selbst geheimzuhalten, mein besseres Wissen, damit alles weiterhin Ähnlichkeit hat mit dem, wie es sein sollte, von außen betrachtet!

Woher dieser Hang? Und wem will ich es ständig recht machen?

Dem Gründer gewiß nicht, der ist tot, und Tote brauchen keine Schmeichelei, nur ihre Anhänger höchstens. Sein Buch auf meinen Schenkeln sitze ich in meinem Zimmer, bewacht von schlafenden Katzen.

Es war wie der erste Kuß, erzählte ich Ganto, denn ich wollte ihm klarmachen, wie bedeutsam und erregend der Moment war, als ich im Buch las und mich selber fand.

Ganto nickte, pflichtgemäß Respekt zollend meinem ersten Kuß und dem metaphorischen des Gründers. Vielleicht dachte er auch darüber nach, wann jener erste Kuß wohl stattgefunden hatte und mit wem. Und vielleicht überlegte er sogar, wie es ist, mich zu küssen?

Andere haben das alles viel klarer und besser formuliert, erklärte er schließlich, nannte mir auch die Namen dieser anderen, wortmächtigeren Lehrer, die er über seine Archive und Klienten kannte, er machte geradezu Werbung für sie, das war absurd, und das alles doch nur, um mich zu provozieren oder mir den ersten Kuß heimzuzahlen, das Bild, das ich so nebenbei in seinen Kopf geschmuggelt hatte, und ich sagte, ich will keinen anderen Lehrer oder Führer oder Gründer, ich brauche so etwas nicht, das hat auch der Gründer immer gesagt, finde den Lehrer in dir.

Ganto lachte.

Du zitierst mir den Gründer, um zu belegen, daß du unabhängig von ihm bist, weil er es so möchte? Das nennt man einen performativen Widerspruch, Marie!

Da wurde mir angenehm und vielversprechend schwindelig. Sollte Ganto diesmal recht haben? Hand aufs Herz und genau hinsehen, war nun die Devise.

Aber es kam keine Antwort. Versagen im Kopf und im Herz. Stumm, still, ein Schild mit schlafenden Katzen vor die Organe gehängt.

Toskim ist nicht mehr zurückgekommen. Und die Edelstahlwannen auf dem Buffet sind ebenfalls verschwunden, mitsamt der Köche, nein, die Köche sitzen hinter der Theke auf dem Boden, sie essen dort, mit ihren bloßen Händen, ohne Besteck! Andererseits, vielleicht schmeckt es so viel besser?

Ich frage: Gibt es noch Nachschlag? Und sie schauen irritiert zu mir hoch wie Brillenträger, die ihre Brillen verlegt haben.

Also gehe ich hungrig zurück an den Tisch, wo inzwischen Berufe und Lebensgeschichten die Runde machen; und du, fragt jemand die Frau mit den Ringen; ich arbeite hier mit den einheimischen Kindern, Phantasiereisen, Malen, spielerisches Entdecken; sie sagt es ernst und bekümmert.

Ich könnte eigentlich aufstehen und gehen, sie scheinen mich nicht zu brauchen, doch manchmal kann ich besonders gut nachdenken, wenn andere reden; als wären die Stimmen plötzlich nach außen verlagert und ließen eine einzige nur zurück.

Und während die Gespräche weitergehen, beginnt diese eine Stimme das Wort an Ganto zu richten, und zwar so nachdrücklich, daß sie nach Festlegung durch Schrift verlangt. Ich ziehe mich winkend zurück, springe über dunkle Pfützen und lasse den Wächter an meiner Tür beiseite treten (sowie meine besorgte Vorstellung, langes, tatenloses Herumstehen sei gefährlich für die Gesundheit). Im Kerzenschein setze ich mich an meinen Tisch, um den einhundertundzweiten Brief an Ganto zu beginnen. Außerdem, auch davon sprach die Stimme, liegen im Koffer noch Schokoladenkekse aus Lanjo-Dara. Mit dem wütenden Genuß der Noch-immer-Hungrigen schreibe und esse ich los.

10

Lieber Ganto!

Ameise Gottes. Was hattest Du Dir damals nur dabei gedacht, bei mir aufzukreuzen und im nächsten Atemzug wieder zu verschwinden? Falls Du an jenem Abend gemerkt hattest, Verschwinden ist mir gegenüber Deine Natur, besser, Du hättest an diesem Punkt gesagt: Wir sehen uns ab jetzt nie wieder, komm bitte nicht mehr in die Zentrale, die Vorauszahlungen Deiner Eltern werde ich selbstverständlich zurücküberweisen lassen.

Denn bis heute weiß ich nicht, was an jenem Abend Wichtigeres stattfand als unser Gang ins Kino! In *Orte wie Morgenstadt,* die wir wohl niemals gemeinsam betreten werden. Denn daran glaube ich nicht mehr, daß Du mich hier besuchen kommst (selbst wenn Morgenstadt Euren Antrag genehmigen würde!). Und im übrigen, ich möchte auch gar nicht, daß Du hierherkommst, das nur nebenbei bemerkt. Ich würde Dir ja sowieso absagen!

Nur wäre es schön, das tun zu können, Dir absagen.

Umgekehrt ist es nicht schön. Zu warten, daß Du Dich einlädst, damit ich Dir absagen kann. Und allmählich zu wissen, Du denkst ja gar nicht mehr daran, zu kommen.

Die Kekse sind gegessen, und ich lege den Stift beiseite. Auch dieser Brief ist mal wieder völlig mißlungen; die Aussicht, eine Beleidigte anzutreffen, macht ihm die Reise gewiß nicht verlockender. Denn seien wir ehrlich: Beleidigtsein ist die allerletzte Maßnahme: eine Tür, die vor dem anderen zuknallt, der, im Fall von Ganto, zudem vermutlich gar nicht mehr davorsteht, sondern längst mit etwas anderem beschäftigt ist (ist es so, Ganto? Wenn ich das nur wüßte!). Dem man also die zufallende Tür extra in einem Brief mitteilen müßte, weil er den lauten Knall nicht hören kann, so viele Kilometer und Welten trennen uns inzwischen. So viele Kilometer und Welten. Und was noch, was trennt uns noch?

Ich dachte ja: eigentlich wenig. Weniger, als wir vorgeben in unseren Gesprächen, in denen die Worte stets aufeinanderstürzen wie kleine, raufende Jungs. Vielleicht müssen wir deshalb diesen Aufwand des Redens betreiben, weil wir dahinter immer schon eine Gleichheit gewittert haben, die eigentlich nicht sein darf.

Warum nicht?

Das kann bislang niemand in mir beantworten.

Aber als die Gleichheit zum ersten Mal offen zutage trat, was mich beglückte (und natürlich war ich so klug, es nicht zu zeigen), schien uns das um Wochen zurückzuwerfen in Dingen der Nähe. Ich glaube, Ganto traut sich selbst nicht über den Weg, aber das hat seine Gründe: Wo ich fünf Stimmen höre, hört er zehn, denn da sind ja noch die Stimmen seiner Frau, die man mitrechnen muß, vermute ich mal, und vielleicht auch noch weitere.

In der Frau sehe ich eigentlich kein Problem. Ich bin nicht wirklich fähig zur Eifersucht, nicht einmal jetzt, wo ich weiß, Ganto sitzt bei der Frau und nicht bei mir, denn ich weiß ja, die Frau erhält von Ganto das, was ihr zusteht, und das hat mit dem, was mir zusteht, nicht das geringste zu tun. Warum also sollte ich ihr etwas neiden, und was bitte, die bloße Gegenwart

Gantos etwa? Das wäre ja nun sehr materialistisch gedacht, Ganto kann mir hier näher sein als neben ihr auf dem Sofa. Das wissen wir doch alle.

Und weil die Frau das ebenfalls weiß, hat sie ihren Arm gleich tiefer in Gantos geschoben, als sei mein Anblick eine große Welle auf offener See, die extra starken Halt nötig macht. Der Herbstwind spielte mit Gantos Haar, das inzwischen so lang war, daß eine Strähne immer wieder auf seinen Nasenrücken fiel; er warf sie zurück, was ihm etwas Hochmütiges verlieh (das er gar nicht hat). Die Frau hatte einen Körper, der nach Power-Yoga oder Pilates aussah, ganz ähnlich dem meiner pilatierenden Mutter und ihrer pilatierenden Freundinnen (so nennt es mein Vater, das ist seine Art von Humor): aufrecht und offen, stabil und schlank, und von der Größe optimal für jemand Großen wie Ganto, ein Hauch Parfum, ganz angenehm. Ihre Augen strahlten blau wie Gantos, der Mund war kirschrot, was zur hellen Haut und dem langen dunklen Haar schneewittchenhaft gut aussah. Ein ebenmäßiges Gesicht, das lächelte, aber in Gedanken woanders schien. Denn was sollte sie auch zu mir sagen? Hat mein Mann dich von den Dämonen befreit, die Teufel alle ausgetrieben? Und ich hätte antworten können: Ach nein, er steuert seine eigenen noch bei!

Das ist Marie, sagte Ganto, und keine streckte die Hand aus. Das ist meine Frau Katharina, sagte er dann nuschelnd, um das ganze vielleicht beiläufiger zu gestalten. Und sah sich über die Schulter um, als habe ihn da gerade jemand angetippt. Dann ein schlitternder Blick zur Frau, als sei sie unvermittelt vor ihm aufgetaucht und er müsse den Fokus einstellen. Ich habe dir doch von Marie erzählt? Sie will nach Morgenstadt. Ah, sagte die Frau nur und lächelte noch einmal, da bemerkte ich die Fältchen um Augen und Mundwinkel herum. Sie ist ja auch so alt wie meine Mutter, wurde mir plötzlich klar, und auch, daß Ganto nur sechs Jahre jünger ist als mein Vater. Und irgend etwas daran gefiel mir, vielleicht, daß man hier mal wieder deutlich sah, daß Zeit nichts bedeutet, Jahre und Alter nicht, weil Ganto und ich uns ja offenbar auch so gleich sein können, trotz vieler Unterschiede, und auch wenn Gantos Phase des ganz offensichtlichen Mirgleichseins in ein Jahr fiel, in dem ich noch nicht einmal auf der Welt war. Und ich gebe zu, es gefiel mir, daß auch die Frau das irgendwie zu spüren schien; ein schlechter Charakterzug im übrigen, den ich ablegen muß, denn ich bin ja nicht auf der Welt, um mich am Leiden anderer zu erfreuen. Wobei auch die Frau ihren Anteil daran hatte, denn ihre Eifersucht ist sofort zur Stelle und sorgt für Spannungen, wo keine sein müßten; das räumte Ganto einmal ein bei einem seiner seltenen Sprünge aus dem heiligen Kreis heraus.

Wir lächelten alle noch einmal und gingen dann auseinander, Fußbödenansehen die Gantos, zur Bücherei ich. Erstaunlich, wie wenig es zu sagen gibt, wenn Ganto und ich Zuhörer haben! Ich drehte mich noch einmal um, ich hätte gewinkt, falls auch sie das getan hätten, aber so sah ich nur den Hintern der Frau, der unter einem knielangen engen Samtrock mal die eine, mal die andere Pobacke zur Geltung brachte. Darunter Lederstiefel, in denen die Septembersonne glänzte.

Ansonsten weiß ich so gut wie nichts über sie. Mit Sicherheit nur, daß sie zur Eifersucht neigt und im Garten sich austobt. Aber bestimmt hat sie studiert, schöne Fächer wie Kunstgeschichte, romanische Sprachen, und ich vermute, daß sie das Essen mit weltoffenen Zutaten wie Zitronengras und frischen Korianderblättern verfeinert (wie meine Mutter). Der neue Fußboden der Gantos ist wahrscheinlich aus dunklem Tropenholz, und es gibt bestimmt einen Tango- oder Salsakurs, zu dem die Frau aber alleine muß, denn Ganto tanzt nicht mehr gern.

Das wiederum weiß ich.

Denn Ganto hatte gesagt:

Bist du eigentlich ansonsten normal, Marie? Ich meine, gehst du am Wochenende aus, gehst du auf Partys, trinkst und rauchst du?

Wir lachten beide, denn die Worte kamen, als wünschte er sich das alles für mich.

Ich habe es versucht, sagte ich, denn es interessiert mich tatsächlich, was an diesen Dingen so interessant ist, daß das Gerede darüber die Pausen zwischen den Unterrichtsstunden füllt; ich könnte die verrücktesten Dinge bei Herrn Reich vom Stapel lassen, und noch immer fände man den Vergleich von Cocktailpreisen und Verhütungsmethoden spannender als mich. Als würden sie zu sich selbst erlöst, wenn sie zur besten Schlafenszeit in Krach und Qualm sich versammeln und auf selbstbezogene und affige Art tanzen können.

Wir standen am Kaffeeautomaten, wie immer bei Gesprächen, in denen Wörter wie Verhütungsmethoden fallen dürfen (meinerseits), und nur bei diesem Wort ging durch Gantos Blick ein sanftes Ruckeln, das er sofort zum Stehenbleiben zwang, damit ich es nicht bemerkte; der Rest meiner Ausführungen war ihm bekannt oder egal, denn er suchte, ich spüre das inzwischen, nach eigenen Worten, die ihm aber entwischten oder die vielleicht schon zu lange bereitlagen, so daß er sie wie von einem Tablett hätte nehmen und mir reichen müssen, was ja nicht das Spontanste und Ehrlichste ist. Auch Ganto hat Schamgefühl und ein Sensorium für Betrug, vielleicht durch mich, kann sein, weil es anders zwischen uns ja nicht funktioniert, ich protestiere, sobald er mich zu behandeln versucht wie alle anderen, und nach und nach hat er davon abgelassen, und dann bekam er manchmal die einfachsten Dinge nicht über die Lippen. Und schwieg statt dessen. Auch das kam immer öfter vor.

Vom Automaten drang ein leises, vibrierendes Brummen.

Und, habt ihr einen Fußboden gefunden? fragte ich in die Leere und in der Annahme, die Frage sei nicht zu intim, schließlich hatte die Frau den Fußboden erwähnt, daraus leitete ich mir ein gewisses Recht auf Anteilnahme ab.

Wir vergleichen noch, erwiderte er mit sterilem Blick. Um ihn wieder zum Leben zu erwecken, sagte ich: Übrigens habe ich in der Bücherei eine Zeitschrift gefunden mit einem Beitrag von dir, über diese Jesussekte, ich habe den Namen vergessen. Durchs Tanzen zu Jesus. Wie hieß die Sekte noch gleich?

Nenn sie ruhig Jesussekte.

Hast du eigentlich noch mehr publiziert?

Eine Dissertation.

Ich nickte und spürte, daß da wieder mal ein wunder Punkt war; heilige Kreise und wunde Punkte, daraus besteht dieser Mann: Wahrscheinlich würde er gerne mehr veröffentlicht haben als diesen siebeneinhalbseitigen Artikel, der fünf Jahre zurückliegt, und eine Doktorarbeit, die kein Mensch liest.

So wie meine Eltern. Meine Eltern sind berühmt. Zumindest in Fachkreisen für Antike.

War Ganto neidisch? Weil ich, wenn zwar selber nicht berühmt, was mit siebzehn auch nicht zu erwarten ist, immerhin berühmte Eltern habe? Ob gar sein Interesse an mir mit meinen berühmten Eltern zusammenhängt?

Das wäre zu blöd.

Aber ich müßte ihn auch das in meinem Brief fragen.

Warum bloß fallen mir lauter unangenehme Dinge ein, die ich ihn zu fragen hätte?

Wie lautet denn eigentlich der Titel deiner Doktorarbeit? versuchte ich ihn aufzumuntern.

Er räusperte sich und sagte: Tanz der Ewigkeit, eine Untersuchung der Geschichte des sakralen Tanzes.

Klingt interessant.

Er lachte abfällig. Was mich ärgerte. Daher merkte ich an: Aber zwei Genitive, das ist einer zuviel; meine Mutter würde das meinem Vater nicht durchgehen lassen.

Sie liest Korrektur? fragte er interessiert.

Alle seine Vorlesungen und Bücher liest sie Korrektur. Ohne sie wäre er aufgeschmissen! Bei ihr dagegen gibt es nichts zu verbessern. Sie ist ganz schön perfekt, meine Mutter.

Ganto rieb an seinem Plastikbecher. Ich glaube, er dachte in diesem Moment an seine Frau, die offenbar nicht so perfekt war, ihn vor zu vielen Genitiven zu bewahren.

Und wie bist du auf die Jesussekte gekommen? fragte ich und warf meinen Becher in hohem Bogen in den Eimer.

Er sah mich seltsam an und sagte nichts.

Ja? fragte ich.

Er trank seinen Kaffee aus, und sein Becher folgte meinem.

Wieder sah er mich seltsam an.

Weil ich drin war.

So als Undercover für die Zentralstelle?

Nein, richtig.

Ich weiß (von meiner Mutter), daß Männer Geheimnisse haben und das auch für selbstverständlich halten, während Frauen mit Geheimnissen doch eher umgehen wie mit einer nässenden Wunde, deren Pflaster jeden Moment abzufallen droht; besser also, es zu entfernen und die Wunde an Licht und Luft verheilen zu lassen, und wenn's sein muß, unter den Augen aller.

Aber Ganto ist ein Mann. Er versteckt Wissen in sich wie in Schubladen, die man einfach eine Weile nicht öffnet. Im übrigen lachhaft, was er meint, verstecken zu müssen vor der Welt beziehungsweise vor seinem Arbeitgeber; wir mußten sogar schnell den Kaffeeautomaten verlassen, ja er trieb mich wie ein Hausschwein durch den Gang zurück in sein Büro, und dort sagte ich schnell: Aber im Gegenteil, das macht dich doch glaubwürdiger, du weißt, wovor du warnst, und er schüttelte kläglich den Kopf; ich ahnte, das Schlimmste war das jahrelange Geheimhalten selber, nicht, was er da geheimhielt, meine Güte, drei Monate lang Jesus exklusiv für den Erlöser gehalten, natürlich nicht nur sonntags, sondern so oft es ging und zusammen mit anderen jungen Menschen, jünger noch als du, Marie, betonte er, ich war sechzehn, und wir haben Gitarre gespielt, gesungen und dazu im Wald getanzt, und ich stellte mir einen Jungen im Wachstum vor, mit zu langen Armen und schmalen Schultern, noch lange vor dem Freihanteltraining, der ausgestattet ist mit Herz und gutem Willen und einem Blick für die Erlösungsbedürftigkeit der Welt und seiner selbst, und der dann von heute auf morgen das Tanzen und die Liedchen aufgibt.

Das waren sowieso ganz festgelegte Schritte, also nur die Arme in die Höhe werfen und die Füße Schritt für Schritt vorwärts wie beim Dorftanz, dabei jeder für sich, so daß wir glaubten, wir seien frei.

Ist ja auch Unsinn, durchs Tanzen irgend etwas verändern zu wollen, sagte ich. Und er sah mich verletzt an. Dann fuhr er sich übers Gesicht und stimmte mir zu.

Wie blöd von mir.

Aber da war es schon zu spät.

Zu spät, ihm zu zeigen, daß ich diesen tanzenden Jungen eigentlich gar nicht dumm fand, gut, ein bißchen schon, aber daß ich ihm gerne begegnet wäre, da hätte ich zwar fast zwanzig Jahre eher geboren werden müssen, aber auf einmal schien alles sehr klar: Ich hatte diesen für Gott tanzenden Jungen in Ganto gewittert, all die Wochen über, ihn konnte Ganto, so peinlich er ihm war, nicht wirklich geheimhalten, nach ihm vielleicht hatte ich mit meiner unermüdlichen Gegenrede gefahndet. Denn so gut schließen die Schubladen nicht.

Du bist die erste, der ich das erzähle.

Tja.

Also du hast mich jetzt in der Hand, Marie!

Sein spitzes, nervöses Lachen. Armer Ganto! Er rückte sich in seinem Chromsessel auf in den Neunzig-Grad-Winkel.

Und nun tanze ich nicht mehr gern, sagte er leise.

Warum denn nicht?

Es fühlt sich wie Verrat an, wenn ich das, was einst für Gott reserviert war, nun einfach so für nichts und niemanden tue.

Er lächelte, als sei da eine unschlagbare Logik. Was für ein Sektenberater bist du, Ganto?

Sein Haar in der nächsten Woche: Sehr kurz, kein Gel mehr.

Hätte ich bloß nicht gesagt, daß ich Tanzen für Gott dumm finde. Wochenlange Arbeit mit einem einzigen unüberlegten Satz zunichte gemacht. Andererseits war sein Rückzug vielleicht auch nur das Ausholen des Arms vor dem großen Wurf.

Schlafenszeit. Vor mir ein Brief voller Krümel und brauner Flecken zerflossener Schokolade, die meine Hand beim Schreiben vom Papier kehrte. Ich hebe den Blick und lasse ihn durchs Zimmer gleiten, entlang an den lavaroten Wänden mit dem eingelassenen Regal, und erkenne, daß das, was ich bislang für einen Schatten hielt, eine Art eiförmiger Gegenstand ist; er könnte orange sein, wenn die Farben der Nacht mich nicht täuschen, und ich stehe auf, nehme ihn in die Hand und stelle fest: es ist eine Frucht, aber eine, wie ich sie noch nie im Leben gesehen habe. Ich rieche an der plastikglatten Haut, die nichts preisgibt, weder Antwort noch Duft, wiege das leichte Ding in der Hand und trage sie schließlich am Stil wie eine getötete Maus am Schwanz hinaus, um sie meinem Wächter zu zeigen, doch ist er nicht mehr da. Vielleicht ist er rauchen, pinkeln oder schlafen, auch er nur ein Mensch, wie wohl alle in Morgenstadt nur Menschen sind, nicht wahr?

Gute Nacht, Ganto. Ich werde dir morgen schreiben. Und zwar einen schönen Brief diesmal, einen, der dich amüsiert, den Kopf schütteln und ›typisch Marie‹ lächeln läßt, und in diesem einhundertundzweiten Brief kein Wort über dich, nein, versprochen, du wirst wieder Lust haben, mich hier in Morgenstadt besuchen zu kommen!

Ich gebe mein Bestes. Dir. Wie immer.

11

Wie sich ihre Stimmen morgens finden, sich nach wenigen Schlucken Kaffee ineinanderschlingen, ihren Takt und ihre Melodie miteinander haben und uns, die paar Schweigenden, zu Voyeuren machen, uns, die morgens, ja morgens besonders, nach Stille verlangen, aus der wir doch gerade kommen, der Schlaf noch überall, in der Luft, die unsere Körper einkapselt, als wäre er noch gar nicht hier, an den Fingerspitzen, mit denen wir nach dem Brot tasten. Hast du das Baby schreien hören?

Wer hat es nicht gehört! Lange hoffte ich, es sei eine rollige Katze oder eine kranke Ziege, denn das hätte es erträglicher gemacht als die Ahnung, es seien menschliche Laute; jenes langgezogene, enge Geheul, das in ein teuflisches Meckern auslief. Etwas Lustvolles ging von dieser Stimme aus, als genieße sie die ungenierte Häßlichkeit, mit der sie sich durch die Nachtluft grub, sie durchpflügte wie weiches Ackerland.

Es ist kein Baby, sondern ein behindertes Kind, vier oder fünf Jahre alt, erklärt Anthony, der im Vorbeigehen die Worte aufgeschnappt hat und seine Zuständigkeit für uns zu spüren scheint, so wie ein Kellner beiläufig mit vier Fingern vier leere Gläser vom Tisch zusammenrafft (habe ich das je gesehen?), und die Frau mit den Ringen sagt, wie zu sich selbst: Ach, es macht also die Geräusche eines Babys mit dem Organ eines Kindes, und da beginnt es von neuem, was uns sofort verstummen und in Richtung des Häuschens schauen läßt, aus dem sirenenhaftes Geheul mit anschließendem Gemecker bricht.

Klingt gespenstisch, murmelt jemand, nippt von seinem grünen Weizengrasdrink und sieht zu Anthony hoch, kann man denn nichts dagegen machen? Anthony zuckt die Schultern und geht weiter, genießt seine Machtlosigkeit. Und während die Stimme weiter um sich schlägt, reichen wir stumm und zuvorkommend einander Brot und Butter. Ich betrachte die Marmeladengläser, die in mit Wasser gefüllten Suppentellern stehen, und denke an Burgen, die man vor Raubrittern schützt durch Wassergräben. Einige tote Ameisen schwimmen mit gekrümmten Leibern obenauf. Es sind bestimmt nicht die Ameisen Gottes, die stelle ich mir schlauer vor.

Was ist mit Anthony, frage ich leise und in der Hoffnung, die Frau mit den Ringen, diese Pädagogin, habe ein offenes Ohr für mich. Was soll mit ihm sein? Seine Hände! sage ich und wage diese Direktheit vielleicht nur, weil wir uns sowieso schon beim Frühstück des Grauens befinden und an der Stimmung nichts mehr zu verderben ist. Sie schaut flüchtig zu ihm hinüber, dann wieder zu mir. Sie haben seine Hütte angezündet. Ist dreißig Jahre her. Wer? Die Einheimischen. Warum? Weil sie uns nicht hierhaben wollten. Weil sie die Franzosen gerade losgeworden waren, und nun kamen schon wieder Fremde, und nicht nur eine Nation, sondern mehr als dreißig Nationen, die ganze Welt kam hier an, und sie glaubten nicht, daß diesmal alles anders sein würde, daß wir in Frieden kämen, mit guten Absichten, daß wir das Denken in Nationalitäten und Grenzen überwunden hätten.

War zu hoch für sie, sagt ein Mann mit zerknittertem Hemd und grauem Zopf (er sieht aus wie jemand, der schon länger hier lebt).

Es war wohl nur Theorie, versuche ich nachzuhelfen, vielleicht noch nicht wirklich gelebt, oder? Ich sehe ihn an, er zuckt die Schultern, holt eine Zigarette hervor, aber zündet sie nicht an. Schweigen. Bis auf das Kind, das sich die Seele aus dem Leib brüllt; eine Redensart, die hier mal nicht übertrieben wäre. Es sind tatsächlich Töne, die es nicht geben dürfte, zu massig für einen Säugling, zu unartikuliert für ein Vierjähriges. Das also ist der neue Mensch, sagt die Frau mit den Fellbeinen, der Supermensch, und als die anderen sie vorwurfsvoll ansehen, erklärt sie schnell: Das ist kein Zynismus, sondern mein Ernst, denn in gewisser Weise hat dieses Kind uns allen etwas voraus, es läßt sich gehen, es singt sich seine Gefühle vom Leib, *es läßt los.*

Oh, sie hat recht. Auch ich entdecke plötzlich in dieser vollendeten Häßlichkeit eine feine Spur von Schönheit, klein wie der Tupfer im jeweils gegenüberliegenden Feld des YinYang, aber zentral und präsent, und vielleicht läßt sich auf diese Weise vieles neu sehen, bewältigen, Schmerz, vielleicht kann ich meiner Mutter davon berichten, ich könnte sie auch sofort anrufen und das Handy ins Gebrüll halten; hörst du, Mama, genau so solltest auch du dir Luft machen, sei doch nicht immer so beherrscht, aber ich nehme das Handy nur probeweise in die Hand, so wie ich probeweise immer an Ganto schreibe, ich scheine überhaupt Handlungen gerne erst einmal anzutesten. *Pas de signal,* lese ich auf dem Display.

Willst du telefonieren? fragt der mit dem Zopf.

Nein. Nur so. Vielleicht ein Spiel spielen (habe ich noch nie getan).

Es gibt hier keinen Empfang. Aber im Dorf.

Ich will ja gar nicht telefonieren.

Ich kenne diese Szene. Sie ereignet sich ein zweites Mal in kurzer Zeit, und ausgerechnet ich, die einzige, die sich ihre Langeweile im Unterricht nicht durchs Handy, sondern durch Tagträume vertreibt, mußte plötzlich, wie ferngesteuert, das Ding hervorholen und so tun, als wäre ich, die Hände unter der Bank, in sehr dringende Geschehnisse verwickelt. Eigentlich nur von denen hinter mir bemerkbar.

Sie hatten mich verpfiffen.

Sie verpfeifen einander nicht.

Aber mich.

Es war in der letzten Soziologiestunde.

Ich sehe wieder alles vor mir. Wie Herr Reich hereinkommt und die Kalbsledertasche von der Schulter herab aufs Lehrerpult rutschen läßt, dann hineinlangt und darin wühlt wie in einem Topf mit Losen, aber heraus holt er stets Brille und Buch, die Nieten seiner Zunft. Und wie er an diesem Morgen aufblickte und mich ansah mit dieser Genugtuung; er wußte, es würde das letzte Mal sein, daß ich in seinem Unterricht saß. Und ich wußte schon, daß er zu jenen Lehrern gehörte, die gegen den Antrag gestimmt hatten, mir ein Türchen zum Abitur offenzuhalten.

Naiv und dogmatisch nannte er mich kurz darauf. Und weil er Pädagoge ist, schaute er mit offenem Mund durch die Reihen, offen für Zustimmung oder Einwände, aber fast allen war die Sache sowieso egal. Meine These, die Macht müsse zurück zu den Menschen selber, immerhin passend zum Thema, das Bürgerinitiativen hieß, langweilte sie. Und ich hob zur Erläuterung an: Je weniger Vermittlung durch Gesetze und Regierung, desto authentischer das Leben, wobei auf diese Gesetzlosigkeit natürlich nur dann Verlaß ist, wenn jeder in sich das Göttliche auftut, und wer Schwierigkeiten mit dem Göttlichen hat, der kann das auch gerne Gewissen nennen oder Sokrates' Daimonion, und hat nicht auch Jesus die Liebe Gottes über die Gesetze der Pharisäer gestellt?

Hoppla, jetzt wirfst du aber einiges durcheinander, sagte Herr Reich erfreut, hübsche Kategorienfehler, und ich rief: Das ist, weil ich hier immer so wenig Redezeit habe, ich merke ja, Sie werden ungeduldig, und jeder von uns spricht normalerweise höchstens drei Sätze, dann sind wieder Sie an der Reihe mit der nächsten Frage, für die Sie die Lösungsvorschrift im Kopf haben, und so kommt es, daß ich das, woraus mein Vater eine ganze Vorlesungsreihe machen würde, in einen einzigen Satz packe, was natürlich schiefgehen muß, aber ich habe eben mehr zu sagen als das, was Ihre Lernzielkontrollen und Lösungsvorschriften vorsehen, das letzte ein übrigens prächtiges Wort, das sich das Kultusministerium da hat einfallen lassen, entweder aus Zynismus oder Dummheit, diese Geringschätzung unserer Intelligenz und Freiheit, finden Sie nicht?

Er sah mich nur an. Es war sehr leise im Klassenzimmer. Ich band mir den Pferdeschwanz neu. Etwas stand auf der Kippe, es fühlte sich an wie zu leicht bekleidet zu sein, wenn immer mehr Wolken aufziehen und man sich noch nicht eingestehen will, daß man friert. Herr Reich nickte langsam. Als hätte auch er die Wetterlage beobachtet und schließlich ein Resümee gezogen. Er sagte: Sie wird sich noch wundern. Als wäre ich gar nicht im Raum. Vielleicht war das der Grund, daß ich kurze Zeit später, als wäre ich tatsächlich nicht im Raum, mein Handy hervorholte und ein wenig durch alte Nachrichten wanderte: Da war eine von Ganto, vor drei Wochen geschrieben, und es war schön, seinen Namen zu lesen, Ganto G. stand da, hatte ich ja selber so eingespeichert, ich war ganz versunken in den Anblick seines Namens, und dann öffnete ich die Nachricht und las: Liebe Marie, geht es morgen auch eine halbe Stunde später? Gruß, Günther, und jedes einzelne Wort, obwohl ich es längst kannte, machte mir Freude, bis hinter mir jemand rief: Herr Reich, Marie simst gerade dem Kultusminister!, und während mein angeblicher Handygebrauch normalerweise zur Folge gehabt hätte, in der nächsten Stunde einen Kuchen mitbringen zu müssen, sagte Herr Reich: Marie, du kannst den Unterricht auch gerne ganz verlassen.

Vielleicht, weil das unsere letzte Stunde miteinander war und sowieso kein Kuchen mehr herausspringen würde, aber das glaube ich nicht, eher wollte er sicherstellen, ich käme nie wieder zurück, nicht an eine Schule, an der er unterrichtete. Ich fand seine Aufforderung erniedrigend, demütigend, deplaziert, mittelalterlich.

Ich blieb sitzen.

Spielte mit dem Haargummi, das ich wieder aus dem Zopf gezogen hatte.

Das dauerte drei Atemzüge, hätten wir geatmet, aber wir alle hielten ihn wohl eher an.

Würdest du jetzt gehen, Marie? Dann kannst du draußen in Ruhe telefonieren, mit wem immer du willst.

Ich will nicht telefonieren, sagte ich matt.

Du störst den Unterricht. Mit deiner ganzen Art.

Da bin ich aufgestanden und gegangen. Damit niemand gestört wird meinetwegen.

Ein langer Flur aus Stille. Ich stand auf grauen Fliesen, die Wände weiß, Klosterschule einst. Ich hätte mir eine Nonne gewünscht, eine mit Haube und jungfräulich rosigen Wangen, die ein Gebet für mich spricht, mir war nach Weinen, und mein Hals schmerzte vor Enge und Druck.

Ich hörte nicht einmal mehr die Stimmen hinter der Tür. Gutschließende Türen, solide, wer verbannt ist, braucht nicht zu hoffen, er könne wenigstens noch lauschen. Und drinnen geht alles weiter wie bisher, einer ist über Bord, aber was zählt, ist die Mehrheit, die nicht wissen will, wohin die Reise geht. Sie fahren mit, sie haben Vertrauen.

Ich wäre manchmal gerne wie sie. Es wäre einfacher, zumindest wäre ich dann nicht so allein.

(Warum hat mich keiner nach draußen begleitet?)

Ich gehe den hallenden Flur hinab durch Inseln aus Fensterlicht, Klasse für Klasse zu meiner linken, ich würde gern Türen öffnen und mit den richtigen Worten alle befreien, ja, ich wäre gerne das Gegenteil derer, die Klassentüren öffnen, um mit Pumpguns Rache zu nehmen.

Meine Rache soll die der richtigen Worte sein.

Das bedeutet: ohne Eifer.

Denn ich habe noch immer zuviel davon. Dann wäre der Schmerz jetzt nicht so groß, daß die Wahrheit ohne Applaus blieb. Denn der Wahrheit ist es egal, ob sie Zuschauer und Zuhörer hat. Nur mir nicht, also bin ich noch nicht in der Wahrheit.

Mir ist nach Sterben.

Als Verbannte laufe ich durch die morgendlichen Straßen. Keine Strafarbeiten je zu leisten gehabt, nie in die Ecke gestellt, nichts davon. Und nun das. Doch auch der Gründer hatte in seiner Jugend nichts zu lachen, bezahlte seinen Kampf für die Freiheit mit Gefängnis, die Freiheit der Wilden, denn zu ihnen gehörte er, zu den kleinen, schwarzen Menschen, auch wenn im Alter er zunehmend weiß wurde an Haut und Haar. Ihn sperrte man ein, mich schickt man hinaus, was aber aufs selbe hinausläuft, Ausmusterung. Den Gründer ließ das den Weg zum Göttlichen einschlagen (auf dem ich ja bereits bin), das monatelange Zellensitzen ohne Licht, als Klo nur einen Eimer, und einen Wächter mit Gewehr, das er dann und wann in die Rippen des Gründers stieß zum Spaß.

Nein, Ganto, nicht deshalb habe ich Sehnsucht nach Zimmer und Wächter, nicht, um in die Fußstapfen des Gründers zu treten, sondern um meine eigenen zu finden, denn nie bin ich allein. Stets Zuhörer und Zuschauer, auch wenn ich scheinbar einsam durch Flure und Straßen irre. Die anderen sind immer da!

Auch du.

Und statt ins Halbdunkel meines Zimmers laufe ich geradewegs zu dir, von dem ich doch eigentlich frei sein möchte. Oder ist gerade das die Route der Freiheit? Manche Wege sind bekanntlich seltsam. Und vieles wird erst im Rückblick klar, sagt meine Mutter.

Aber ich kann noch nicht zurückblicken bei einem so kurzen Leben. Sowieso ist meine Verwirrung im Augenblick zu groß, um auch nur irgend etwas zu verstehen, nein, ich finde mich als Verbannte noch nicht zurecht, die Rolle liegt mir nicht, ich entscheide gerne selber, wann ich einen Raum verlasse und wann ich bleibe. Könnte ich doch wenigstens Stolz empfinden, so wie die, die grinsend ihre Tasche schultern und pfeifend zur Tür gehen, wenn die dritte Verwarnung nicht geholfen hat, weil immer wieder neue Papierkügelchen durch den Raum fliegen müssen und neue Nachrichten auf gefalteten Zetteln von Hand zu Hand wandern. Als wäre ich eine von ihnen!

Ich bin gekränkt.

Laufe ich deshalb zu Ganto? Hoffe ich, daß auch er einst

irgendeines Raumes verwiesen wurde oder vielleicht aus einem weltverbessernden Menschenauflauf herausgezerrt und in einen Polizeiwagen geprügelt und die ganze Mischung aus Schmach und Verwirrung kennt? Dann hätten wir wieder einmal etwas gemeinsam, denn er kennt ja auch die Liebe des Göttlichen, zumindest kannte er sie einmal.

Amor Dei.

Beliebtes Beispiel, um die formale Gleichheit von Genitivus objectivus und Genitivus subjectivus zu veranschaulichen, denn es bedeutet sowohl: die Liebe Gottes als auch die Liebe zu Gott.

Und beides ist dasselbe, wird mir klar, als ich Gantos Tür erreiche. Meine Liebe zum Göttlichen ist das Göttliche, das sich selber liebt in mir! Und mit diesem schönen Gedanken mache ich mir Mut und klopfe an Gantos Tür. Doch als er fragend ›ja‹ ruft, muß ich mich überwinden, tatsächlich auch zu öffnen und die wohlbekannten Schritte zu ihm hin zu machen, denn diese Schritte sind diesmal nicht verabredet, haben keine Rechtfertigung durch Geldüberweisungen und Einträge in Terminkalendern, es sind nur meine Schritte, so wie vor drei Wochen Gantos Schritte über die Steinplatten unseres Gartens seine nur waren, und alles, was nur uns gehört, scheint seltsam schwer zu wiegen, so daß man es fast sofort wieder rückgängig machen möchte.

Aber einer muß den Anfang machen, den Anfang im Stehenbleiben. Ich bleibe also stehen vor ihm, der gerade hinter dem Chromschreibtisch hervorgekommen ist. Sehe sowieso nur Umrisse vor lauter Tränen plötzlich; doch das ist mir recht, Verschwommenheit hilft gegen zu große Angst. Ganto hebt nachdenklich die Hand zum Nacken, dann läßt er sie herabfallen und nutzt die Abwärtsbewegung, kurz meine Schulter zu streifen, als wolle er unauffällig testen, ob ich real bin oder nur eine Erscheinung.

So stehen wir voreinander. Heftiges Weinen meinerseits, das immer stärker wird, wie das Ausschlagen eines Stromdetektors beim Aufspüren der Leitung. Weinen entbindet vom Redenmüssen. Und weil Ganto das weiß und vielleicht auch begrüßt, stellt er keine Fragen. Das Schluchzen hat mich angenehm im Griff, und das ist besonders erlösend und passend in Gantos Gegenwart, der ja der Meinung ist, stets würde ich die Kontrolle haben wollen über alles.

Das stimmt nicht, und jetzt kann er es sehen. Ich stünde ja nicht hier, wenn es stimmte. Ich hätte der Angst gehorcht und wäre ins Halbdunkel meines Zimmers statt zu ihm.

Er legt die Hand auf meine Schulter und läßt sie diesmal dort.

Wie erstaunlich leicht sie ist. Anders als die Hand meines Vaters, der immer gleich das Gewicht des ganzen Arms auf mich fallen läßt, als wäre ich eine Ablage. Gantos Hand eine leichte Hand also. Ich bin dankbar, daß er sich Mühe gibt, eine angenehme Hand auf mich zu legen. Eine Hand, aus der plötzlich Liebe strömt. Vielleicht ein Aufglimmen seiner verborgenen Restliebe zu Jesus, neu erweckt durch meine Amor Dei? Vor Rührung nehme ich die Hand und küsse sie.

Ich werde noch immer rot bei der Erinnerung daran.

Das also passiert, wenn man die Kontrolle aufgibt: Man macht Gesten aus kitschigen Kostümfilmen nach.

Kann das sein?

Ganto jedenfalls sieht in mir nicht die Nonne, die dem Kardinal die Hand küßt.

Vielleicht sollte auch ich das inzwischen etwas anders sehen.

Ich weiß es nicht. Manchmal muß man Sichtweisen wohl nachträglich hinzufügen, auch wenn sie einem zum Zeitpunkt selber nicht bewußt waren. Sie können ja trotzdem dagewesen sein. Denn wir sind so viele! (Ich zumindest.) Und eine von diesen vielen in mir schien zu wissen, was ich tat, und wieso überhaupt auch die erbärmliche Angst plötzlich, mit der ich durch Gantos Tür getreten bin.

Ich bin eher klein, und er ist sehr groß.

Meine Wange an der Knopfleiste seines weißen Hemdes, und wie sein dunkles Sakko sich öffnet wie die Flügel eines Nachtfalters, weil er sich ein wenig zu mir herabbeugt. Er hat, merke ich sofort, einen angenehmen Geruch, den ich im Ansatz bereits kenne, weil ein Hauch davon wohl immer hier im Raum schwebt, grüner Tee und warme Kräuter und Erde, aber nun badet meine Nase in der Quelle selber, und für einen Moment lenkt mich das ganz schön ab, all das, was es zu riechen und zu fühlen gibt; mein Weinen hört auf, und ich bin still wie ein Säugling, den die Mutter an die Brust genommen hat. Und dazu noch eine Hand, die beruhigend über meinen Hinterkopf streicht. Das ist schön, aber wird mir fast zuviel, und zu lange mag ich mich nicht umarmen und trösten lassen, denn ich mache mir Sorgen um Gantos gekrümmten Rücken; nicht jeder kann jedem Trost spenden, denke ich, die Körper müssen passen. Und als ich mich wieder ein wenig löse, entdecke ich zerlaufene Wimperntusche auf seinem blütenweißen Hemd. Oh, sage ich und möchte mich umdrehen, um nach irgend etwas zu suchen, mit dem man seine Bereitschaft zum Reinigen zumindest signalisieren könnte, denn natürlich muß das Hemd in die Wäsche, und ich denke sofort an die Frau, denn Ganto weiß bestimmt nicht, wie man Waschmaschinen bedient, mein Vater jedenfalls weiß es nicht, und die beiden sind ja nur sechs

Jahre auseinander und sogar dasselbe Sternzeichen, ich habe es inzwischen herausgefunden.

Er hält mich am Handgelenk fest.

Das überrascht mich nun doch etwas.

Zumindest will ich uns das glauben machen.

Ich ziehe also ein wenig an meiner Hand, so daß er wieder losläßt, und schaue ihn gekränkt an.

Sein Blick hingegen: fordernd, schlau. Noch nie an ihm erlebt.

Er macht mir angst.

Vor allem, als er nun spöttisch die Augenbraue hebt, als suche er Kontakt zu derjenigen, die mit ihm in herzliches Lachen ausbricht und zugibt, daß diese Verklemmtheit natürlich nur ein Scherz ist.

Wer hat Angst vorm schwarzen Mann, niemand, und wenn er kommt, dann laufen wir. Ich laufe nicht. Ich halte mich an diesem Kindervers fest und verharre wie das Beutetier, das kurz vor dem Zugriff des Jägers innehält. Dabei stehen wir bereits Körper an Körper, näher geht es kaum. Ich möchte weg und ich möchte näher zu ihm hin, vielleicht ist es ja dasselbe. Ich mag es nicht, unter Druck gesetzt zu werden (auch nicht von mir selbst).

Ich bin verwirrt.

Ich kann nicht. Ich möchte jetzt gehen.

Ich möchte hier raus.

Und da fragt er: Was ist denn eigentlich passiert, Marie? Schwänzt du gerade die Schule für mich?

Dankbarkeit. Er hat einen Ausweg für uns gefunden. Einen eleganten, denn niemand verliert hier das Gesicht, wenn wir uns wiederfinden im Reden, und ich fange sofort damit an, erzähle ihm enthusiastisch, daß ich eine Verbannte sei, daß er einen Aufrührer und Störenfried vor sich habe, und ob er das schlimm finde oder ob er meint, ich dürfe mir sogar etwas darauf einbilden, weil Verbannung in jede gute Rebellen-Biographie gehöre, und als Rebellin, jawohl, habe er mich doch einmal bezeichnet, und ich quaßle und quaßle, als würde sich bei der nächsten Wortlücke eine Falltür unter uns auftun, also muß ich dafür sorgen, daß das Reden anhält, ist doch klar, und auf diese Weise halte ich auch die ungewohnte Nähe gut aus, denn noch immer stehen wir dicht beisammen, und als er einige Schritte zurück macht und sich gegen den Schreibtisch lehnt, folge ich ihm wie angeklebt, er sitzt nun, und ich stehe zwischen seinen geöffneten Beinen, das ist von der Augenhöhe her übrigens die optimale Position für uns, und natürlich halte ich unserem erreichten Näheniveau halbwegs die Treue, indem ich mich dabei an ihn lehne, denn es sähe ja komisch aus, wenn man nach einer Umarmung plötzlich wieder einen Meter getrennt stünde, man muß sanfte Übergänge finden, man darf da nicht holpern, denn alle sind wir sensibel, was Nähe und Berührung angeht, auch Ganto, selbst wenn er mir da an Erfahrung sicher einiges voraushat, das weiß und spüre ich, und ich weiß auch, daß er weiß, daß ich das weiß, und daß sogar seine Fähigkeit zur Nachsicht mich einschüchtert.

Warum bin ich so?

Ganto jedenfalls tut, als sei alles ganz normal. Auch sein Blick ist wieder halbwegs normal, und als ein Anruf mein Gerede durchbricht und Ganto sich über den Schreibtisch lehnt zum Telefon hin, nutze ich die Gelegenheit und mache einen Schritt von uns weg. Er ist ja nun auch mit jemand anderem beschäftigt, und zwar mit einem Klienten, dessen Sohn in den Staaten an einer religiösen Massenhochzeit teilnehmen möchte, und

Ganto hat es bislang nicht geschafft, den Sohn umzustimmen. Das erzählt er mir, nachdem er wieder aufgelegt hat.

So langsam geht meine Erfolgsquote in den Keller, sagt er und lächelt mich an.

Wovon redete er? Von uns? (Darf ich ›uns‹ überhaupt sagen?) Von dem, was kurz zuvor war oder nicht war? Oder tatsächlich von meiner Reise nach Morgenstadt, die in drei Tagen beginnen wird und die er bislang genausowenig verhindern konnte wie die Massenhochzeit? Oder war das eben der Versuch gewesen, sie doch noch zu verhindern, sein schneller Griff nach meinem Handgelenk und was darauf hätte folgen können; wollte er sich selbst zum Einsatz machen, weil er wußte, daß das Reden nicht mehr half?

Ich hätte das in genau diesem Moment fragen müssen.

Aber wie so oft kommen die wahren Fragen mit Verspätung.

Am wievielten ist denn die Massenhochzeit, frage ich, als wäre das die Information, die ich nun dringend brauche.

Er kneift nachdenklich die Augen zusammen (er spielt mit).

In einer Woche.

Aha, sage ich planlos. Inzwischen sitzt Ganto wieder hinter seinem Schreibtisch und tippt etwas in den Computer. Ich stehe mitten im Raum und komme mir vor wie ein Ausstellungsstück, das zu abstrakt ist, um Gefallen zu finden. Mit anderen Worten, ich komme mir exponiert und unbeachtet zugleich vor.

Es wäre also noch Zeit, ihn umzustimmen, sagt Ganto und schaut kurz zu mir herüber. Aber er hat seine Braut schon zugeteilt bekommen und findet sie vom Foto her passend.

Ich lege den Kopf schief, als dächte ich über diesen Sachverhalt nach (was Ganto gar nicht bemerkt, denn er ist wieder mit Tippen beschäftigt), und ich sage kritisch anmerkend: So einfach kann das doch nicht sein, nur aufgrund eines Fotos eine Ehe einzugehen?

Doch, doch. Ganto nickt abwesend und hebt eine Mappe hoch, dreht sie um und legt sie wieder hin.

Das also passiert, wenn das Zusammensein mit ihm nicht auf Terminvereinbarung und Geldüberweisung beruht: Man muß in Kauf nehmen, daß er sich auch für anderes interessiert, wie zum Beispiel die Suche nach irgend etwas Büromäßigem. Zumindest, wenn man nicht für stärkere Effekte zu sorgen weiß, wie Schluchzen und Körper-Aneinanderdrücken. Wie seltsam, daß wir uns eben noch so nah waren und diese Verknüpfung nun unreparierbar auseinandergeschlagen scheint wie der gordische Knoten. Nur Ganto findet daran offenbar nichts Ungewöhnliches. Ob es vielleicht zu seinen Routinen gehört, zusammenbrechende Sektenaussteiger ein wenig in den Arm zu nehmen, ihnen übers Haar zu streichen und nach dem Handgelenk zu greifen, falls sie frühzeitig die Tröstung abbrechen wollen? Noch immer sucht er auf dem Schreibtisch herum, schaut auch gelegentlich durch den Raum, wobei er gekonnt an mir vorbeisieht, als wäre ich schon weg. Oder bin ich schon weg? Gab es eine Verabschiedung, und ich habe sie nicht bemerkt, weil ich mal wieder zu sehr mit meinen Gedanken und Gefühlen beschäftigt bin?

Ich gehe dann, sage ich sehr leise, falls ich in seinen Augen nicht schon längst gegangen bin.

Ja, entschuldige, unsere Mitarbeiterbesprechung beginnt gleich. Auch ich muß dich nun leider verbannen.

Immerhin lächelt er freundlich. Zwischen uns der Schreibtisch und seine bevorstehenden Aufgaben. Aber ich bin ihm noch nicht aus dem Sinn. Er sieht mich plötzlich an wie vorhin, als er nach meinem Handgelenk griff. Und das löst auch wieder jenes Gefühl in mir aus. So daß ich den Blick senke, gleich aber wieder hebe, weil das verlegene Wegsehen die Peinlichkeit ja eher schlimmer macht.

Gehst du jetzt zurück zur Schule?

Ich gehe nie wieder in diese Schule!

Gehst du nach Hause?

Wohin sonst?

Er lächelt.

Tatsächlich, es gibt diesmal keinen Grund zur Patzigkeit, vor allem nicht, wenn er mit diesen Fragen doch nur herausfinden möchte, ob ich vielleicht Zeit und Lust habe, mit ihm heute zu Mittag zu essen.

Eine Art Trost-, Abschieds- und vorgezogenes Geburtstagsessen, sagt er, noch immer lächelnd.

Vorgezogene Geburtstagsfeiern bringen Unglück, erwidere ich.

Dann eben nur Trost und Abschied. Es ist nämlich auch so, daß wir die Sitzung morgen nicht machen können, es ist etwas dazwischengekommen.

Was wohl? Die Ankunft des Fußbodens? Aber ich ziehe nur die Augenbrauen hoch, so wie er, wenn er mir nicht glaubt oder nicht weiterweiß.

Noch immer habe ich nichts gesagt.

Oder kocht deine Mutter für dich und wäre enttäuscht? hakt er nach.

Die ist doch den ganzen Tag an der Uni!

Das scheint ihn nachdenklich zu stimmen. Eine Mutter den ganzen Tag aus dem Haus. Und der Vater sowieso, im Ausland, auf Kongressen und wer weiß wo sonst noch, wie meine

Mutter manchmal am Telefon lacht, weil das natürlich nur ein Scherz ist.

Wer kocht denn dann für dich, bist du etwa deshalb so dünn?

Ich bin doch nicht dünn!

Nicht?

Ich verdrehe die Augen, bin aber insgeheim erleichtert, daß er mich für dünn hält. Er sieht mich noch immer an. Vielleicht wandert er dabei aber auch vergewissernd meinen Körper ab, es gibt ja zwei Blicke, den des Fokusses und den der Tarnkappe, der unter dem des Fokusses machen kann, was er will. Zumindest meiner, und ich schätze mal, das können andere dann auch.

Bei uns zu Hause war regelmäßiges Essen nie wichtig, hebe ich an, wir sind Denker, Gelehrte, Wahrheitssucher, wir essen nur nebenbei, was immer gerade so da ist, und natürlich gibt es dann, als Entschädigung, immer wieder einmal große Tafeln für berühmte Menschen, Künstler und Wissenschaftler, die du sonst nur im Fernsehen siehst oder an der Uni hörst, und bei denen meine Mutter aufblüht und mein Vater ihr stundenlang vorher zur Hand geht, auch ich, darum weiß ich auch, wie man kocht, richtig gut kocht übrigens.

Ganto schaut mich irritiert an, meine Selbstwerbung am Ende war ganz schön daneben, und fast bin ich erleichtert, daß es im selben Moment klopft, denn ich weiß nicht mehr weiter. Mein Herz schlägt bis zum Hals. Auch Ganto scheint erleichtert, sofort eilt er zur Tür und steckt den Kopf in den Spalt; ich kann weder sehen, mit wem er redet, noch verstehen, worüber, die beiden sind im Flüstern geübt. Und als er die Tür schließt und sich wieder umdreht zu mir, sage ich schnell: Wann würden wir uns denn dann treffen und wo?

Doch da steht schon wieder jemand, diesmal die Sekretärin, füllig und fordernd. Ganto wedelt ihr mit einer grauen Mappe zu. Da kann man ja endlich beginnen, sagt sie und sieht dabei mich an, und Ganto schaut zu ihr. Weshalb ich ebenfalls zu ihr schaue, als könnten wenigstens in ihrem Gesicht wir uns ein letztes Mal treffen. Ich rufe dich nach der Besprechung an, sagt er geistesabwesend, und wieder wühlt er in den Akten auf dem Tisch, als mischte er Karten neu. Ich warte auf ein Lächeln. Doch unsere Seelen scheinen plötzlich durch die geöffnete Tür ins direkt dahinter liegende Universum gespült, während aus der Gegenrichtung auf einmal Lärm und Akten ins Zimmer getragen werden. Ich ruf dich an, sagt er noch einmal, und die Sekretärin schließt die Tür hinter mir.

12

Und auch meine Tür ist geschlossen, stelle ich mittags fest. Man hat mich eingesperrt, hat von außen den Riegel vorgeschoben. Es muß ein Versehen sein. Oder sie haben im Gästehaus von Lanjo-Dara tatsächlich meine Gedanken erraten (und rede ich manchmal nicht laut mit mir selbst?), erfüllen mir nun meinen Wunsch nach Einkehr und Klause, nach freiwilligem Gefängnisleben, falls es das gibt, sich auf Absprache einsperren zu lassen.

Nichts war hier abgesprochen. Ich haue gegen die Tür, werfe mich mit ganzem Gewicht (von dem ich nicht viel habe) dagegen. Inzwischen regnet es wieder, auch Donner rückt näher, aber ich bilde mir ein, mein Rufen und Schlagen müßten lauter sein als alles, was vom Himmel kommt; es müßte bis zu Ganto dringen, von dem am liebsten ich mich nun befreien ließe. Meine Hand dreht am Türknauf, bis sie rutschig wird vor Schweiß.

Vermißt mich niemand? Fällt ihnen denn nicht auf, daß ich beim Mittagessen fehle? Und wo ist mein Watchman? Sollte er nicht auf mich aufpassen? Ich erkenne durchs Milchglas nur schwache Konturen, die für alles stehen könnten, Bäume, Hütten, Dinosaurier; alles so bleiern und bewegungslos, als habe der Regen Giftpfeile mit herabgeworfen. Muß ich mich ergeben? Und was, wenn der Blitz hier gleich einschlägt, dessen magnesiumweißes Leuchten gespenstisch durch mein Zimmer irrt? Sollte es brennen, schlage ich mit dem Stuhl die Scheiben ein und renne nach draußen. Brände erlauben Sachschäden. Eingesperrtsein nicht unbedingt, zumindest wenn dem eine Absprache vorausging, an die ich mich nicht erinnern kann oder mag. Alles gut möglich. Wie teuer ist das hier eigentlich pro Nacht? Ich habe außerdem Hunger. Doch da ist ja noch die Frucht. Falls sie nicht vergiftet ist, werde ich überleben.

Ich steche mein Klappmesser in die plastikharte Schale, säge ein wenig herum und zerlege die Frucht in zwei Hälften, wobei ich, bevor ich vom grüngelben Gelee in weißer schaumstoffartiger Umhüllung koste, es bespreche: Töte mich nicht. Ha ha! (Du siehst, ich habe meinen Humor nicht verloren, trotz Gefangenendaseins.)

Schmeckt. Aber soll ich davon satt werden? Immer bekomme ich von allem zu wenig. Ich könnte mit dieser Klage beginnen die Wände vollzuschreiben; meine Zelle ausschmükken mit Selbstgesprächen, zumindest aber schon mal den ersten Strich in den roten Lehm ritzen.

Ich liege, ich dämmere und döse. Zu tun gibt es nichts, außer den Hunger zu beobachten, der sich wie ein gefräßiger Wurm durch meine Reserven gräbt. Mit ihm schleicht sich eine Leere ein, die etwas Befriedigendes hat. Auch der Regen ist zu einem leisen, rücksichtsvollen Knistern übergegangen. Es geht mir gut. Mehr wollte ich nicht, nur ein leeres Zimmer, in dem es nicht einmal Strom gibt, der mir an diesem dunklen Tag das Lesen oder Schreiben erlaubte, und eine träge Woge der Ruhe überläuft mich wie die kleinsten Wellen, in die man sich hineinsetzt am Strand. Ich spreche meine übrigbleibenden Gedanken leise in die Abwesenheit von allem. Leise summe ich vor mich hin.

Ich sitze hier nicht anders (inzwischen sitze ich, die Beine herangezogen und das Kinn auf die Knie gelegt) als ich immer sitze, wenn ich sitze. Nur wird mich niemand finden. Ich weiß nicht, warum ich so viel Wert aufs Nichtdasein lege, dabei gehöre ich nicht zu den Lebensmüden. Ich finde es bloß wunderbar, meine Stirn gegen meine Knie zu drücken und leise zu weinen ohne rechten Grund und ohne Zuschauer.

Wobei sich Gründe finden ließen, wenn ich einmal anfinge zu forschen. Aber das Schöne am Weinen ist, daß ich währenddessen nicht nachdenken kann.

Ein Klackern an der Fensterscheibe; zuerst denke ich an Steinchen, die mir jemand in romantischer Absicht zuwirft, aber es sind die raschen Füße einer Echse, ich sehe ihren Schatten zum Rahmen des Fensters fliehen und dort aus dem Bild eilen.

Einen Moment lang habe ich für möglich gehalten, daß Toskim wirft. Dann, daß Ganto auf einmal hier wäre, mich überraschte, ich sehe ihn lächeln, dieses breite Lächeln, hinter dem er sich entspannen kann, zurücklehnen in die eigentliche Empfindung, die niemanden etwas angeht. Warum überraschst du mich nicht? Ich wäre sehr überrascht, dich hier zu sehen, sie würde dir durchaus glücken, die Überraschung, selbst mitsamt meinem vorausgegangenen Betteln um Überraschtwerden von dir.

Statt dessen ist nun ganz deutlich der Umriß meines Watchman im Milchglas zu erkennen. Befreiung wäre jetzt ungemein leicht: Der Regen hat aufgehört, eine friedliche Stille liegt über Eternity, nicht einmal das Kind meckert. Ich muß pervers sein oder sonstwie blöd, daß ich jetzt nichts unternehme.

Wärst du hier, Ganto, dann könnten wir gemeinsam Gefangene spielen. Du würdest leise lachen und deinen Ärmel einmal hoch- und runterschieben vor Verlegenheit. Denn hier, wo du mir nicht entwischen kannst, frage ich dich natürlich: Wie war das mit dir und Jesus? Nun erzähle du, die Reihe ist an dir!

Oder eine andere Frage: Wie ist das mit dir und mir?

Denn ich finde, daß ich allmählich ein Recht auf Auskunft habe. Ist doch die Rangordnung unseres jeweiligen Bedürftigseins (nach Auskunft und Rat) durcheinandergeraten ganz gehörig. Wer gibt und wer nimmt, das ist längst nicht mehr klar.

Aber ich spreche in Rätseln, und sowohl Rätsel als auch direktes, plumpes Draufzu sind nicht dein Stil (was die Kommunikation echt schwierig macht).

Vor meiner Tür hat sich ein Flüstern eingefunden, es sind die Stimmen meines Watchman und die einer Frau im Wechsel, es schwillt zu einem Schimpfen an, dann plötzlich zu einem Kichern, ebbt wieder ab zu Geflüster. Als nächstes höre ich ein metallenes Geräusch an der Tür, der Riegel wird zur Seite geschoben.

Ich lasse einen Moment verstreichen. Dann stehe ich auf und drehe am Türknauf, die Tür öffnet sich. Der Watchman, mit dem Rücken zu mir, schaut in den Wald, in den ein Mädchen mit zinnoberrotem Schultertuch verschwindet. War das ganze ein Streich? Und werde ich es je herausbekommen? Ich versuche es erst gar nicht. Ich stelle mich neben ihn und tue so, als sei es das Selbstverständlichste auf der Welt, ein paar Stunden weggeschlossen worden zu sein und nun wieder auftauchen zu dürfen, in seiner Nähe stehend, die milde Abendluft zu kosten sowie die schöne Aussicht in den feucht glänzenden

Wald, in dem das zinnoberrote Schultertuch auf- und abhüpfend immer kleiner wird. Gewiß bedeckt es die Schultern jenes Mädchens, das zum Putzen kommt, in Wahrheit aber zum Klauen und Obstgaben-Hinterlassen, und wenn nichts zu Klauen ist, wie bei mir, zum Streichespielen. Sollen sie ihren Spaß an mir haben. Vielleicht haben sie sonst keinen. Und da entdecke ich zu seinen Füßen einige der geheimnisvollen Früchte. Ob das Mädchen sie gebracht hat? Vielleicht möchten sie ja, daß ich ihnen auf die Schliche komme, aber ohne Beweise! Wunderbar. Das orangene Leuchten erinnert mich zudem an JettyCyber. Morgen werde ich wieder hinfahren.

13

Mir bleibt nichts anderes übrig, als vom Fahrrad zu steigen. Sie kommen mir entgegen, dreißig oder vierzig Männer, gekleidet in Weiß, doch ein Weiß, das stets grau ist. Ich habe so eine Musik noch nie gehört und solche Schritte noch nie gesehen, beides schwankt und schleppt sich die Asphaltstraße hoch auf mich zu, ein paar Tröten in kindlichem Unisono, stolpernde Trommeln. Ist es christlich? Sie tragen ein poliertes Holzkreuz vor sich her, doch ihr Zentrum ist etwas anderes; eine geschlossene Sänfte, die auf mich zuschwebt wie ein Walfisch über Land und zu etwas mehr und mehr Bedrohlichem wird, mit ihrem meterhohen Aufbau, von dem Blumengirlanden herabtriefen wie nasser Seetang, zu allen Seiten einen dichten Vorhang bilden, der das Innere den Blicken verschließt. Doch es scheint auch Teil des Programms, daß einer der Männer diesen Vorhang zerstört, Löcher in ihn reißt mit einer langen Stange, deren Klinge die Girlanden nach und nach vom Gerüst schneidet; die Blumen, als hätte man das mit ihnen geübt, taumeln herab, so langsam und verzaubert wie die Schritte ringsumher. Böller und Knallfrösche jagen übers brache Feld, Raketen in rauchroten Blitzen über den kobaltblauen Himmel. Ich lächle. Bis mir klar wird, daß ich nicht weiß, wem das Spektakel gilt, einem Heiligen oder einer Leiche; ihre Mienen sind finster wie so oft und geben nichts preis.

Die Sänfte hat meine Höhe erreicht, durch einen Spalt sehe ich das Weiß eines Bündels aufblitzen, einsam, menschengroß und so blütenrein wie gerade erst zur Welt gekommen. Doch jetzt bin ich sicher, es ummantelt den Tod. (Ob sie das Tuch von uns geklaut haben, so weiß, wie es ist?)

Kein Blick zu mir. Als könnte nur ich sie sehen, nicht umgekehrt, als schaute ich einer Dokumentation im Fernsehen zu, die die crosskulturellen Begräbnisriten der Einheimischen auf Lanjo-Dara zeigt.

Was sie zurücklassen: Ein Blütenmeer auf Asphalt. Bougainvillea, Hibiskus, Frangipani, Rosen.

Etwas so Schönes hast du noch nie gesehen, Ganto.

Vielleicht bin ich deshalb hier, denke ich plötzlich, als ich die ersten Häuser des Dorfes erreiche, das heute mittag nur von Ziegen und Hühnern bewohnt scheint, von Menschen keine Spur: Die Zukunft, die uns rettet, ist die Schönheit. Sie haben die Schönheit, aber sie wissen es nicht, eher beiläufig hält sie sich unter ihnen auf, etwa wenn sie Blüten auf die Straße fallen lassen. Sie aber halten vielleicht die kitschigen Marienaltäre für schön; blonde, blauäugige Madonnen, die aus den kleinen Mauernischen kummervoll die Straße betrachten, während ich wiederum die Mauern selbst viel schöner finde, mintgrün bemalter Backstein mit bräunlichen Schlieren vom Straßenstaub, der die Häuser auf morbide Weise zu wärmen scheint; Farbe und roher Stein, Menschenwerk und Natur, wie schön sich da die Gegensätze finden, absichtslose, scheinbar unbeherrschbare Paarungen! Ach Ganto, hätte ich nicht das Handtuch geworfen, dann sähe ich darin ein Thema, mit dem ich mich an der Uni beschäftigen könnte, jahrelang, in jenen kleinen Expertenzirkeln, wie meine Eltern sie behausen, aber ich habe mich dagegen entschieden, denn ich möchte ein Leben, dem ich mich nicht entziehen kann, indem ich ein Buch wieder zuschlage.

Der kleine Platz vor JettyCyber ist heute so leer, daß ich mir meine verstohlenen Blicke im Grunde sparen kann, denn das erste, was einem hier auffiele, wäre ein langer Junge mit struppigem Haar und herabgetretenen Espadrilles. Schade. Ich hätte Hendrik gerne wiedergesehen, und schon den letzten Kilometer habe ich nach ihm Ausschau gehalten und mich gefragt, was ich eigentlich täte, wenn er mir plötzlich auf seinem Motorrad entgegenkäme oder mich überholte, dabei einen kleinen Schlenker um mich machte. Diesmal würde ich mitkommen, egal ob zum Strand oder sonstwohin, wo man Spaß haben kann.

Aber es ist leer hier. Vielleicht die falsche Tageszeit, vielleicht pflegt man hier zu dösen nach dem Mittagessen, weil es zu heiß ist für anderes. Und auch drinnen bei JettyCyber sitzen heute nur zwei einheimische Jungs, die irgendein Abknallspiel spielen, die Nacken beschirmt von Baseballmützen. Der Ladenbesitzer sieht auf, schaut aber an mir vorbei, und mein freundliches Bonjour murmelt er desinteressiert zurück, vielleicht aber macht ihn mein Lächeln verlegen, weshalb er sich nun schnell wieder über das Computergehäuse beugt und recht hastig mit einer Schere an den Kabeln schnippelt; ein Arzt, der plötzlich die Geduld verloren hat bei der zehntausendsten Blinddarmoperation.

Ich gehe zu einer rotgelben Box am Fenster, die Plastikoberflächen der Seitenwände sind von der einfallenden Sonne schon leicht angeschmolzen; sehr lange, viel zu lange betrachte ich die interessanten wellenartigen Verformungen und schiebe den Zeitpunkt des Einloggens hinaus, denn ich habe Angst. Angst vor genau zwei Möglichkeiten, von denen eine eintreten wird:

1. Ganto könnte noch nicht geantwortet haben.

2. Ganto könnte geantwortet haben.

Da finde mal einer heraus.

Er hat noch nicht geantwortet. Vielleicht, weil gerade Wochenende war, und vielleicht hat er zu Hause keinen Zugang zu seinen Weltanschauungs-E-Mails?

Statt dessen erfahre ich von Simon, daß er vorhabe, sich einen kleinen Ring durch die Oberlippe schießen zu lassen, nur so. Er hat es vor! Er hat es noch nicht einmal getan, aber meint, es sei bereits einer Mitteilung wert. Ich werde ihm nicht antworten. Ich möchte ihn sowieso nicht mehr küssen, das höchstens könnte ich schreiben, darum ist es mir egal, was er mit seinem Mund macht.

Und während ich über Strategien nachdenke, wie ich Ganto zum Antworten bewegen kann, umschließe ich mit der Rechten mein Handgelenk. Das tue ich recht oft. Zum ersten Mal gleich danach. Nachdem ich aus seinem Büro vertrieben worden war; ich umschloß, während ich durch die Straßen nach Hause lief, immer wieder mein Handgelenk.

Mein Wegziehen der Hand, und wie sein Griff dabei kurz stärker wurde, bevor er losließ.

Ich wartete auf eine Erklärung, die aus meiner Hand spränge, doch die Hand wartete nur auf den nächsten Befehl. Meine Hand ist nicht seine, so einfach ist das. Ob er, während man den schwierigen Weltanschauungsfall Marie N. besprach, auf den Rücken der seinen unauffällig einen kindlichen Kuß setzte? Mehr durfte es meiner Meinung nach nicht sein, wäre er ehrlich. Und das Wegziehen meiner Hand und dazu mein verletzter Blick; was gab es da zu rätseln, die Zeiten, wo Widerstand Aufforderung bedeutet, sind vorbei, erst recht würde er mir diese Umständlichkeit wohl kaum zutrauen, bin ich ansonsten doch geradeheraus.

Ich habe auch Simon damit erstaunt.

Aber ich redete, während wir auf seiner Schlafcouch saßen,

gerade von der Bewußtseinsphilosophie des Gründers, und ich kann nicht gut zwei Dinge gleichzeitig. Und so kam Simon auf die Idee, meine Zurückhaltung habe mit Saskia zu tun.

Von der ich gar nicht wußte.

Die mir aber auch egal war.

Denn noch immer bin ich der Überzeugung, daß andere uns nicht wirklich etwas wegnehmen oder Konkurrenz machen können, ist jeder Mensch doch einzigartig, also auch seine Beziehungen. Simon mußte gar nicht beteuern, mich mehr zu mögen als jene Saskia vom Kreuzgassen-Gymnasium, die ständig kiffe und mit der nur noch das *Vögeln* gut sei (daran merkt man, wie jung er ist) und mit der er bereits zweimal (wohl effektlos) Schluß gemacht habe, und zum Beweis, daß es ihm nun wirklich ernst sei, rief er sie an und sprach Es-ist-nun-wirklich-endgültig-aus-Saskia-ich-bin-nun-mit-Marie-zusammen auf ihre Mailbox, das vermute ich, denn er legte auf, ohne eine Reaktion abzuwarten. Ob er das die ersten beiden Male auch so gemacht hat? Vielleicht hörte Saskia ihre Mailbox ja gar nicht ab, und daher hat auch das Schlußmachen bislang nicht geklappt, so überlegte ich, während ich inzwischen wie ein von seiner Stimme weggepustetes Papierkügelchen am anderen Ende seines Dachbodenzimmers stand, die Arme verschränkt. Und offenbar unempfänglich für Körpersprache, erklärte Simon, während er sich zuversichtlich lächelnd mir näherte: Du bist viel hübscher und intelligenter.

Da nahm ich meine Jacke. Meinetwegen konnte er diese Saskia ruhig weitervögeln. Wir konnten uns ja trotzdem gelegentlich sehen und auf den neusten Stand in Sachen Pflanzenöl und Bewußtsein bringen. Zumindest sagte ich mir das, um sein Zimmer mit Würde verlassen zu können.

Ich schrecke auf, als ein Flaschenwagen einen Meter neben mir klirrend zum Stehen kommt, nur die Plexiglaswand trennt uns. Zwei Getränkekisten werden hereingetragen zum Kühlschrank neben der Kassentheke, jetzt erst bemerke ich auf den diagonal geführten rotgelben Streifen das Logo der Softdrinkfirma Splashy Joy. Unter der Eingangstür, die jetzt nur noch anlehnt, zittert ein eingeklemmtes Bonbonpapier im Luftzug.

Warum schreibt er mir nicht? Vielleicht wegen der Zeitverschiebung? Denn während hier bereits Mittag ist, wacht er vielleicht gerade erst auf, sieht zu seiner Frau, die sich nach dem Duschen, auf der Bettkante sitzend, ihren milchweißen Körper eincremt oder was auch immer solche Frauen in Gantos Gegenwart mit ihren Körpern tun (erwachsene Frauen meine ich, Frauen, die sich ihr Haar färben; bestimmt ist das Dunkelbraun nicht echt), oder er hat vielleicht die Augen noch zu und denkt an mich, weil ich ihm zufällig im Traum erschienen bin. Und gleich im Büro wird er meine Nachricht finden und sich wundern, warum diese E-Mail ein einziges Schweigen ist, Schweigen getarnt als Worte; *es geht mir gut, wie geht es Dir?*

Wird er sich fragen, ob er etwas falsch gemacht hat? Oder muß ich mich das fragen? Darf ich ihn das fragen? Oder soll ich ihm lieber etwas über meine Thesen zur Schönheit mitteilen? Aber wenn ich ihm jetzt erneut schreibe, dann denkt er noch, ich wartete auf seine E-Mails und drängte ihn zur Produktion, indem ich hartnäckig nachfeuere. Es wäre ihm bestimmt unangenehm, mich so bedürftig zu wissen, so anhänglich, so verloren. So bin ich nicht. Nie! Nein, höchstens jetzt mal, vorübergehend, vielleicht weil alles noch so neu hier ist und man den kleinsten Anker dann willkommen heißt, also Mails von Ganto, und es gibt sie gar zu wenig, zwei erst, zwei in einer Woche!

Da arbeitet sich der Ladenbesitzer durch die enge Boxenschlucht auf mich zu wie durch Hochwasser und beugt sich recht aufdringlich über mich hinweg, so daß mich der Geruch von sehr süßem Waschpulver streift, aha, deshalb, er will den Ventilator an der Wand anschalten, der mir nun von hinten das Haar fönt; ich soll mich offenbar wohl fühlen, aber das Geföntwerden wäre ein weiterer Grund, endlich zu gehen.

Denn Ganto sagt, er will freie Menschen.

Menschen, die keine Hoffnung in Gott, Ideologien oder Träume setzen, die also hoffnungslos frei sind oder so ähnlich. Ich würde mit einer weiteren Mail also wahrscheinlich bloß einen abwiegelnden Ton in seiner nächsten ernten, außerdem viele absichtliche Rechtschreibfehler und doppelte Wörter, damit ich mir nur ja keine Hoffnungen mache. Und vielleicht bildet er sich sogar ein, wenn er mich auf diese Weise schlecht behandelt, tue er mir etwas Gutes, weil ich dann von selber die Nase voll von ihm habe, so wie Kierkegaard sich von seiner Verlobten Regine sehr plötzlich und herzlos abgewendet hat, weil er befürchtete, er wäre nicht gut genug für sie. Aber wem nützt es, wenn wir uns für andere aus Liebe künstlich schlecht benehmen, damit sie die wahre Schlechtigkeit nicht erleben müssen? Doch ich rege mich gerade über etwas auf, das noch gar nicht eingetreten ist, und vielleicht auch nicht eintreten wird, denn was weiß ich denn schon wirklich über Ganto?

Is that you, Mary? schießt plötzlich eine Stimme durch den Strom meiner Gedanken. Eine echte Stimme diesmal, draußen in der Welt, für alle hörbar. Und ich kenne sie gut.

14

Aidan hat mir zur Begrüßung einen Kuß auf die Stirn gesetzt, in einer irritierenden Mischung aus altväterlich-rituell und stürmisch; ich spüre noch immer den leichten Speichelfilm wegtrocknen. Und jetzt wird er sehr ernst und will, daß ich ihm gut zuhöre, denn falls ich ihn bis jetzt richtig verstanden habe, muß er mir Ungeheuerlichkeiten näherbringen, von denen offenbar noch nichts zu mir durchgesickert sei, sonst säße ich an einem Tag wie diesem bestimmt nicht freiwillig hier. Sagt er. Und ja, er habe mich im Vorbeifahren erkannt, an meinem wie immer sehr geraden Rücken, so säße nur ich, und er habe seinen Augen nicht getraut.

Did nobody at Eternity tell you? Nobody warned you? Er zieht kopfschüttelnd einen Stuhl heran, setzt sich mir gegenüber, unsere Knie zeigen genau aufeinander, er weist zur Straße und sagt aufgebracht: So what do you think why it's so empty today? This is the beginning of war! They will kick the shit out of us!

So habe ich ihn noch nie erlebt. Aidan scheint diesen bebenden apokalyptischen Nachrichtenengel nicht zu spielen, er wirkt aufrichtig überzeugt und erschüttert von der Tatsache, daß vor zwei Abenden eine neue Zeit für Morgenstadt begonnen habe, daß es um die Zukunft von jetzt an rückläufig bestellt sei, wir also mit jeder Sekunde tiefer in die Vergangenheit, ja in alttestamentarische Zeiten des Auge-um-Auge und Zahn-um-Zahn fallen würden (daher vielleicht seine biblische Begrüßung?); der Anfang sei gemacht, sie hätten gestern aus Rache schon die Stadthalle und Tempintem mit Steinen beworfen, wer denn? frage ich eilig und fühle leichten Ärger, daß Aidan nicht der Reihe nach erzählen kann, weil für ihn ja schon alles klar ist, oder habe ich irgend etwas versäumt in seinem lässigen kalifornischen Englisch; the locals, who else, Mary?

Aber warum, was ist passiert? frage ich kleinlaut und lasse den Rücken ein wenig einsacken, damit er sieht, daß ich auch durchaus krumm sitzen kann. Sie seien im Unrecht, erklärt er mir, aber sie täten so, als seien wir schuld daran, daß sie stets im Unrecht seien, weil sie gar nicht anders könnten, als immer im Unrecht zu sein bei so rechthabenden Menschen wie uns (das meint er wohl ironisch), Menschen, die Begehrlichkeiten in ihnen erzeugten, indem sie ihnen Villen vor die Nase setzten, in ihrer eigenen Heimat, in der sie angeblich mit Palmblatthütten zufrieden wären, hohe Mauern bauten um große Gärten mit Sonnenliegen und Pools, wo wir uns in Bikinis räkelten, während ihre eigenen Frauen nicht einmal Knie zeigten und sowieso die Sonne mieden, und es spiele für die *locals* keine Rolle, ob wir das alles zum Erforschen neuer Umwelttechnologien täten, ob die Villen aus komprimierten Erdblöcken errichtet seien und auf dem Dach Solarzellen lägen, die Abwässer zum Biogemüse flössen, they don't give a shit, they just see the pools and the cars and they see it because they are the ones who clean them and who drive them, they are servants here, paid workers, nothing else, für sie sei Umweltschutz bloß das Hobby reicher Weißer.

Der Ladenbesitzer dreht sich zum Regalbrett an der Wand und legt eine tiefrote Hibiskusblüte vor eins dieser christlichen Heiligenbilder; die Einbrüche, höre ich Aidan sagen, seien in letzter Zeit öfter vorgekommen, daher verstärkt die Watchmen;

es wirkt, als wolle der Besitzer uns milde stimmen, den Fluß unseres Gesprächs mit irgendeinem uns alle umfassenden Segen bereichern, das türkis und pink schillernde Bild hat plötzlich meine ganze Aufmerksamkeit, bis ich mir sicher bin, es ist der Papst, Papa Bene, der mit geöffneten Armen auf uns alle herablächelt, aber im nächsten Moment, als ich den Kopf etwas bewege, schlägt das Bild um, und ich erkenne Jesus in ähnlicher Haltung, mit Holzkreuz hinter sich, das seine Arme fixiert. Scheint mir theologisch gewagt, auch Aidan schaut nun kurz auf, folgt meinem Blick, dann beugt er sich vor, so daß auch ich mich vorbeugen muß, um ihn verstehen zu können, denn er ist ins Flüstern übergegangen; two days ago everything changed, und der Raum zwischen den Boxen, in dem wir hier sitzen, wirkt plötzlich wie ein Schützengraben im Kriegsgebiet.

Bisher seien sie nie erwischt worden, aber diesmal schon. Er sei sehr jung gewesen, wohl unerfahren und allein am Werk. Wie alt, frage ich schnell, denn ich habe sofort den häßlichen Jungen vor Augen, der mir vor zwei Tagen aufs Fahrrad gesprungen ist. Maybe seventeen. Maybe younger. Wait, his name is Tschak. Yes, Tschak.

Tschak sei übers Dach eingestiegen. Dann im Haus von jemandem überrascht worden, einem Weißen, kaum älter als Tschak, es habe einen Kampf gegeben, bei dem Tschak unterlag, der *whitey* habe ihm mit einem Tennisschläger eins übergezogen, ihn dann mit Wäschekordel an den Küchenstuhl gefesselt, wie im Film, weil die Youngsters hier nichts anderes täten als amerikanische Filme aus dem Internet herunterzuladen, und da es hier keine Polizei gebe, habe der Whitey den Sicherheitsdienst gerufen.

Der Ladenbesitzer steht plötzlich bei uns und verstellt etwas am Ventilator, sofort beginnt das Gerät hektisch nach links und rechts zu schwenken, und der Luftstrom erwischt immer wieder Aidans Locken und läßt sie grotesk hochfliegen. Aidan steht auf und stellt das Gerät ab, wobei er lächelnd Blickkontakt zum Ladenbesitzer sucht, seine Jeans ist ihm zu weit, er muß in den letzten Wochen Gewicht verloren haben, er scheint sich für Morgenstadt wirklich aufzureiben; they made a big mistake then, they brought Tschak back to his village, to his family. Okay, sage ich, denn ich sehe noch nicht so ganz, was daran falsch sein könnte. Out of compassion, he was so young. Okay-y, wiederhole ich. That was a mistake, a big mistake! ruft Aidan zornig, als wäre er persönlich dabeigewesen und man hätte seinen Rat einfach ignoriert. Mary, they should have brought him to the police-station in Lanjo-Dara! Then he would have survived at least!

Ich schaue ihn stumm an. Aber als wäre nun Aidan zum Vexierbild geworden, fließt sein Gesicht über ins Bild des Blütenmeers auf Asphalt. Dieses Scharlachrot, Malve, Violett und Buttergelb. Wie sich die zarten Blütenblätter auf dem harten schwarzgrauen Untergrund ausstrecken, in ihrem beginnenden Welken dem Boden sich anvertrauen in einem letzten Schlaf. Und wie ich unwissend lächelnd dastehe.

No rules here, stöhnt Aidan, well, let divine consciousness act through us. But divine consciousness doesn't give a shit you see. Das sei naiv, auf diese Weise würde es eben nicht funktionieren; wir bräuchten Gesetze, solange wir mit denen zu tun hätten, die Gesetze aus dem Mittelalter befolgten.

Was ist also mit Tschak passiert? frage ich vorsichtig, denn ich bin nun sicher, es war Tschaks Leichnam, der diese Bahn der Schönheit hinter sich hergezogen hat, und sofort fühle ich eine seltsame Verantwortung, als wäre ich plötzlich beteiligt an was immer auch hier geschehen sein mag. Aidan reibt die Hände an seiner Jeans ab und schweigt einige Sekunden, dann sagt er: They beat him up. Probably his father and some men from the village. Really severely. The corpse they say had bruises all over. Then later that night, in the early morning hours, he hanged himself.

Ich blicke auf Aidans Hände, schmale, sonnenbraune Hände, die nun gefaltet in seinem Schoß liegen.

Sie hätten ihn am nächsten Morgen unter einem der alten Ölbäume gefunden. Er hing an drei langen Baumwollröcken seiner Mutter, die er aufgeschnitten und aneinandergeknotet hatte. Die Schande sei zu groß gewesen. Selbstmord gelte als Lösung. Vielleicht habe sogar die Mutter selbst ihm ihre Röcke gegeben.

Seltsam, denke ich, auch wenn ich wollte, ich wüßte nicht, wie man sich mit drei Röcken an einem Ölbaum erhängt, wahrscheinlich würden die Knoten aufspringen, der Stoff reißen, der Ast brechen; ich hätte geglaubt, man brauche für so etwas wochenlange Vorbereitungen mit Hilfe makabrer Newsgroups im Internet. Aidans Blick ist auf mich gerichtet, er scheint zu beobachten, wie ich das alles verarbeite, ich weiß es selber nicht genau. Und wieder denke ich an den Jungen, den ich von meinem Fahrrad gestoßen habe, sein verletztes, sein erstaunlich böse funkelndes Gesicht.

Aidans Stimme ist wieder ins Flüstern übergegangen; Selbstmord sei sehr üblich hier, von Mädchen würde es erwartet, wenn man sie mit einem Jungen erwische, von Jungs, wenn man sie miteinander erwische, von Frauen beim Töten ihrer neugeborenen Mädchen, von Vätern, wenn sie das Familienvermögen verspielten. Morgenstadt versuche zu helfen, wo es nur ginge. Man halte Vorträge, man entsende Sozialarbeiter in die Schulen, man informiere über die Ideen und Ziele des Gründers.

Die Frau mit den Ringen. Ich sehe sie in einem kargen Schulraum, in dem die Deckenventilatoren heißfeuchte Luft umrühren, während sie ganz Pädagogin ist und zu Phantasiereisen animiert, bewußtseinserweiternden Meditationen, Rollenspielen, die von Enge und Dumpfheit befreien sollen. Und wahrscheinlich saß auch Tschak dort, aber alles, was er aufgeschnappt hat, war: Morgenstadt gehört allen Menschen und niemandem im besonderen. Und da dachte er sich: Ich geh mal eben rüber in die Villa und hol mir den DVD-Player.

You look tired, Mary. It's the heat.

Ich schüttle den Kopf. Was ist Hitze gegen das, was geschehen ist in jenen Morgenstunden, als das behinderte Kind sein Geheul anstimmte, so laut, daß Tschak es vielleicht sogar hören konnte, während er die Röcke nahm und zusammenband. Es gelingt nicht, mir weiteres vorzustellen. Es kommt mir falsch vor, in den letzten Moment einer fremden Person eindringen zu wollen, auch wenn ich immer wieder wie auf Befehl Anlauf nehme; die Morgendämmerung im Gesang der ersten Vögel, seine vielleicht schon geisterhaften Schritte zum Ölbaum, eine Kiste oder gleich eine Leiter unter dem Arm; welche Bedeutung haben diese Dinge, wenn man weiß, daß sie in wenigen Momenten von einem weggleiten werden für immer? Was sieht man, und was fühlt man? Spürt man Verachtung oder eine letzte große Liebe für alles? Vielleicht das Nichts, das einen bereits von der anderen Seite her kalt anweht?

Sind sie denn nicht katholisch, frage ich und spüre die Beruhigung eines Zusammenhangs über das Gespräch sinken, denn man darf sich nicht einfach umbringen, das ist Sünde, es wird mit Fegefeuer bestraft. Warum also riskieren sie das?

Aidan lächelt zum ersten Mal seit seiner enthusiastischen Begrüßung, und in seiner Stimme mischen sich Ablehnung und Anerkennung zugleich, als er nun erklärt, daß sie sich einfach das Beste und für sie Sinnvollste aus den Religionen herausklaubten, so waren sie vor einigen Jahrhunderten recht offen für Mother Mary, die ihnen die portugiesischen Missionare mitgebracht hatten, hielten inoffiziell aber am Reinkarnationsglauben fest, der ihren Gerechtigkeitssinn befriedige, zudem die plausibelste Erklärung bereithalte für das Dilemma, daß eine Seele ohne Körper schließlich irgendwo hinmüsse. Selbstmord sei daher, wenn also sowieso alles weitergehe, nur Zwischenereignis in einer langen Reihe von Kommen und Gehen, außerdem, wenn aus Reue getan, förderlich für eine bessere Geburt, zudem sehr zuverlässig im Wiederherstellen des Familienansehens.

Dann ist doch alles in Ordnung, denke ich, aber wage nicht, es zu sagen. Aidan schaut zum Ladenbesitzer, der nun hinter einer Zeitung steckt, dann zu den beiden Jungs am Computer, die noch immer in ihr Abknallspiel vertieft sind, als wären sie und wir in jeweils anderen Zonen der Zeit; oder verhalten sie sich alle so still, um uns besser zuhören zu können?

But often they just fake it, sagt Aidan nun leise; im letzten Moment ließen sie sich von jemandem finden. Aus einem bestimmten Grund sei das bei Tschak aber anders gewesen. Und dann sagt er so leise, daß nur ich es hören kann: They sacrificed him.

Er schweigt und scheint die Worte auf mich wirken lassen zu wollen oder aber von ihnen selber gerade umgehauen worden zu sein, daher frage ich nicht weiter und respektiere das Schweigen zwischen uns, obwohl ich nicht ganz sicher bin, ob ich ihn wirklich richtig verstanden habe – sie haben ihn geopfert; was bedeutet das?

Das Ganze sei von Anfang an arrangiert gewesen, erklärt Aidan nun, man habe Tschak zu diesem Einbruch wahrscheinlich angestachelt, aber auch dafür gesorgt, daß er erwischt werde, vielleicht den Watchman bestochen, damit der dafür plädierte, ihn, der noch ein halbes Kind war, zu den Eltern statt zur Polizei zu bringen, aber alles war von Anfang an auf Tschaks Tod hinkalkuliert, ein Tod, der eine ernorme Racheaktion oder Erpressung ermöglichen würde. Warum denn, frage ich so desinteressiert wie möglich, denn bei Verschwörungstheorien wird mir mulmig, und ich hätte gern, daß er das Thema schnell abhakt. Money, flüstert Aidan, they always want money! Sure, nicke ich. Es gebe eine Kerngruppe, die die Dörfler mit Aktionen wie dieser gezielt gegen Morgenstadt aufzuwiegeln verstehe. Wait. Aidan beugt sich zu seinem Rucksack auf dem Boden, wühlt darin herum und holt schließlich einen zerknitterten Hochglanzprospekt heraus, der mehrere Ansichten eines eleganten, aus rotem Stein erbauten Gewölbegebäudes zeigt, das neue Therapiezentrum am Meer sei das, mir fällt auf, daß die gerundete Kapselform der Apartments ein wenig das Palmblatthüttendesign aufgreift, wie nett, diese Einfühlung und Annäherung, und im Hintergrund leuchtet türkisfarbenes Meer, von der Anlage durch einen schmalen Streifen Palmengarten getrennt. Die bunten Flecke zwischen den Baumstämmen, die mich zuerst irritierten, scheinen Hängematten zu sein, sie wirken wie Produkte der Palmen, als schieden sie neben Kokosnüssen auch Hängematten aus.

Ein Dutzend Männer sei nach Eröffnung des Zentrums im

klimatisierten Büro der Geschäftsführerin aufgekreuzt, Aidan lächelt, sie seien traditionell gekleidet gewesen, mit nur einer Art Handtuch um die Hüfte, also im Grunde wie jene Gäste, die gerade von der CranioSacral-Massage oder vom Pool kommen, und einer trug der Atem- und Physiotherapeutin die Liste mit Wünschen vor: Geld für eine neue Asphaltstraße, Geld für den Schafhirten, der eine Zahnkrone brauche, eine regelmäßige Pension für die Witwe des gerade verstorbenen Heilers. Die Frau habe ihre Irritation weggelacht und die Männer zügig verabschiedet, die Sache dann schnell vergessen. Zwei Wochen später waren die Stromleitungen durchgeschnitten, und ein anonymes Schreiben warnte davor, das Wasser der Trinkwasseranlage könnte bald vergiftet sein. Da habe sie schnell gezahlt. You don't believe me? fragt er lächelnd. Yes, sure, murmle ich, und Aidan schlägt die Beine übereinander, sein freier Fuß wippt in der Luft, einen gerissenen Riemen seiner Trekkingsandale hat er durch eine Kordel ersetzt. Jemanden wie ihn müssen die Einheimischen doch mögen, sofort Vertrauen zu ihm fassen, vielleicht aber auch zu jemandem wie mir, die ihre ausgelatschten, verkrusteten Schuhe noch immer nicht gesäubert hat und Fahrrad fährt statt Moped. Ich fühle plötzlich Verbundenheit mit Aidan, der unterdessen vermutet, daß Tschaks Eltern wohl ebenfalls Geld erhalten hätten, zugegeben sei der Gedanke unerträglich, aber es sei möglich, daß sie deswegen nicht rechtzeitig zum Ölbaum kamen.

Aidan steht auf, zieht sein Hemd über den Kopf und bleibt in blau geripptem Muskelshirt zurück, es ist ihm wohl zu heiß geworden, er läuft nun in der schmalen Schlucht zwischen den Boxen hin und her, macht dabei schnelle, sportliche Ruderbewegungen, was die beiden Jungs erschrocken herübersehen läßt (als hätte er eine Pistole gezückt), dann legt er die Oberarme auf die beiden Boxen links und rechts, sein graues, schweißverklebtes Achselhaar schaut recht unschön zapfenartig hervor.

Sie würden uns ab jetzt schikanieren, ruft er von seinem neuen Platz aus, sie würden diesen Fall immer wieder als Beweis heranziehen, daß wir nur Unglück über sie brächten und unseren Pflichten ihnen gegenüber nicht nachkämen, er redet in diesem Stil weiter, und die beiden Jungs schauen noch immer verstohlen zu ihm hin, wie bei einer Person, die zu lange redet, und man ist schon längst anderswo in Gedanken, sieht ihr aber höflicherweise weiter zu. Aidan nähert sich wieder unserem Schützengraben, listen, sagt er und setzt sich, I was in the building, I was there. Als die Steine auf die Stadthalle flogen und das Glas spritzte, und dazu ihre Rufe: Für jedes Kind von uns zehn Kinder von euch, and you know what, Mary, they *mean* it. It was a nightmare. I had just paid the fee for the You-are-the-Buddha-Workshop.

Aidan grinst zum Glück ebenfalls, versetzt mir dabei einen leichten Klaps aufs Bein, und wir lachen. Yeah, funny eh, our goals are quite different from theirs. Eine Liste mit Forderungen sei bereits eingereicht worden, man verlange für die Hinterbliebenen von Tschak so viel Geld, daß man davon gleich ein zweites Tempintem bauen könne.

Aber sie sind doch total im Unrecht, platze ich heraus (sein kleiner Klaps und dazu unser Lachen hat mich in eine neue Stimmung versetzt), der Einbruch war Unrecht, wir also hätten Grund, sauer auf sie zu sein, und für das, was darauf gefolgt sei, könnten wir nun weiß Gott nichts.

Ich betrachte ihn, wie er in die Luft schaut, und ich stelle plötzlich fest, daß ich das Muster seiner Falten am Hals bereits auswendig kenne, diese zarten Verästelungen auf sonnenbrau-

nem Leder; es sei das alte Feudalsystem, sagt er jetzt und wirkt
ein wenig wie im Geschichtsunterricht, wenn das Gedächtnis
endlich gnädig ist und die erwünschten Jahreszahlen aus-
spuckt; das Feudalsystem geistere noch immer in ihnen herum,
sie fühlten sich also unbewußt als Leibeigene, so wie ihre Vor-
fahren, und wir, die Privilegierten, hätten demnach für sie zu
sorgen.

Aber das geschieht doch auch, die kostenlose medizinische
Versorgung und Schulbildung? beharre ich.

Aidan zuckt die Schultern und lächelt nur, scheint jetzt
keine Antwort mehr zu haben und auch keinen Hehl daraus zu
machen, das gefällt mir, und wir sitzen eine Weile schweigend
beieinander, er macht zwischendurch dem Ladenbesitzer ein
Zeichen für Durst.

Ich überlege, was von all dem wohl für Ganto interessant
sein könnte, ob es ihm neue, interessante Sichtweisen auf Mor-
genstadt eröffnet, ich weiß nur noch nicht welche, und ob sie
für oder gegen Morgenstadt sprechen, obwohl, nein, Morgen-
stadt kommt mir im Augenblick doch eher als Opfer vor, in
den Klauen wildgewordener Wilder, von denen die Mehrheit
sich als ewige Dienerschaft geschlagen gegeben hat und eine
Minderheit den Spieß umzudrehen weiß und Mafia spielt.
Wäre das alles nicht ein Anlaß, mal vorbeizukommen?

Here, sagt Aidan und drückt mir ein Fläschchen Cola in
die Hand, es ist so kalt, daß meine Finger schmerzen, ich spare
mir meinen Kommentar, daß wir gerade den Grundwasser-
spiegel der Insel auf doppelte Weise senken. Aidan schaut auf
seine Armbanduhr, ich schaue zur Uhr an der Wand und er-
rechne, daß etwa eine dreiviertel Stunde vergangen ist, seit er
durch die Tür kam. Ob Ganto inzwischen aufgestanden ist?

So, what are you up for now? fragt Aidan plötzlich gutgelaunt, als hätte Splashy Joy Cola gehalten, was es verspricht, und er fügt hinzu, daß er mir, wo auch immer ich jetzt hin will, natürlich Geleitschutz geben werde.

I don't know, sage ich wahrheitsgemäß.

You haven't been to Freedom Forest yet, have you?

Nein, sage ich und erkläre schnell, ich sei ja gerade mal drei Tage hier, und es sei ja auch nicht ganz leicht zu erreichen, inaccessible, so mein Taxifahrer, und Aidan sagt, for cars it's impossible, but not for motorbikes! Er schaut erneut auf die Uhr. Listen, Mary, I can take you there. I know where they are right now. Wir würden den Weg an der Küste entlang nehmen, dann ein Stück durch den Canyon fahren und schließlich durch den Urwald müssen, das schaffe nur ein Motorbike. It will take one hour to get there, and we are back by dinner, how does that sound? Great, sage ich.

Er steht mit seinen schlabbernden Jeans bereits vor mir, ich sitze noch immer und zeige verlegen auf den Bildschirm, den Ort meiner Hoffnungen, I just want to check my emails again, erkläre ich. You're a cyber-addict, right? kommentiert Aidan das lächelnd und kramt seinen Tabak hervor, you're an addict too, sage ich und deute auf seinen Tabak, was ihn auflachen läßt, dann erklärt er mir, als hätten die Lachwellen die Sätze herangespült, E-Mail-Kommunikation sei der Fluch des dritten Jahrtausends, er selbst würde nur noch telefonieren, reale Stimmen, reales Gespräch, you know; damit zieht er ab, ich kriege noch mit, daß er die Colas zahlt, und denke, wie recht er hat, aber Ganto einfach mal anzurufen, na Günther, wie geht's, das wäre das letzte, wozu ich mich in der Lage sehe.

Ich logge mich also wieder ein und stelle dabei eine neugewonnene Gelassenheit fest, die mich zufrieden macht und dadurch noch gelassener; endlich einmal nicht dieses irre Herzklopfen auf dem Weg zu einer möglichen Ganto-Nachricht, wie wichtig doch Freunde sind; ich habe nun Aidan, auch wenn er draußen steht und raucht, Ganto soll sich mal nichts einbilden, es gibt nämlich noch andere Menschen, mit denen ich reden kann, die sich um mich kümmern und interessante Ansichten haben; all das denke ich, während sich die drei Seiten des Servers übereinanderschachteln, zwischendurch ein kleines Fenster aufpoppt und mir gratuliert zum Gewinn eines Autos, schließlich auf der vorletzten Seite die Meldung einer neuen Nachricht aufblinkt und leider nun doch wieder das Herzklopfen dazustößt, und die Angst steigert sich plötzlich wie eine Lawine, die sich selbst nach vorne treibt und stetig Fahrt und Masse gewinnt, fast in Panik schließlich öffne ich die allerletzte Seite und entdecke tatsächlich die noch unberührte neue Nachricht von Ganto, allerdings mit leichter Verzögerung, weil da statt des gewohnten Weltanschauungsabsenders ein anderer steht: gugan68@mail.com, das kann aber doch wohl nur Günther Ganto sein, auch wenn mich der Betreff kurz an Spam denken läßt, und ich atme fünfmal tief ein und aus (der Rat des Gründers gegen Angst), dann, in einer konfusen Mischung aus Gier und Abwehr, öffne ich die Mail mit dem Betreff *Ich will mehr!*

15

Meine Liebe,

was ist denn da mit dir los? *Es geht mir gut, wie geht es Dir* – also nein, so einfach kommst Du mir nicht davon! Du sollst berichten! Das war unsere Abmachung. Oder muß ich annehmen, Du bist bereits so tief in den Fängen der Morgenstadtsekte, daß Du mit Außenstehenden und Uneingeweihten, dazu noch Blasphemikern wie mir, keinen Kontakt mehr haben darfst? Wenn das so ist, dann gib mir einen Wink, und ich komme und hole Dich! Denn das lasse ich nicht zu. Dafür habe ich mich nicht monatelang so ins Zeug gelegt! Und ich fände es außerdem schade um Dich. Aber ich vermute etwas anderes. Wirst Du es mir sagen? Dann bitte an die Adresse, die oben im Absender steht.

Vom sinkenden Schiff der Restwelt grüßt
Dein Günther

Meine Wangen glühen. Mein Rücken ist kerzengrade. Ganto, Günther, Blasphemiker!

Wirst Du es mir sagen? Ich beginne lächelnd eine Antwort zu tippen, gelegentlich sehe ich nach draußen; Aidan hat seine Zigarette aufgeraucht und blickt, breitbeinig dastehend, die Straße hoch wie ein Wachtposten, jemand, der volle Kontrolle über alles hat. Um seinen Kopf ist jetzt im Piratenstil ein zimtbraunes Tuch gebunden. Ich tippe weiter, und dann sehe ich wieder nach draußen, wo Aidan sich im selben Moment zu mir umdreht, er hebt die rechte Hand, Daumen und Zeigefinger zu einem Kreis geschlossen, die restlichen Finger abgespreizt. Ich deute das als Hinweis, daß ich ruhig rauskommen kann ins wilde Archanu, die Luft ist rein, außerdem wird er mich beschützen. Ich lächle ihm zu und forme die nahezu umgekehrte Figur: Kleiner Finger und Ringfinger abgeknickt, die anderen drei ragen auf für *drei Minuten.* Er versteht und lächelt zurück.

Mehr als drei Minuten brauche ich auch wirklich nicht.

Denn ich lösche meine Antwort natürlich wieder, das war nur ein erster, spontaner Versuch. Ganto soll nicht glauben, ich säße pausenlos im Internetcafé und wäre total erreichbar. Außerdem wäre ich ja sofort wieder in der Position der Wartenden, dabei ist es doch gerade äußerst angenehm, den Ball des Gesprächs vorübergehend in der Hand zu halten und ein wenig damit herumzuspielen, bevor ich ihn elegant zurückwerfe auf die andere Seite der Erde.

You need to cover your head, the sun is too strong, empfängt mich Aidan draußen auf dem Platz, fummelt dabei in seinem Rucksack und zieht ein Tuch hervor, das er zum Dreieck faltet und mir reicht, jetzt erst sieht er mich an und bemerkt, ich sähe happy aus. Good news, Mary? Doch er wartet meine Antwort nicht ab, come-on-let's-go läuft er sportlich vor zu seinem Motorrad, das an derselben Stelle steht, wo Hendriks Motorrad neulich stand, nur daß Aidans Maschine nicht so toll funkelt wie Hendriks. Ich betrachte das weinrote Baumwolltuch in meinen Händen, dessen eingewebte Goldfäden im Sonnenlicht glänzen, ich zögere, führe es kurz, als Aidan nicht hinsieht, an die Nase, rieche aber nichts, also alles in Ordnung, und ich nehme den klaren Schatten, den ich auf die Erde werfe, als Spiegel, um mir das Tuch um den Kopf zu binden, wobei ich wie Aidan die zwei Schenkelzipfel am Hinterkopf zusammenknote. You look like a pirate, ruft Aidan lachend, you too, rufe ich zurück, und er schaufelt nun mit dem Arm die Luft heran, auf der ich schleunigst zu ihm kommen soll, weil es sonst zu spät würde, sagt er, zu spät für die Rückfahrt, wir sollten im Dunkeln nicht mehr unterwegs sein.

Es ist schön, hinter Aidan zu sitzen und den Fahrtwind im Gesicht zu spüren, ich kann auch etwas von Aidan riechen, wenn ich mich unauffällig vorbeuge, meine Nasenspitze also fast seinen Rücken berühren lasse, und dann riecht er erstaunlicherweise so wie der Werkstattmann, nach Rauch, nach Heu und Schweiß, und mir scheint plötzlich alles vollkommen, ich merke, ich bin tatsächlich glücklich, hier, wie wir über diese hitzeflirrende Straße sausen, ich könnte auf diese Weise leben, immer so weiterfahren ohne viele Gedanken, dabei den Ball des Gesprächs unsichtbar in der Hand wiegend, es ist toll, phantastisch, und ich lehne mich vor über Aidans Schulter und sage ihm das, it's great, rufe ich, the motorbike I mean, und er schaut rasch über die Schulter und ruft, that's one of the fun things to do here, you should learn to drive, Mary, und dann schweigen wir, bis Aidan plötzlich von der Straße abzweigt und in einen Anliegerweg biegt, denn er will mir die Stadthalle zeigen, sagt er, und nach wenigen Metern taucht etwas auf, dessen Anblick in der Wüste nicht überraschender sein könnte, ein fünf Stockwerke hoher, in der Sonne glänzender Glaspalast.

Die Scheiben scheinen ab dem zweiten Stock intakt, aber nicht im Erdgeschoß, das mit rotweißem Sicherheitstape umwickelt ist, wie ein verletzter Körper, den man schnell versorgt hat mit Wundverband; schon klar, daß die Einheimischen sich die Townhall als Ziel ihrer Wut gesucht haben, hier ihre Steine schmissen, ein effektvolleres und befriedigenderes Objekt gibt es wohl kaum, keine verletzlichere Stelle Morgenstadts. Aidan selbst schaut in sein Notizbuch, er ist viel unbeteiligter, als ich erwartet hätte, dabei war er doch gestern selber hier drin, um sich für den Buddha-Kurs anzumelden. Seen enough? fragt er, und ich nicke. Wieder auf der Hauptstraße, erkundigt er sich, ob alles in Ordnung mit mir sei, wie nach dem Anblick einer Leiche. Sure, rufe ich zurück, und er sagt, I show you the building where Tschak broke in, it's very close to the townhall, und dann nimmt er die nächste Abzweigung und rollt mit ausgeschaltetem Motor einen Hügel abwärts, der zu einem kleinen See mit viel Schilfgras und einem Bootssteg führt. Daneben steht ein altes, schönes Haus, umgeben von sehr hohen Bäumen und Zikadensummen, das hörbar wird, als wir anhalten.

Ich kenne es von Gantos Zeichnungen, die er mir hinhielt wie Fahndungsfotos; es ist fast ein kleines Schlößchen mit Erkern und Balkonen, die einzelnen Stockwerke abwechselnd in Rosé und Ocker, doch Moos und Verfärbungen erzählen von Regen und dem Schattendasein eines Lebens im Dschungel. An den Seitenmauern kleben beulenartige Ausstülpungen aus rotem Sand, schlängeln sich hoch bis zum zweiten Stock; Aidan kann Gedanken lesen und sagt: Termites. Dann zeigt er hoch zum Dach, auf das die Bäume ihre lianenartigen Äste herabsenken wie sehnsüchtige Arme, es sei leicht gewesen, da hineinzukommen, die einheimischen Jungs seien ziemlich gut im Bäumeklettern.

Das Haus wirkt selber wie eine Pflanze, die sich vorübergehend verzaubern ließ in etwas anderes. Das Dach habe in der

Mitte eine Öffnung, erklärt Aidan, es sei im traditionellen Stil um einen Innenhof herum errichtet, einmal auf dem Dach, sei es ein Kinderspiel, sich über die Hofleiter hinabzubegeben ins Chalet Jeune-Air.

Das hat er tatsächlich gesagt: ins Chalet Jeune-Air. Aber ich frage sicherheitshalber noch einmal: Das hier ist Chalet Jeune-Air?

The place where they keep the youngsters. Actually it would have been a nice place for you, if this hadn't happened. It's like on holiday. Well, depends on what you want, right?

Da ist wieder dieser verschworene Ton, für den ich jedoch gerade nicht empfänglich bin, ich starre gebannt das Haus an und suche nach einem Satz, der mir nun erlaubt, abzusteigen und hineinzugehen. Mit Hendrik reden. Ihn sehen. Mir die Geschichte von ihm erzählen lassen. Ob er vielleicht sogar der Whitey war? Wenn ja, ob er sich genauso erbärmlich danach gefühlt hat wie ich, als ich den Jungen vom Fahrrad stieß? Und wie er sich jetzt fühlt, nachdem *das* passiert ist?

What's the name of the whitey?

They don't give his name out. Too dangerous. He is in jail now.

Pardon?

Ja, bestätigt Aidan mir, der Junge sei im Gefängnis von Lanjo-Dara, das sei für ihn jetzt der sicherste Ort auf der ganzen Insel.

Damit wendet er, und wir fahren den Hügel wieder hoch zur Straße, mir fällt auf, daß er in die Richtung zurückfährt, aus der wir gekommen sind, und da sagt er: I just had to show you this.

Ob er geglaubt hat, ich mißtraue ihm, nähme ihm die ganze

Geschichte von Einbruch, Rache und beginnendem Bürgerkrieg nicht ab? Der Gedanke scheint weit hergeholt, wie so vieles in meinem Kopf weit hergeholt scheint, aber trotzdem da ist und geprüft werden will, und hat Aidan mich in Lanjo-Dara nicht als leichtgläubiges Kind bezeichnet? Leichtgläubige Kinder sind auch leicht nichtgläubige Kinder, je nach Laune, und ich beuge mich über seine Schulter vor und sage, um ihm meine Gläubigkeit endgültig zu beweisen: I am really worried about Futurcity's future, Aidan, I hope the locals will not do any more damage here, und Aidan nimmt kurz die rechte Hand vom Lenker und stößt sie zur Faust geballt in die Höhe, love will win, Mary, brüllt er, we just have to love more! Dann beruhigt er sich und ruft, maybe all this is a test; at least, I feel we can turn it into a test, und er erklärt, daß wir an Herausforderungen wie diesen ermessen könnten, wie sehr wir tatsächlich in unserer Buddha-Natur ruhten, ob wir also die Einheimischen, die wie von einem anderen Stern seien, trotzdem ebenfalls als Buddha-Naturen erkennen könnten, und währenddessen erreichen wir eine ihrer Siedlungen. Inzwischen sind außer Hühnern und Ziegen, denen Aidan wie Schulkindern geduldig den Vortritt läßt, auch einige Locals unterwegs, wobei sie eher herumstehen als unterwegs sind und ihre Verachtung für uns entweder durch Wegschauen oder finstere Blicke zu formulieren wissen. Unter einem Baum entdecke ich ein merkwürdiges Bündel, um das zwei große schwarze Hunde herumtänzeln, das Bündel stellt sich heraus als ein kleiner Junge, der mit entblößtem Hintern in die Hocke gegangen ist, die Hunde wirken unruhig, als witterten sie Konkurrenz auf ihren persönlichen sanitären Anlagen, und Aidan singt plötzlich: *It's so easy to love, it's so easy to hate, but it takes strength to be gentle and kind,* und er singt aus vollem Hals, wie ein Aufmunterungsversuch für die Einheimischen, und einen sehe ich jetzt auf den Boden spucken, als wir kurz anhalten, um eine aufsichtslose Büffelherde vorüberziehen zu lassen. Der Rotz landet direkt vor Aidans Fuß, und Aidan dreht sich zu mir um und lächelt, lächelt wie ein Buddha.

Den unheilvollen Rauchgeruch habe ich schon seit einigen Sekunden bemerkt, nun verdichtet er sich über der Straße zu braungrauen Schwaden, die uns zum Husten bringen, ich soll mein Hemd über die Nase ziehen, ruft Aidan und hält an, don't inhale that, und ich folge artig seinem Befehl und ziehe mein Hemd hoch, entblöße dabei meinen Bauchnabel, um mir den Kragenausschnitt vor die Nase halten zu können, ich komme mir jetzt ziemlich nackt vor, aber Aidan bemerkt das gar nicht, als er sich umdreht und ein weiteres, diesmal senfgelbes Tuch aus seinem Rucksack hervorkramt (er scheint ein Tuchlager bei sich zu führen), das er sich über Nase und Mund bindet, wie ein Guerillakämpfer sieht er nun aus, und so fahren wir weiter und tiefer in den dunklen Nebel hinein, bis wir in ein Wäldchen gelangen, der Rauch sich plötzlich lichtet und wir sehen können, woher er kommt: Er steigt geradewegs von einer großen zementblockartigen Empore hoch, die im Kreis hoher Bäume nistet, wie durch einen Schornstein zieht der Rauch an den Stämmen entlang nach oben, entspinnt sich aus lichterloh brennenden Holzscheiten, in denen die schwarzen Umrisse eines Körpers erkennbar sind. Gegen die Empore lehnt das polierte Holzkreuz. Der Aufbau der Sänfte liegt unweit davon auf der Seite, die dünnen Bambusrohre sind eingeknickt wie Beine eines Rehs, von Blumen nun keine Spur mehr.

Auch die weißgekleideten Männer sind da. Sie stehen ziemlich bewegungslos herum, immer noch wie in Trance, aber einige drehen sich kurz zu uns um, und ich lasse das T-Shirt herabsinken wie eine Jalousie.

Do you think it's him, it's Tschak? frage ich leise, und Aidan nickt, we better move on. Er gibt Gas, macht aber einen großen Bogen um die Männer, als fürchte er, sie könnten plötzlich Lust bekommen, mit Steinen nach uns zu werfen, und ich bin erleichtert, als wir von diesem Ort weg sind, das sage ich auch. Aidan erklärt, das sei ein sehr spezieller Ort, ein Ort mit einer langen Geschichte, jahrhundertelang habe man die Toten hier verbrannt, vielleicht sogar seit Jahrtausenden, und zwischendurch, als nacheinander die Portugiesen, Engländer und Franzosen hier das Regiment führten, war es der Hinrichtungsort, es wurde gepfählt, gehängt und erschossen, natürlich nur die Einheimischen, aufsässige oder straffällig gewordene Einheimische; it's a very dark place, beendet er seine kleine Geschichtskunde, really dark energy, Mary. But now we are soon reaching the sea.

Das Meer ist viel dunkler als auf dem Prospekt des Therapiezentrums, mit einigen schwarzgrünen Zonen aus Algenfeldern. Abwechselnd schotten Zypressen- und Palmenhaine es von der Straße ab, auf der nur hier und da ein paar Zweiräder, Ochsenkarren oder Lieferwagen zu sehen sind, und gelegentlich ragt zwischen den Bäumen auf dünnen Eisenstelzen eine Werbetafel auf, *Splashy Joy* ist enorm vertreten, Eiscreme, die sich als *sin to consider* anpreist, und jener melancholisch blikkende Graubärtige mit Zigarette, der auch an der Bushaltestelle vor unserer Schule seit Wochen Trübsal bläst.

Wenn es unbequem würde, sagt Aidan plötzlich, könne ich mich ruhig an ihm festhalten.

Bisher habe ich meine Arme nach hinten gebogen und mich

an die kleine Stange am Ende des Sitzes geklammert. Thanks, sage ich und lege meine Hände auf seine Schultern, was sich ein wenig wie Polonaise anfühlt. Aidan lächelt leicht und sagt etwas, das ich erst durch Nachdenken verstehe: Don't worry, I'm not ticklish. Pardon? frage ich und schlinge dann, weil er nicht mehr antwortet, meine Arme um seinen Bauch, was tatsächlich viel bequemer ist, wenn auch ein bißchen Überwindung kostet, aber nach einer Weile habe ich mich sogar daran gewöhnt, und jetzt wünsche ich mir, daß jemand ein Foto von uns machte, das mich und Aidan hier so cool über die sonnige Küstenstraße bretternd zeigt, mit Piratenkopftüchern, ein Foto, das ich Ganto schicken könnte oder auch Simon, oder gleich der ganzen Schule, damit alle sehen, was ihnen an Abenteuer entgeht, und ich würde das Bild nennen: *Unterwegs nach Freedom Forest!*

Aber der erste, der Zeuge dieses Bildes wird, ist ein Motorradfahrer, der uns wie eine Straßenstreife Zeichen zum Anhalten macht; Aidan leistet fluchend Folge. Do you know him? fragt er mich. Yes, I do, antworte ich.

Während Toskim vom Motorrad steigt und über die Straße auf uns zukommt, murmelt Aidan: This guy is really a pain in the ass.

Auf dem Motorrad bleibt ein weißblondes Mädchen zurück, das gelangweilt durch die Zypressen hindurch zum Meer blickt.

Während Toskim sich mit Aidan über irgendwelche Sperren und erforderlichen Passierscheine unterhält, hat dieses Mädchen meine ganze Aufmerksamkeit. An wen erinnert sie mich? Sie hat diesen Mund in Herzschwungform, die nächste Auffälligkeit ist das kurze weißblonde Haar, auftoupiert wie geschlagene Sahne. Und dann weiß ich es plötzlich, sie erinnert mich an jemanden, den ich noch nie gesehen habe, aber mir so vorstelle wie sie: die Erstsemestlerin, die immer erst um Mitternacht kam. Ins Wohnzimmer meiner Eltern, wobei man sich von diesem Wort nicht in die Irre führen lassen darf, denn dieser Einhundertundfünfquadratmeter-Raum ist eher ein Ausstellungssaal für moderne Kunst, die allerdings erst noch geliefert werden müßte, mit anderen Worten, er ist riesig und leer bis auf ein paar Couchinseln und uns, die Doktoranden, Studenten, Assistenten und Professorenkollegen, mit denen meine Eltern dann über anaklastische Ioniker und ionische Dimeter reden, und gerne führen sie zwischendurch vor, wie sich die Glaswand zum Garten hin in dreißig Sekunden per Fernbedienung öffnen läßt, so daß alle immer wieder staunend hinschauen und so tun, als würden sie sich fürchten vor dem Abgrund, weil das meinen Vater dann immer ganz erfreut ach was! rufen und nah herantreten läßt an diese kleine hüfthohe Stange, die einzige Grenze zum drei Stockwerke tiefen Abgrund, vor dem allein er keine Angst hat. Diese Stange ist aus einem ganz speziellen Glas, stabil, aber eben durchsichtig, und wenn man auf dem Sofa in der Mitte des Raumes sitzt, erkennt man sie kaum, weil sie mit dem Himmel verschmilzt. Der Boden ist aus schwarz geöltem Holz, die Wände aus rohem grauem Stein, was sehr häßlich und kalt wirkt, aber eben alles Natur, und unser Architekt sitzt ebenfalls manchmal dabei, wobei er kaum redet, sondern nur zusieht, wie sich die Gesellschaft in seinen Raum einpaßt; manchmal habe ich den Eindruck, er möchte die Glaswand öffnen, das Haus einmal nehmen und sie alle hinauskippen, weil sie Unordnung in seine kahlen Flächen bringen, und auch ich selbst traue mich ja manchmal kaum durch diese einhundertundfünf Quadratmeter zu laufen, weil mir meine eigene Unordnung um so mehr auffällt, ausgebeulte Schuhe und zu viele Gedanken, und mit Natur, seinem Markenzeichen, hat dieser Raum meiner Meinung nach überhaupt nichts zu tun bis auf die Materialien, und er selbst trägt Schlangenhautstiefel, was ihm wahrscheinlich auch noch konsequent statt widersprüchlich erscheint.

Und weil ich früh auf mein Zimmer gehe, um elf schon, denn ich bin die einzige, die am nächsten Morgen früh raus muß, habe ich die weißblonde Erstsemestlerin nie gesehen, denn sie kam immer erst um Mitternacht, sagte meine Mutter.

Aber ich stelle sie mir vor wie dieses Mädchen, das inzwischen ungeduldige Blicke zu uns herübersendet; zierlich und mit sinnlichen Lippen, diese Mischung aus Knabe und Dame, je nach Stimmung kann man das eine oder das andere in ihr sehen; das habe ich meinen Vater sagen hören am Telefon, denn wir teilen denselben Anschluß, was sich in solchen Situationen als nachteilig für alle erweist, ich hätte das lieber nicht mit angehört, was er da zu jemandem sagte, der ausdauernd schwieg, und daran erkannte ich den Architekten. Denn der schweigt meistens. Nur eines Abends sagte er unvermittelt und so, daß niemand sonst es hörte: Darauf läuft es auch für Sie hinaus, in einigen Jahren werden Sie bei einem Professor im Wohnzimmer hocken, wir hoffen mal, mit anderen und nicht allein. Er deutete zu den anderen, die in kleinen Gruppen verteilt standen oder saßen und durch die Rula geschäftig hindurchlief, unsere Hilfe, die meine Eltern vor Jahren in Griechenland aufgegabelt haben, sie trug den abgelegten schwarzen Hosenanzug meiner Mutter und beobachtete uns, während meine Mutter, umringt von Doktoranden, wie immer nichts mitbekam, ich hörte aber ihr Gala-Lachen, mit dem sie ihre hohe Genußfähigkeit ausdrückt.

Der Architekt reichte mir sein Weinglas, aus dem er getrunken hatte, und ich sagte, ich trinke nicht. Auch nicht zum Brüderschafttrinken?

Nicht mit Schlangenmördern.

Ich kann manchmal sehr geradeheraus sein.

Damit überrasche ich mich selber.

Es ist, als spräche etwas anderes durch mich hindurch. Ich bin dann völlig furchtlos und wahr.

Ich wünschte, es wäre immer so.

Es wird Zeit, euch miteinander bekannt zu machen, sagt Toskim plötzlich (ich habe das Mädchen wohl zu sehr angestarrt) und streckt nach beiden Seiten die Arme aus. Sie wendet leicht den Kopf und lächelt auf eine Weise, die mir absichtlich schlecht gespielt vorkommt, als wolle sie Toskim sabotieren. Auch das Weißblond scheint mir nicht ganz echt, etwas Dunkles schimmert auf, wenn der Wind ihr ins Haar fährt und immer wieder neue Scheitel hineinzieht.

Das ist Lucy, meine Tochter.

(Ach so. Dann ist ja gut. Und dann ist ja alles klar. Sie ist wie ich. So mache ich das auch.)

Dann erklärt er mir erneut die Reihe verschiedener Termine, vor allem das Vorstellungsgespräch, während Aidan, neugierig wie ein Kind, das den komplizierten Gesprächen Erwachsener zu folgen versucht, auf meine Lippen sieht. Es ist wichtig, daß du dich bei uns meldest, wir holen dich auch ab, fahr nicht alleine herum, es ist zu gefährlich. Er reicht mir seine Karte, Toskim Siedel, Gnade 11. Papa. Das Wort ist leise, aber mit einem gereizten Unterton. Ja? – Nichts, erwidert sie. Es geht ihr nicht gut, wendet sich Toskim wieder an uns; lovesickness. Lucy hebt verachtend eine Augenbraue und dreht sich zum Meer. Sie trägt modische, roséfarbene Ballerinas, die es gewiß nirgends auf der Insel zu kaufen gibt und die noch dazu erstaunlich sauber sind, als würde ein Heer unsichtbarer Mini-Engel ständig um ihre Füße schwirren und den aufspritzenden Schlamm abwehren.

Abgesehen von diesem beknackten Bild bringt sie mich auch sonst durcheinander. Ich weiß nicht, ob ich zu ihr halten und etwas sagen soll, das ihr den Rücken stärkt, etwa: Intimes geht nur die Beteiligten etwas an. Aber ich habe in Lucy bereits zu sehr die weißblonde Erstsemestlerin gesehen, und mit der kann ich mich unmöglich solidarisieren. Nein, Solidarität gebührt anderen, meiner Mutter zum Beispiel.

Toskim probiert über Lucys Schulter hinweg eine kleine besänftigende Ansprache (sei doch nicht so empfindlich), aber nachdem sie nicht reagiert, blickt er gemeinsam mit ihr zum Meer, das seine Wellen erst kurz vor dem Ufer aufbaut und sie in gleichmäßigen Abständen, mit ruhiger Hand, in den Punkt des Umkippens schiebt. Too bad what happened yesterday, wendet Toskim sich nun an Aidan, als sähe er die Chance auf Verständigung plötzlich eher wieder mit ihm, und Aidan sagt: You fucked it up, Toskim, you, it was your decision to take the boy back to the village and not to the police.

16

Toskim ist kopfschüttelnd und ohne Erwiderung aufs Motorrad gestiegen, fast gleichzeitig starten wir und fahren in entgegengesetzte Richtungen auseinander. Die Stimmung ist ziemlich am Boden. Ich weiß nicht, was ich sagen könnte, Aidan flucht leise vor sich hin, Flüche, die ich noch nie gehört habe, und da traue ich mich erst recht nicht, mit irgend etwas Gutmeinendem anzukommen, außerdem bin ich sowieso verunsichert, was meine Aufbaukünste betrifft. Denn meistens komme ich mit zu großen Worten, die mir das Leben nur schwermachen, das meinte auch meine Mutter, als ich sie weinend am Küchentisch fand. Und aus meiner geplanten Tröstung für sie wurde eine Belehrung an mich, denn meine Mutter mag offenbar nicht in den Arm genommen werden, nicht bei etwas, wo es sowieso um das Problem der Körperlichkeit gehe, wie sie mir ins Leere schauend erklärte, und ich konnte mal wieder nur raten, wovon sie redete, denn sie vertraut sich immer nur halb an, also gar nicht, und zum Raten habe ich keine Lust. Und ich sagte nur, wir werden alle sterben, denn ich finde das immer einen guten Trost; also auch die weißblonde Erstsemestlerin, dachte ich, auch sie wird sterben, und meine Mutter sagte, komm nicht mit diesen großen Worten, die nichts mit der Sache zu tun haben, und ich sagte, wie wäre es mit: Jeder zahlt seinen Preis fürs Leben, und dachte weiter an die Erstsemestlerin, die auf irgendeine Art auch würde zu zahlen haben für das, was sie meiner Mutter antat, ja, ich war bereit, meiner Mutter zuliebe mich in diese moralischen Verurteilungen hineinzusteigern, die ich in meinem eigenen Leben längst überwunden habe, und meine Mutter sagte, wenn du so denkst, machst du es dir nur unnötig schwer, denn nicht immer kostet etwas einen Preis.

Das war wieder mal typisch. Sie begriff überhaupt nicht, daß ich ihr helfen wollte, oder war zu stolz und kehrte die Hilfsaktion einfach um. Ein seltsamer Mensch, meine Mutter, richtig gut ist sie nur im Korrekturlesen, da entgeht ihr nichts, denn sie liebt die Fehler meines Vaters.

Ob die schönen Häuser dort am Meer zu Morgenstadt gehören? Ich frage Aidan, und er zeigt auf ein besonders helles, pompöses, Mischung Disneyland und Finca, da wohne Toskim, das sei Gnäid. Wow, mache ich und überlege, was Toskim dann im bescheidenen Gästehaus von Lanjo-Dara verloren hat oder in Anthonys Kantine?

I don't know any German, sagt Aidan, but Toskim troubled you, didn't he? Dann sagt er noch etwas, das aber Motorenlärm und Fahrtwind von mir wegreißen. Ich rufe ihm zu, daß Toskim mich zum Vorstellungsgespräch bittet. Während wir von der Küstenstraße abbiegen und einen unbefestigten Weg quer durch leere Steppe entlangfahren, erfahre ich, daß diese Gespräche sehr kitschige Veranstaltungen seien; etwa wie am Traualtar müsse ich mir meinen Part vorstellen, ich wolle der Wahrheit dienen, mich ihr verpflichten und durch sie frei sein; überhaupt funktioniere das Komitee wie ein Internetspionageprogramm, das Texte nur nach Schlüsselwörtern abscanne, ich solle also möglichst oft Wörter wie dienen und Hingabe einstreuen, dann wären alle zufrieden.

Der Weg wird mehr und mehr zu einer sich selbst aufgebenden Angelegenheit, bald ist er vom umliegenden Gestrüpp, den Steinen, dem Geröll nicht mehr zu unterscheiden. Hier und da ragen kleine Aufschüttungen roter Backsteine auf, als habe man große Pläne plötzlich fallenlassen. Außer einigen zerfetzten Mülltüten, die im dornigen Gestrüpp flattern, sind nur noch wir in Bewegung.

Toskim sei überall, ruft mir Aidan plötzlich zu, ob mir das schon aufgefallen sei?

True, rufe ich zurück, und tatsächlich ist es ja so.

So what do you think why you always bump into him? Any idea? Er klingt noch immer gereizt, so wie vorhin mit Toskim. Ich biete ihm kleinlaut an, daß Toskim schließlich mein buddy sei.

That's what he tells you! No Mary, he is a spook!

Er scheint das Wort auf mich wirken lassen zu wollen, nur leider verstehe ich es nicht. Ein Spuk? Paßt zum karierten Hemd, das da gerade wie ein Gespenst in einem Strauch hängt. Toskim also ein Spuk, ein Geist? Ich überwinde mich schließlich und frage nach, auch wenn mein Schweigen bereits wie eine nachdenkliche Verarbeitung gewirkt haben muß.

A spy, Mary, a secret agent! Never seen James Bond? (Er scheint zu vergessen, daß ich einfach nur nicht genug Englisch kann, statt nicht genug Filme gesehen zu haben.)

Sure.

Toskim habe überall seine Finger im Spiel, er würde auch regelmäßig nach Lanjo-Dara fahren, mische sich als harmloser Besucher unter die Gäste, sitze am Gründergrab rum, mit offenen Augen, jawohl, denn in Wahrheit spioniere er, lausche die Gespräche ab, um Morgenstadtfeinde ausfindig zu machen oder Leute, die nur anreisten, um demnächst Hausmädchen,

Koch und Gärtner zu haben, was Toskim allein bei sich selbst durchgehen lasse, weil er sich für hypermental ausreichend gefestigt halte.

Ich höre kaum noch zu. Ich bin damit beschäftigt, im Schnelldurchlauf mein Verhalten durchzugehen: meine aufrührerischen Worte im Gästehaus von Lanjo-Dara, mein Wegschauen und Nichtgrüßen, meine lucyhafte Arroganz beim Bambusstauden-Abendessen. Hat jemand wie ich überhaupt noch eine Chance?

Der Weg wird holpriger, ich klammere mich fester um Aidan, was mir peinlich ist, denn meine Hände bemerken so viel: zwei aufeinanderliegende kleine Speckrollen, die sich anspannende Bauchdecke, den Ansatz der Rippen, zu denen ich immer wieder meine Hände hochschiebe, weil mir das der beste Ort für Halt scheint, während Aidan den Schlaglöchern ausweicht. Vielleicht hat Toskim mich längst auf die Liste der Abzulehnenden gesetzt, und darum drängt er darauf, daß ich schnell zum Vorstellungsgespräch komme, damit man mich zügig abwickeln kann; nur anstandshalber werde ich überhaupt angehört. Und auch Ganto fragt vielleicht nur anstandshalber, was mit mir los sein könnte, aus einem Rest Berufsinteresse. Wie immer: Er fordert zur Preisgabe auf, gibt aber selber nichts preis. Und ich freue mich auch noch. Aber solange du mir keinen Wink gibst, Ganto, hätte ich sehr viel zu sagen, da reichte eine E-Mail gar nicht aus, im Grunde müßte ich dir einen Roman schreiben, und dann kannst du selber gucken, wo deine Antwort steckt!

Are you all right? fragt Aidan.

Ja, rufe ich und denke: Überhaupt müßte ich einmal sämtliche Stimmen zu dir sprechen lassen, damit du mir sagen kannst, welche davon meine wahre ist, du, der Experte für die verborgenste meiner Stimmen, die sich nach Einfachheit sehnt, nach dem, was unterhalb des Geplappers liegt, eine Stimme ohne Kehle und Körper.

Das gibt es nicht, sagst du, und ich sage, vielleicht gibt es nur das. Aber bevor ich das zu dir sagen kann, ist meine Stimme hochgedreht und nahezu schrill (das kannst du besser beurteilen), zu laut auf jeden Fall, und ich stapfe mit dieser Stimme mein Zimmer ab, während du mit einer Ruhe mich ansiehst, als wärst du das stillhaltende Loch, in das meine Raserei hineinfließt. Denn alles muß irgendwo hin. Und bevor du so nah zu mir kommst, ist da noch ein Mittagessen und dein Anruf, und davor, auch das sei gesagt, mein Anruf bei dir, denn ich sorgte mich, du könntest den deinen vergessen, und die Sekretärin meldete sich und erklärte, du seist noch in der Besprechung. Ich nannte meinen Namen nicht, auch nicht, als sie danach fragte, und in mein Schweigen sagte sie: Aber Sie sind doch Marie, das Mädchen, das nach Morgenstadt will? Und ich sagte: Nein, ich bin nicht Marie und ich würde auch nie nach Morgenstadt wollen.

Das stimmte sogar plötzlich. Zumindest in diesem Augenblick. Wurde mir klar, als ich aufgelegt hatte.

Vielleicht wäre ich schon längst umgeschwenkt von meinem Kurs, hätte man mir Ganto nicht aufgeschwatzt und hätte es von da an nicht einen Grund geben müssen, ihn Woche für Woche weiterhin aufsuchen zu können.

Die Holperstrecke verwandelt sich langsam in die Landschaft des Canyons; wie frisch gefallener, unberührter Schnee liegt die rote Erde oberhalb der Schluchten vor uns, nirgends sind Fahrspuren. Aidan hält an und reicht mir seine Wasserflasche. Ich habe keinen Durst, aber trinke.

Mary, you are definitely not all right, you are grumbling.

I'm okay, lächle ich stur.

Er sieht mich skeptisch an, dann deutet er auf einen Punkt in der Ferne, wo ein dunkelgrünes Band den Horizont säumt, dort seien die staatlichen Wachtposten, die dafür zu sorgen hätten, daß sich keine illegalen Holzfäller an den Dschungel machten, der zum Teil noch genau wie vor Tausenden von Jahren sei, der tropical dry evergreen forest. Wenn sie uns nicht durchließen, müßten wir sie schmieren. Besser, ich hielte mich ein wenig abseits.

Warum sollen sie uns nicht hindurchlassen? frage ich, und er sagt sofort: To make money.

Man muß ja nicht immer vom Schlimmsten ausgehen, denke ich, aber weiß nicht, wie man das auf Englisch sagt.

Vielleicht bringt dieser Satz aber auch sowieso nur Unheil, zumindest meiner Mutter gegenüber. Auch wenn er nur gut gemeint war. Ich scheine ungeschickt zu werden, wenn ich etwas gut meine. Vielleicht sollte ich aufhören, überhaupt etwas zu meinen, weder gut noch böse, sondern alles einfach sein lassen, wie es ist.

Man muß ja nicht immer vom Schlimmsten ausgehen, sagte ich zu meiner Mutter, und sie zog verächtlich ihre entzündeten Mundwinkel herab, während sie Wasser in die Espressokanne füllte. Das war am Tag der Verbannung, am Tag, an dem alles anders wurde. Aber meine Mutter schien so sehr mit sich beschäftigt, daß sie das nicht merkte und auch nicht wissen wollte, warum ich so früh aus der Schule zurückkam, weshalb wiederum ich nicht fragte, warum sie so früh von der Uni nach Hause gekommen war.

Wo hast du nur diese Sprüche her, sagte sie statt dessen, und ich wußte es selber nicht genau. Vielleicht sind im Falle von

Hilflosigkeit die allgemeinsten und leersten Sätze die angemessensten, sind sie doch genauso hilflos wie die Hilflosigkeit. Vielleicht hätte ich ihr das noch sagen können, damit sie den Hintergrund meiner angeblich provokativen Plattheit, die von zu viel Lektüre dieses stumpfsinnigen Gründers herrühre, erkennen konnte. Nicht alles, was einfach ist, ist falsch, oder? sagte ich nur.

Sie winkte ab und stöhnte. Vielleicht ging es ihr aber auch deshalb so schlecht, weil sie wieder ihre entzündeten Mundwinkel hatte, schorfartige Krusten, unter denen die Entzündung klopfte, was sie mit Make-up zu kaschieren versuchte. Abheilen konnte da nichts. In der Spüle stand ein Mixbecher und strömte Bananengeruch aus, sie nahm an solchen Tagen nur Nahrung zu sich, die sie mit dem Strohhalm aufsaugen konnte. Ich sah sie an, sie kam mir plötzlich irritierend fremd vor, wie meine Mitschüler, wenn sie aus ihrem Sechswochencamp in Schweden zurückkommen, gebräunt, erfahrungsgesättigt, jede Geste verrät ihre Verwandlung, die man dann mit dem alten, vertrauten Bild abzugleichen versucht. Und ausgerechnet da sagte sie: Marie, ich erkenne dich nicht wieder.

Ich sagte: Das freut mich.

Sie sagte: Willst du das? Willst du, daß wir uns entfremden?

Ich sagte: Ich möchte nichts lieber als mir selber fremd werden, denn so, wie ich bin, ertrage ich mich nicht.

Das war meine Art, ihr entgegenzukommen, aber sie sagte: Du mußt immer das letzte Wort haben. Du bist wie dein Vater.

Ich sagte: Du hast ihn geheiratet, ich kann da nichts für.

Sie sagte: Du wirst zum Automaten, Marie, zum Sprechautomaten, der immer nur Widerworte ausspuckt, auch wenn man teures Geld einwirft. Du belohnst einen für nix.

Vielleicht bin ich nicht dazu geboren, andere zu belohnen, sagte ich, vielleicht glaube ich nicht an Lohn und sein Gegenteil. Vielleicht (weiter kam ich nicht). Ihre Augen verengten sich. Du redest immer nur, Marie. Du bezirzt dich selbst mit Worten. Ich habe mit Herrn Ganto neulich darüber gesprochen, er sieht das genauso.

Sie leckte sich über die Lippen, als schmecke sie den Worten nach, und mein Nacken wurde hart. Ich sah zum Fenster, wo wir die Mungobohnensprossen im Keimgerät vergessen hatten, sie streckten bereits ihre grünen, mittig geschlitzten Blätter aus der violett angelaufenen Bohne wie Schlangen ihre Zungen, und ihre Schwänze krümmten sich spastisch über den geriffelten Kunststoffboden; eine ganze Armee wütender Mungobohnen, alle in eine Richtung starrend, in den Vorgarten, als verteidigten sie unser Zuhause. Ich kippte sie über dem Mülleimer aus. Wobei ich entdeckte, daß meiner Mutter gekochte Nudeln in den Biomüll gerutscht waren. Ich schwieg, denn mir fielen die Worte des Gründers ein: Es ist ein Irrtum zu glauben, man könne Verletzung lindern durch Gegenverletzung.

Jetzt bist du wütend, nicht wahr? ging sie auf mich los.

Meine Mutter. Ich betrachtete ihre blassen, spitz zulaufenden Finger, der Ring saß tief im Fleisch, es sah nach Schmerz aus. Ich wurde von einer Woge des Mitgefühls erfaßt. Nein, sagte ich, warum sollte ich wütend sein?

Ach Marie. Sie lächelte, schüttelte zart den Kopf. Wahrscheinlich hatte sie ebenfalls Mitleid mit mir, weil ich so tapfer meine Gefühle verleugnete, und wir beide traten nun den Wettkampf an im Mitleidmiteinanderhaben. Ich sagte, so ruhig es ging: Herr Ganto darf gar nicht über mich reden, höchstens intern, in der Zentralstelle.

Keine Ahnung, ob das stimmte. Ich probierte es einfach,

und meine Mutter sagte: Glaubst du wirklich, wir ließen dich Woche für Woche zu einem Mann, den wir nicht kennen? Natürlich reden wir mit ihm. Und im übrigen, wie kommst du dazu, ihm zu erzählen, deinem Vater und mir sei egal, was du machst, wir hätten uneingeschränktes Vertrauen?

Das war der Höhepunkt oder Tiefpunkt des Gesprächs oder der Anklage. Aber meine Mutter konnte nicht anders, sie war ja selber so beladen mit Unglück, daß sie Rache nahm am nächstbesten Geschöpf. Wie kommt man da heraus?

Die Espressokanne zischelte, kleine Bläschen krochen herab auf die Herdplatte. Meine Mutter stand vom Küchentisch auf (schwerfällig plötzlich, was mein Mitleid wieder vertiefte), sie fuhr mit der Hand über ihren Po, als wolle sie Falten glätten oder Krümel wegwischen, wahrscheinlich aber überprüfte sie, ob ihre spartanische Ernährung schon anderweitig Wirkung zeigte.

Magst du? fragte sie und hob eine Espressotasse hoch. Ich schüttelte den Kopf und ging zur Tür. Da sagte sie, und es war wie ein Stein, den sie mir in den Rücken warf: Herr Ganto soll im Frühjahr Vater werden, habe ich gehört. Weißt du da Näheres?

Ich lächelte ironisch. Näheres? Ich war jedenfalls nicht dabei.

Ich ging die Stufen hinab in mein Zimmer, ich schloß die Tür von innen, ich steckte mir Ohrenstöpsel ins Ohr, weil ich ihre Schritte durchs Haus nicht ertrug. Ich holte die Ohrenstöpsel wieder heraus, denn Ganto wollte mich ja anrufen. Kurz darauf wurde die Garagentür geöffnet, der Motor startete. Ich ging wieder nach oben, machte mir einen Espresso und fand auf dem Tisch einen Zettel: Ich fahre zu deinem Vater nach B. Ich komme morgen nachmittag wieder, oder gar nicht, was dir ja egal sein kann, weil du selber schon fast weg bist. Denk an den Impfstoff im Kühlschrank.

In B. war irgendeine Konferenz. Wo sich wahrscheinlich auch die Weißblonde aufhielt.

Soll sie mal nicht behaupten, den Hang zur Dramatik hätte nur ich.

Und dann rief er plötzlich an. Na, ich höre, du hast bereits mächtig gequengelt? sagte er in einer Aufgedrehtheit, die ich nicht an ihm kannte und die noch aus einer überaus geselligen Mitarbeiterbesprechung herüberzuwehen schien, aber er wurde dann sofort ernst, als ich in ruhigem Ton sagte, es ist schon spät, ich habe Hunger. Laß mal nachdenken, griff er den Ton besorgt auf, wie wäre es mit dem Breuers, und ich sah den Laden mit den Laptop-Leuten vor mir, nicht unwahrscheinlich, daß einige von ihnen auch in unserem Wohnzimmer ein und aus gingen, ich schlug daher das Oyster vor, Ganto sagte, das ist doch eher was für abends; stimmt, gab ich zu, und da schlug er das Romana neben dem Breuers vor, ich sagte, Pizza, da kannst du mich mit jagen!, und mir fiel als nächstes Bento Box, der Japaner, ein, aber das würde teuer, und obwohl nun ich an der Reihe war, schwieg ich, und auch von ihm kam nichts, vielleicht hatte meine heftige Pizza-Ablehnung ihn verunsichert, und ich sagte, hm, eigentlich ist das Breuers gar nicht so schlecht, und er sagte, gut, dann also dort in einer halben Stunde, er klang erleichtert.

Warum er erleichtert klang, verstand ich, als ich ihn mit einem breitschultrigen, stämmigen Mann auf dem Bürgersteig vor dem Breuers entdeckte, wo ein feiner Sprühregen mehr stand als herabfiel, beide trugen lange Mäntel und hatten die Kragen hochgeschlagen wie Agenten, und Ganto stellte mir den Mann als seinen Kollegen Mario Bechtstein vor; nenn mich ruhig Mario, sagte der, und ich wußte augenblicklich, das hier war bereits bei unserem Telefonat eine Verabredung zu dritt gewesen, Mario Bechtstein war zu diesem Zeitpunkt schon längst zum Breuers beordert worden, weshalb Ganto es auch gerne dabei belassen hatte. Ganto sah mich penetrant an, suchte Blickkontakt, und als ich nachgab, zog er die Lippen in die Breite wie ein hilfloses: kann nichts dafür, so ist das nun mal.

Vielleicht konnte Ganto wirklich nichts dafür.

Vielleicht hatte er nur der Panik gehorcht, die sich bei dem Gedanken meldete, mit mir allein an einem Tisch sitzen zu müssen.

Das verstehe ich gut.

Es geht mir ja genauso.

Und sah in unserer gemeinsamen Panik plötzlich etwas uns Verbindendes. Es war intim.

Mario Bechtstein trug eine schmale schwarze Brille, die die Breite seines Gesichts noch mehr zur Geltung brachte. Ich begann, während wir das Breuers betraten, meinen ganzen Haß auf Mario Bechtstein zu richten, denn Mario Bechtstein verkörperte unsere Angst. Und ich verstand, daß genau das seine Aufgabe war: daß wir durch ihn diese Angst sichtbar vor uns hatten, er uns aber gleichzeitig daran hindern würde, uns ihr zu stellen; seine Anwesenheit sorgte dafür, daß wir keine andere Wahl hätten, als uns zu benehmen und nicht wieder kathartisch einander in den Armen zu liegen.

Auf den Tischen am Fenster standen in kleinen dünnen Vasen noch dünnere Zweige Glücksbambus, der nach oben hin Korkenzieherschrauben drehte. Sie waren quadratisch und niedrig, man konnte auf ihnen eigentlich nur Latte Macchiato abstellen und nach draußen sehen. Aber es gab auch einen hinteren Bereich, wo zwei junge Kellner mit langen blauen Rockschürzen diese neue gutbürgerliche Küche herumtrugen, Grünkohl mit Mettwurst, Königsberger Klopse, Leberkäse mit Bratkartoffeln, in Lokalen wie diesem war das seit einiger Zeit plötzlich wieder möglich, es fehlten nur noch blinkende, dudelnde Spielautomaten und Trockenblumengestecke; vielleicht kamen die ja, sobald die Asienmode vorbei war.

Ganto nahm mir die Jacke ab und trug sie zusammen mit Marios Mantel vor sich her zur Garderobe. Als er wiederkam, mußte ich schlucken, denn das Hemd unter seinem Jackett war eindeutig sauber. Er hatte sich also umgezogen. Das war Verrat. Meine Tränen einfach zu beseitigen. Wahrscheinlich war er also kurz nach Hause gefahren und hatte das Hemd dort in der Wäschetruhe versenkt. Falls er so unvorsichtig war. Unvorsichtig, falls es also nicht zu seinen beruflichen Routinen gehörte, mit Wimperntusche auf dem Hemd nach Hause zu kommen, so wie ein Malermeister mit Farbklecksen; falls Ganto das also doch nicht öfter tut, Sektenmädchen an sich drücken, und die Frau das also nicht gewöhnt ist und also auch nicht hinnimmt, so wie die Frau eines Frauenarztes hinnimmt, was in jedem anderen Kontext nicht hinzunehmen wäre.

Ich sei ja schon ein interessanter Fall, sagte Mario unvermittelt, ein Fall, an dem Günther sich schon seit längerem die Zähne ausbeiße.

Er hatte neben mir Platz genommen, und Ganto saß uns gegenüber. Ich fragte, ob er mitgekommen sei, um auch mal ein wenig zu beißen, und er wurde rot.

Marie sagt gerne, was sie denkt, erklärte Ganto und klang ein wenig stolz, sie hat fast keinen Filter.

Das wird sie sich in Morgenstadt aber abgewöhnen müssen, murmelte Mario und verschwand hinter der Speisekarte.

Ich sage deshalb, was ich denke, weil ich dem Denken nicht so viel Bedeutung beimesse, erklärte ich und sah Mario an, dessen Blick hinter der vorgehaltenen Speisekarte immer nur kleine schreckhafte Erwiderungen wagte, als verbrenne er sich jedes Mal. Und ich erklärte mit gelangweilter Stimme, so wie mein Vater, wenn er doziert: Denken ist dazu da, Probleme zu lösen, die es selbst geschaffen hat.

Das ist mal ein Satz, sagte Mario und schien mit einem Schlag zu ahnen, warum Ganto es so schwer mit mir hat, und es kam mir vor, als hätte Ganto sogar ein Augenzwinkern zu Mario gesandt, dessen Brille plötzlich beschlagen war, er nahm sie in die Hand und schien dann nicht zu wissen, was er damit tun sollte. Ohne Brille sah er noch merkwürdiger aus, die Augen wirkten klein und verloren in dem breiten Gesicht, so ganz ohne Schutz. Ich sah Ganto an und mußte wieder feststellen, wie schön er war. Er selbst betrachtete neugierig seine Hand, wie sie mit dem Bierdeckel spielte, als sei ihr Tun voller Überraschungen, und auch der Geräuschpegel der Stimmen ringsum schien eine Weile darüber hinwegzutäuschen, daß ansonsten nichts passierte.

Kurz darauf sah ich Ganto zum ersten Mal essen. Ich war mir nicht sicher, ob ich das mochte, und versuchte, ihn möglichst wenig anzusehen, wenn er eine kurze Pause machte etwa, was aber nicht oft vorkam, denn er aß natürlich öfter als daß er nicht aß. Die beiden hatten Tafelspitz vor sich, den Beilagensalat rührten sie wie auf Absprache nicht an. Ich stieß die

Gabel lustlos in ein fades Gemüsegratin, an den geriffelten Möhren erkannte ich die Tiefkühlkost. Ich schielte zu Gantos Hand, die rechte, mit der er vor vier Stunden nach mir gegriffen hatte. Sie schien sich an nichts zu erinnern.

Irgendwann begann ich zu weinen, lautlos, die Tränen liefen mir einfach die Wangen herunter, es fühlte sich emotionslos an, etwa wie Schwitzen, ja, als schwitzten meine Augen, und deshalb war es auch nicht empörend, daß die beiden es nicht zu merken schienen. Sie unterhielten sich sehr angeregt über das Phänomen Zeit: Wie sich mit dem Älterwerden die Abstände zwischen den sich sowieso immer ähnlicher werdenden Ereignissen immer weiter verringerten; während früher ein Tag vom Empfinden her eine halbe Ewigkeit dauern konnte, sei man heute nach dem Aufstehen bereits wieder auf der Suche nach dem Schlafanzug, das Bettenmachen lohne kaum noch, überhaupt auch das Aufstehen nicht, man könne ja gleich liegen bleiben, witzelte Mario, der die Brille wieder aufsetzte, als wolle er die schönen Sätze, die sie sich da sagten, näher betrachten; die beiden gaben sich auch Mühe, mich mit einzubeziehen, indem sie gelegentlich ›glaub uns, Marie‹ sagten, und Ganto variierte all diese langweiligen Betrachtungen schließlich, indem er sagte, ihm sei neulich schlagartig klargeworden, daß er schon tot sei, mehrfach tot, weil es ihn als kleinen fünfjährigen Jungen beispielsweise nicht mehr gebe, von dem sei nichts mehr übrig, weder körperlich noch geistig, nichts habe er mit diesem Fünfjährigen mehr zu tun. Und wenn man das mal ernst nähme und konsequent zu Ende denke, was sage das wohl über unsere jetzige Identität aus? Er lächelte mich an; vielleicht wollte er mir damit eine schöne Karte zuspielen, denn er wußte, daß mir dieser Gedanke gefiel und nach spiritueller Ausdeutung geradezu schrie (nämlich, daß wir in Wahrheit sowieso nicht die wechselnden, sich die Klinke gebenden Persönlichkeiten sind, sondern jene Instanz, die das alles durch Beobachtung zusammenhält, also Bewußtsein, ewig, unberührt, wie der Himmel hinter den Wolken usw.), aber plötzlich glaubte ich zu merken (und erschrak), daß Ganto mir eine Falle gestellt hatte, sich genau diese angeblich dogmatischen Lehrsätze vom Himmel hinter den Wolken wünschte, die Mario erkennen ließen, daß ich so intelligent, wie ich anfangs hier noch rüberkam, letztlich leider doch nicht bin, es gibt da nämlich auch diesen Hang zum Ideologischen. Ich schwieg und spürte, wie sich unter den trocknenden Tränen meine Gesichtshaut unangenehm spannte.

Sie kann das Abitur doch nachholen? fragte Mario plötzlich.

Es gibt eine Sonderprüfung, erklärte Ganto, allerdings müßte sie dann innerhalb der nächsten drei Monate zurückkommen, sonst wäre es auch dafür zu spät. Dann würde sie ein ganzes Jahr verlieren.

Ich ließ die Gabel sinken: Ich wußte gar nicht, daß man Zeit verlieren kann. Das hieße ja, wir könnten sie besitzen?

Ich war ihm also doch noch in die Falle gegangen.

So macht sie das immer, sagte Ganto zufrieden, das ist so eine Art fernöstliche Scholastik; er lächelte mir zu: Ich muß das Mario mal kurz erklären, er hat nämlich fast nur mit Christen und Satanisten zu tun, also es gibt da wie bei allen geschlossenen Denksystemen einige Prämissen, im fernöstlichen sind es folgende: Bewußtsein ist kein Vorkommnis im Gehirn, sondern umgekehrt; Bewußtsein ist der Raum, der alles hervorbringt und in dem alles stattfindet, die Außenwelt ist ein sozusagen kollektiv geteilter Traum, der Festigkeit vortäuscht, solange man noch nicht erwacht ist, sich also des Bewußtseins bewußt wird, wie sie das immer so unelegant sagen. Woran sie im übrigen auch ihre Überzeugung heften, unsterblich zu sein, der körperliche Tod ist nur das Ende eines Teiltraums, und entweder wird damit Platz für eine neue Runde Traum geschaffen, oder aber, und darum meditieren sie immer so viel, man hat das Ganze so gründlich durchschaut, daß man die Mühe des Inkarnierens nicht mehr auf sich nehmen muß. Was man statt dessen tut, nun ja, wohl anonymes, körperloses sich-selber-bewußtes Bewußtsein sein; mir ist das zu abstrakt, da gehe ich doch lieber ganz zugrunde, bin weg, oder stelle mir vor, ich sei eine unsterbliche und unteilbare Seele, auch wenn vielleicht erst ein bißchen Höllenfeuer an mir nagen muß, um mich tauglich zu machen für das Wiedersehen mit anderen unteilbaren Seelen im Himmel. Aber auch das ist natürlich Schwachsinn. Ich meine ja nur: Wenn ich die Wahl hätte, würde ich mir andere Fiktionen an Land ziehen. Aber egal. Ich glaube, bei allen Weltanschauungen geht es letztlich nur um Strategien, mit der Angst vor dem Tod fertig zu werden.

Man kann nur hoffen, daß sie irgendwann den Halt in sich selber findet, statt in eine Scheinwelt abzudriften, sagte Mario und lächelte mir scheu zu.

Sie haßt Platitüden, sagte Ganto und suchte meinen Blick, ich sah aber nicht zurück, und Mario wischte sich übers Gesicht, als sei er gerade aufgewacht und hätte den letzten Satz kaum mitbekommen.

Es ist doch immer dasselbe, sinnierte Ganto schließlich und schaute auf seine Uhr, wir halten die leere Wirklichkeit nicht aus und stopfen sie zu mit Essen, Arbeit, Religion, Drogen, Sex (er räusperte sich, und so klang das letzte Wort wie eine Mutprobe, die Ganto nicht ganz bestanden hatte). Einige dieser Süchte, fuhr er fort, sind gesellschaftlich akzeptiert, andere nicht, Religion nur in bestimmten Formen, und daraus schlagen wir Kapital. Aber im Grunde wäre alles, was mit Hoffnung zu tun hat, ein Fall für uns.

Die beiden sahen mich an wie ein Tribünenpublikum, das geeint zu jener Platzseite schaut, auf die der Ball gerade zufliegt, und da sagte ich: Merkt niemand, wie hohl das alles ist, was da gerade gesagt wurde?

Tatsächlich, ja? sagte Ganto.

Ja. Du sagst immer nur das, wofür du genug Argumente zusammenzuhaben meinst; das zählt für dich, und nicht etwa, ob es dich berührt, ob du es erlebst, so wie ich eben mein Bewußtsein erlebe; fast scheinst du immer dann, wenn du etwas fühlst, automatisch ein Mißtrauen anzumelden; nur was du begründen kannst, ist dir geheuer, oder?

Ganto sah mich durchdringend an, holte Luft, sagte aber nichts. Ich rückte meinen Teller zur Tischkante, ich hatte kaum vom Auflauf gegessen, hauptsächlich die harte, verbrutzelte Käsedecke aufgestochen, als müßte ich das Gemüse darunter befreien.

Es geht hier doch um etwas anderes, oder, griff Mario plötzlich ein; hast du sie mal gefragt, um was es wirklich geht, Günther?

Ganto sah auf seine Fingernägel, prüfte den Sauberkeitsgrad und sprach zu ihnen: Marie ist ein Geheimnis auf der Suche nach sich selbst, daher kann sie nicht wirklich gut Auskunft geben.

Er hatte sich meine Worte also gemerkt. Wörtlich!

Aber er sprach sie so höhnisch, daß es jeder aufkommenden Freude die Luft abdrehte.

Das ist so typisch Ganto.

Man kann sich einfach kaum über ihn freuen.

Immer gibt es Nebenaspekte.

Sein Leben ist so kompliziert.

Sein Reden ist wie eine Katze, die nicht geradewegs auf ihr Ziel zugeht, sondern desinteressiert herumschleicht, in ganz andere Richtungen schaut, aber dann ganz plötzlich auf dem Eßtisch hockt. So daß man sich fragt, ob es ein sie selbst überraschender Zufall ist, daß sie da plötzlich sitzt und an der Butter leckt.

Mit Ganto ist das durchaus ähnlich.

Er kann nicht geradeheraus sein.

Wird man so mit den Jahren, oder bin auch ich längst so, aber habe noch den Mut, es zu sehen und beheben zu wollen?

Ich will zur Geradheit und Einfachheit!

Vor allem aber will ich weg von diesem Tisch.

Um was es hier wirklich geht, sagte ich wütend, das kannst du genausogut auch ihn fragen (ich wies mit dem Kinn zu Ganto; den Namen Günther würde ich nie über die Lippen bekommen). Mario sah aber mich an, nicht Ganto, so wie man Bekloppte einfach reden läßt, ohne auf den Inhalt ihrer Worte zu achten. Und Ganto schaute weg.

Der Kellner trat an unseren Tisch, was uns alle irgendwie zu erleichtern schien, mit Interesse schauten wir seinen Händen zu, wie sie schnell und elegant die Teller einsammelten. Mario bestellte Apfelstrudel mit Vanilleeis und drängte Ganto, es ihm gleichzutun, ich schüttelte den Kopf, ließ mich aber zu einem Espresso überreden. Noch bevor er kam, stand ich auf, murmelte etwas von Toilette, und als sie nicht hinsahen, nahm ich meine Jacke und eilte zum Ausgang.

Draußen war der Niesel inzwischen zu Regen geworden, ich hatte keinen Schirm, aber das Naßwerden paßte gut zu meiner existentiellen Stimmung.

17

Die beiden Wachtposten wirken in dieser Einöde so unwahrscheinlich, als hätten sie sich nur kurz für uns materialisiert und würden sich auch gleich wieder auflösen, mitsamt Holztischchen und Holzhütte, sobald sie Aidans Papiere überprüft haben. Aidan sagt immer nur oui und non, aber er scheint nicht zu verstehen, auf was er da reagiert, sonst würde er auf Marihuana nicht oui antworten, selbst wenn er es hätte. Aidan, flüstere ich, aber er gibt mir mit einem schnellen Blick zu verstehen, daß ich mich ein wenig verziehen soll, so wie es vorhin abgesprochen war. Also mache ich ein paar Schritte zum Wald hin, der dunkel in der roten Ebene aufragt, eine der letzten Zonen der Welt, an die noch niemand Hand angelegt hat, dafür sorgt Freedom Forest.

Kurz darauf tauchen wir in die grün durchleuchtete Schattenwelt ein, und der Pfad ist so eng, daß Äste an meinen Schultern schürfen. Isn't it beautiful? Ich bestätige es ihm. Allmählich beginnt alles zu zerlaufen, meine Augen sind nur noch Schlitze, an denen der Urwald samtgrün vorüberströmt, bis wir plötzlich anhalten. I want to show you something, sagt Aidan, und ich folge ihm zu Fuß einen kleinen Hügel hoch, während mir Spinnweben auf die Stirn geklebt werden.

Loose the shoes from thy feet, for the place wherein thou standest is holy ground, sagt er feierlich. Er zieht die Schuhe aus, ich tue es ihm nach, wenn auch widerwillig. Es sei die älteste Kultstelle der Insel.

Die Bäume rundum wölben sich über eine leere Grasfläche, an deren Seite Tonfiguren im Kleinkindformat altarhaft aufgereiht stehen. Aufgerissene Augen und fahrradschlauchartige Lippen. Die Stille, die sich zwischen den Gestalten auftut, scheint wie Luft, die vor ihren Fratzen zum kleinlauten Stillstand gerinnt. Im Gras liegen Tonscherben, es sind abgesplitterte Nasenspitzen, Ohren, Fingerkuppen. Niemand hat sie aufgehoben oder versucht, sie wieder anzukleben, man scheint die Verwüstung gutzuheißen als Teil der unheimlichen Erhabenheit dieser tönernen Gestalten, so erhaben, daß sie die Dokumentation ihrer eigenen Sterblichkeit sich leisten können. Ein paar weiße Blüten liegen vor ihnen, wollüstig aufgespreizt, kaum verwelkt, jemand muß kürzlich hiergewesen sein. Von Maurice und seiner Frau, erklärt Aidan, sie bringen regelmäßig Opfergaben, es sichert ihnen den Schutz der Einheimischen. Und die Einheimischen? Er zeigt auf einen Mauerrest im Gras; dort stellen sie das Kruzifix auf.

Ganto fand mich, als ich die Unterführung erreicht hatte. Wo die Tauben in den Balken hocken und ihren Dreck an den Pfeilern herabtropfen lassen, wo Kleisterspuren unter den Werbeplakaten schleimen, fünfmal dasselbe Konzertplakat hintereinander, und der Blick gerät ins Stolpern. Wo es nach Urin stinkt. Alles in allem kein guter Ort. Aber der Regen war inzwischen zu Hagel geworden. Ich sah Ganto durch die Scheibe hindurch an, die Situation hatte etwas von Straßenstrich, erst recht, als er sich über den Beifahrersitz beugte und mir die Tür öffnete. Und weil mir nichts anderes einfiel, sagte ich beim Einsteigen das mit dem Straßenstrich, worauf er ein kurzes, überraschtes Lachen ausstieß, das genauso daneben klang wie meine Bemerkung. Dann schwiegen wir. Mein nasses Haar klebte an meiner Wange. Ich zog den Gurt über mich und wartete, daß Ganto losfuhr. Überdeutlich hörte ich das Ticken des Blinkers. Ganto wartete ebenfalls. Das schwarze Leder unter mir schien keine Wärme von mir annehmen zu wollen.

Du bist ganz naß, sagte er schließlich. Er faßte in mein Haar und zog einige Reste Hagelkörner heraus, die er mir hinhielt wie ein Zauberer, der sie da selbst hineinillusioniert hatte. Auch ich faßte nun in mein Haar und machte damit seine einzigartige Geste seltsam wieder zunichte.

Entschuldige. Ich hätte Mario nicht mitnehmen sollen.

Ich stimmte ihm beiläufig zu, als hätte er was über das schlechte Wetter gesagt. Auf der anderen Seite der Brücke schoß noch immer der Hagel herab, weißglasig, steinig. Ganto wartete einen Augenblick, dann fuhr er los, der Hagel schlug krachend aufs Dach. Ganto schien ohne Ziel, aber das machte nichts, es war, als füllte die Dramatik des Hagels die Lücke aus, die Lücke des Schweigens und die eines Ziels. Doch dann, von einer Sekunde zur nächsten, verfloß der Hagel zu Regen, glitt weich und samtig an der Scheibe herab, und spätestens da wurde mir klar, daß mir meine Rolle abhanden gekommen war. Ich mußte nicht mehr beleidigt sein, er hatte sich entschuldigt, aber ich wußte nicht, was ich statt dessen nun sein könnte, und als er fragte, soll ich dich nach Hause fahren, nickte ich bloß, als sei ich ein rein körperliches Etwas, ohne Wünsche, Gefühle, Willen; ein Bündel Fleisch, das man von A nach B transportiert. Vielleicht war es auch die Enge, vielleicht hatte ich Angst, daß sich in diesem uns umschließenden Blechkörper jeder Gedanke sofort auf den anderen übertrug und nichts verborgen blieb.

Ich fahre dich auch woanders hin. Falls du noch etwas zu erledigen hast.

Ich habe nichts zu erledigen.

Er nickte und stellte das Radio an und ließ nun, als gäbe es auch nichts zu sagen, alle möglichen Menschen in unser fahrendes Häuschen; Werbestimmen, Opernsänger, Nachrichtensprecher; sein Finger drückte im Sekundentakt auf die Sendertaste, als sei er bereits infiziert vom Pulsen des Lärms.

Ich sah mich im Auto um, ich wandte auch den Kopf, um mich zu vergewissern, daß ich keinen Kindersitz übersehen hatte, aber es gab nicht einmal eine Rückbank, das Auto hatte nur den Fahrer- und Beifahrersitz und war seltsam niedrig gebaut; wir fuhren zwar schnell, aber wie ein U-Boot navigierten wir unerkannt an allen vorbei. Daß es nicht einmal die Möglichkeit für einen künftigen Kindersitz gab, fand ich irritierend, das Ganze war also vielleicht nur ein Gerücht, das in den Pilates-Kreisen kursierte, oder meine Mutter hatte absichtlich gelogen. Ich besah mir die Ablage in Höhe meiner Knie näher, nein, da war nirgends ein Pixi-Buch und keine Rassel, also hatten sie auch noch keine Kinder, oder aber die waren so groß, daß sie keine Rassel mehr brauchten, vielleicht brauchten sie dann aber auch Ganto nicht mehr so sehr. Statt dessen lag da ein perlmuttfarbenes Haarkämmchen zwischen zuckerfreien Zahnpflegekaugummis, Tempotaschentüchern und einem Lippenpflegestift; das Haarkämmchen war sicher von der Frau, es schimmerte traurig hervor, eine Zinke war abgebrochen, der Anblick löste mein Mitleid aus, ich bin viel zu gefühlig, dachte ich da wieder, was sollte das. Zwei Kinokarten lagen verkehrt herum, es strengte mich zu sehr an, die Schrift zu entziffern, mir wurde übel, auch weil Ganto in die Kurven ging wie bei einer Verfolgungsjagd.

Geht's etwas sanfter, nörgelte ich plötzlich im Tonfall unserer Zentralstellengespräche, wenn ich etwa sagte, geht's auch weniger banal, weniger über einen Kamm scherend, aber irgendwie paßte der Ton diesmal nicht, Ganto entschuldigte sich und fuhr sofort langsamer, aber es ließ eine bedrückte Stimmung zurück. Er fummelte wieder am Radio herum, nachdem wir eine ganze Weile etwas über entführte Deutsche in Afghanistan erfahren hatten, zum Glück fährst du nur nach Morgenstadt, sagte er und ließ als nächstes barocke Tafelmusik zu uns, Nähmaschinen-Cembalo und zahme Flöten, wir fuhren schweigend durch die schräg herabstürzenden Nadeln des Regens, ein Ahornblatt verfing sich im Scheibenwischer und winkte einige Sekunden wie eine Geisterhand vor unseren Augen, und als Ganto anhielt, um es zu entfernen, flog es auf und verschwand. Unser Schweigen dauerte schon wieder ziemlich lange; was für ein Auto ist das eigentlich, fragte ich, und er sagte, von meiner Frau. Nein, ich meine, welche Marke, er sagte: Ist das dein Ernst? Ich sagte, klar, und er: Ein Porsche. Das sind doch diese teuren, schnellen, oder? Kann man so sagen. Und weil man das so sagen kann, ließ sich plötzlich nichts mehr sagen. Wir scheinen beide empfindliche Naturen zu sein. Auch ich war wieder ein wenig gekränkt, denn ich finde es nicht richtig, sich wegen so etwas gekränkt zu zeigen. Außerdem störte mich der Gedanke, im Auto seiner Frau zu sitzen. Daß es ihrer war. Vielleicht behagte auch ihm das nicht. Und woher hatte sie das Geld? War sie also doch keine arbeitslose Geisteswissenschaftlerin, sondern Zahnärztin, reiche Erbin, reiches Kind?

Aber reich, zumindest wohlhabend, sind auch wir. Da könnte ich zur Not mithalten. Falls ich nicht inzwischen enterbt bin. Meine Mutter deutete so etwas an; ich höre da nicht mehr so genau hin, wenn sie ihre Ausbrüche hat und mir mit diesen Drohungen kommt, ich glaube, sie verpackte es in eine botanische Metapher: Wer seine Wurzeln verleugnet, der darf sich nicht wundern, wenn der Baum ihn nicht mehr zu nähren bereit ist und ihn abwirft wie eine faule Frucht; du weißt, was das heißt, Marie, und das könnte für alle Zeiten gelten, auch für den Fall unseres Todes, Marie, hast du das verstanden?

Ich habe ja mich selbst, sagte ich und glaubte ihr sowieso nicht – in letzter Zeit neigt sie unangenehm zu Pathos und Hysterie.

Das war nach dem Tag der Verbannung, als sie am frühen Nachmittag von dieser für sie beide wohl frustrierenden Konferenz in B. zurückkamen; sie fuhren mit ihren Autos gleichzeitig vor, mein Vater parkte hinter ihrem. Meine Mutter hatte Kompaktpuder aufgetragen, der zu hell war, und mein Vater roch nach Schweiß. Ansonsten ließen sie sich nichts anmerken. Ich stand in der Küche und begrüßte die beiden sehr herzlich, als sei ich ihre Gastgeberin; ich gebe zu, ich übertreibe, seitdem man mich ermahnt hat, ich solle doch morgens und abends grüßen und könne nicht einfach so an ihnen vorbeirauschen (lächerlich, da kann ich ja gleich mir selbst einen Gruß sagen, sind wir denn nicht ein Fleisch und Blut?).

Sie irrten durch die Küche.

Nur noch eineinhalb Tage, dachte ich, dann bin ich weg. Nur noch eineinhalb Tage: Damit sah ich ihren Bewegungen zu, mit denen sie Schlieren durch den Raum zogen, ihn verdichteten, als würden ihre Hände, mit denen sie nach Dingen griffen, jede Position der zurückgelegten Strecke weiterhin einnehmen, als malten sie nach und nach ein leeres Blatt mit Strichen voll. Sie aßen direkt aus dem Kühlschrank, hastig und im Stehen. Mein Vater nickte mir mehrmals zu, als hätte ich etwas gesagt. Dann murmelte er: Ich mach mich mal frisch, und von oben rief er, ziemlich gereizt, wo Rula die gebügelten Hemden diesmal versteckt habe.

Das war ihr Stichwort: Rula hat mich angerufen. Du sollst gestern Besuch gehabt haben?

Sie wies auf den Küchenstuhl, damit ich Platz nahm, ich hatte den Eindruck, sie verwechselte mich mit ihren Studentinnen und Studenten.

Und zwar nicht von Simon, sondern von einem Mann?

Ist Simon kein Mann?

Sie verdrehte die Augen: Rula kennt Simon, daher weiß sie, daß er es nicht war. Also, wen hast du gestern dagehabt? Ihr wart auch hier oben?

Ich schwieg und schielte durch die halb geöffnete Tür, sah ein Stück meines Vaters die Treppe herabstapfen, wahrscheinlich war er unterwegs ins Bügelzimmer.

Ich möchte dieses Gespräch ohne deinen Vater führen, denn im Grunde seid ihr euch zu ähnlich. Er würde dich in Schutz nehmen.

Ich sah sie freundlich an und fühlte, wie mein Nacken sich erneut verhärtete und diese Übelkeit hochschlug.

Mach dir doch nichts vor, Marie.

Wieso? fragte ich.

Nun, sagte sie, stockte und wirkte plötzlich hilflos. Wenn das Ziel deiner Reise nicht so indiskutabel wäre, dann könnte man ja froh sein, daß du übermorgen fährst und das Ganze ein Ende hat.

Was? fragte ich.

Ich dachte, das sagst du mir jetzt.

Warum, du weißt doch mal wieder bereits alles.

Sie sah mich durchdringend an.

Ist es das, was ich denke, Marie?

Ich lachte abfällig, schüttelte den Kopf und merkte, daß sie das als ein Ja deutete, merkte es an ihrer Erstarrung; ich fühle leider immer so viel, was ihren Körper betrifft, als steckten wir im selben. Du weißt doch, wie Männer sind, Mama, sagte ich und stand auf, wie so oft, wenn ich bald keine Luft mehr bekomme in ihrer Gegenwart, und während ich schon die Tür öffnete, rief sie: Warum läufst du jetzt weg, kannst du nicht einmal hierbleiben, damit wir reden können? Jetzt schrie sie; wer würde mit so jemandem reden wollen? Da verstehe ich meinen Vater sehr gut, der dann auch einfach nur weggeht und sagt, wir reden später. Soll sie sich erst mal austoben. Und ich war sowieso längst aus der Küche und kurz darauf aus dem Haus, und weil sie sich nicht die Mühe machte, mir zu folgen, hatte ich auch keinerlei Mitleid mit ihr, wieso auch, außerdem wird es Zeit, daß meine Mutter aufwacht zur Realität, auch wenn es sicherlich weh tut. Aber niemandem wird was geschenkt. Die Rechnung kommt immer.

Die Tafelmusik war inzwischen von einer Arie abgelöst worden, ein Countertenor besang auf Englisch Cäsars Ruhm, während ein voluminöses Orchester ihn dabei unterstützte, es klang alles sehr triumphierend und begeistert, etwa genau im Gegensatz zu unserer Stimmung, und den Sänger rissen immer weitere Exzesse aus Spitzentönen und Trillern fort, die schließlich sonderbar unspektakulär endeten, als wäre nichts gewesen. Händel, sagte ich noch rechtzeitig, dann sagte es der Sprecher. Und Ganto sagte: Macht es dir etwas aus, wenn ich kurz bei der Reinigung halte?

Reinigung! Das Wort schreckte mich auf und schien mir im nächsten Moment einen obskuren Halt zu liefern, bog mich zurück in eine Geschichte, ein Skript, einen Zusammenhang.

Natürlich ging es ums Hemd. Ganto hatte es also doch nicht in die Wäschetruhe zu Hause gestopft, und zwar deshalb nicht, damit die Frau es nicht fand. Und meine Freude und jedes Lächeln unterdrückend, sagte ich in besorgtem Ton: Du bringst sicher das Hemd in die Reinigung, oder?

Ja, anders geht das wohl nicht raus.

Tut mir leid.

Kein Problem, ich muß da sowieso vorbei. Damit betätigte er den Blinker, fuhr langsamer, hielt kurz an und fuhr rückwärts in eine Parklücke (er tat mir plötzlich leid, denn diese kleine, routiniert ausgeführte Handlung des Einparkens schien mir eine Analogie auf sein gesamtes Leben).

Die Reinigung leuchtete in einer grünen Häuserzeile auf. Ganto stellte das Radio ab, ich glaube aus Versehen, denn er schien nicht zu wünschen, daß ich mitkam, dafür stieg er viel zu hastig aus. Er öffnete den Kofferraum und schlug ihn wieder zu, dann hielt er mir eine Papiertüte hin. Das wollte ich dir noch auf die Reise mitgeben. Vielleicht bewirkt es ja mehr als mein Reden, es enthält ein resümierendes Kapitel über die Struktur der Verführung und Manipulation. Er nuschelte. Er wartete auch nicht ab, daß ich das Buch herausnahm. Ich sah ihn über die Straße eilen, mit schwarzem Schirm, den er über eine Karstadttüte hielt, in der meine Tränen waren. Über dem Arm hing ein heller Mantel, der aussah wie eine erschöpfte Frau, die Reste einer Frau. Bestimmt ihrer.

Ich holte das Buch hervor. Es war seine Doktorarbeit: Tanz der Ewigkeit, eine Untersuchung der Geschichte des sakralen Tanzes. Ich blätterte ein wenig darin herum, konnte mich aber nicht konzentrieren, die Sätze liefen wie Ornamente vor meinen Augen ab, die ich nicht dekodieren konnte. Ich fand auch im besagten letzten Kapitel nichts von dem, was mich in unseren Gesprächen bei der Stange hielt. Er hätte mich bei seiner Doktorarbeit dabeihaben müssen, dann wäre das bestimmt lebendiger geworden. Ich versuchte, das Fenster herunterzukurbeln, fand aber keine Kurbel, nur eine Taste, die nicht reagierte.

18

Aidan hält an und zeigt einen schlauchartigen Pfad hinab, aus dem der Klang einer metrisch unschlüssigen Trommel weht. It's over there. Ich steige ab und fühle mich wie ein Hund, den man auf dem Weg in den Urlaub an der Autobahn aussetzt, traurig blicke ich Aidan hinterher, der am Waldsee parken und dort auch rauchen will, was er in der Gemeinschaft von Freedom Forest nicht darf.

Zögernd gehe ich auf den Klang der Trommel zu. Nach einigen Metern erreiche ich das Ende des Waldes: bunte Hängematten, Strohhütten mit Hauben aus blauen Plastikplanen; Aluminiumgeschirr glänzt in der Sonne, dazu eine Flut freundlicher Blicke. Es sind etwa zwanzig Leute, die dort auf Matten am Rand einer weiten Graslandschaft sitzen, gebräunt, gesund und schön und jung. Jemand schwenkt einen Teekessel einladend in meine Richtung, winkt, und auch ich winke, aber tue so, als hätte ich hier irgendeine Aufgabe zu erledigen, vielleicht den Wind beobachten, wie er mal von links und mal von rechts kommt, oder dem Körper nach langer Holperfahrt das Ankommen durch Stehenbleiben ermöglichen, bestimmt wären sie für solche Theorien aufgeschlossen. Doch dann blicke ich mich zum Urwalddickicht um, in das ich Aidan verschwinden sah, Aidan, der gewiß nicht perfekt ist, wenn er noch immer rauchen muß, nur nahe dran, und ich beschließe, aus Gründen, die ich vielleicht erst später verstehe (wie so oft), ihm nachzugehen.

Der Weg endet vor einem Schuppen, in dem Mopeds und Fahrräder stehen, ein paar Meter dahinter öffnen sich die Bäume auf einen grasumwachsenen, lehmbraunen Tümpel, an dessen Ufer, auf einem Steg, Aidan sitzt und mich anstrahlt, als sei mein Auftauchen ein tiefer, aber kaum realistischer Wunsch gewesen; die Zigarette im Mund, breitet er beide Arme aus. Ich nähere mich ihm nur zögernd, er scheint mir plötzlich genauso verstörend wie die Leute von Freedom Forest, vielleicht weil er mir zu vertrauen scheint.

Let's go for a swim! Ich schaue mißmutig die Brühe an, die wie Durchfall bei einer Hepatitisinfektion aussieht, das sage ich auch, und Aidan lacht, the mud is very good for the skin, and it's cooling, schon streift er seine Sachen ab, Schuhe, Hemd, Hose, ich blicke auf meine blauen Schuhe, die mich immer wieder retten, deren Anblick mir nicht tröstlicher sein könnte als eine Marienerscheinung, verehrte ich Maria, was mein Name mir doch nahelegt, und Aidan hat inzwischen wirklich alles ausgezogen bis auf das Piratenkopftuch, sein Geschlecht hängt in einem unordentlichen Nest graubrauner Haare, ich hab's gesehen, es schien wie verselbständigt aus dem Gesamtbild meiner Wahrnehmung herauszuhüpfen und auf mich zuzufliegen, come on Mary, lacht er, what are you waiting for? Daß er auf mich zukommt jetzt, finde ich nicht gut, ich meine, es reicht doch, wenn er mal schnell ins Wasser springt und badet, das hat er doch vorgehabt schließlich, aber nein, er greift nach meiner Hand und hält mir seine Zigarette hin, tut so, als sei Nacktsein das Allernormalste auf der Welt und mein Bekleidetsein eine Absonderlichkeit, die er nicht verstehen kann, aber gegen die vielleicht die Zigarette hilft, ich rauche nicht, sage ich mit gepreßter Stimme. Aidan sieht mich besorgt an, what's wrong with you, what's up, und ich sage patzig: nothing, und denke, das Nichts, das Nichts, wäre das Nichts doch schon da, dann wären Situationen wie diese vielleicht nicht so schlimm, Situationen, in denen man zerrissen wird von verschiedensten Meinungen und Stimmen, denn eigentlich ist doch nichts verkehrt an dem, was Aidan hier veranstaltet, solange er nicht vorhat, mich zu küssen oder so; er darf nackt sein, wenn ihm danach ist, und er darf auch vorschlagen, daß ich nackt bin, alles in Ordnung also, oder?, und ich darf mich weigern, ich darf auch, so wie jetzt, weil seine Hand mein Handgelenk umgreift und diese Geste doch Ganto vorbehalten ist, ich darf auch weinen. Und weil Aidan mir helfen will, you wanna talk? Is it too much for you?, Fragen, auf die ich keine Antwort weiß, lasse ich mir vorerst mit seiner Zigarette helfen. So kauern wir plötzlich nebeneinander im Gras, er nackt, was anfängt, mir egal zu werden; ich angezogen, was auch ihm anfängt, egal zu sein, und ich halte seine breite Zigarette zwischen den Fingern, inhaliere tief, ich schaffe das ohne Husten, habe das mal geübt, extra um es dann zu können im Notfall, quite strong, sage ich zu ihm, und er sieht mich sprachlos und aufmerksam an, ich ziehe noch einmal, und dann noch einmal, und es beginnt sich alles zu drehen, alles wird sehr weich, wie Balsam, den man auf trockene Haut reibt, angenehm, wieder ziehe ich, und Aidan sagt, mach langsam, er spricht plötzlich deutsch, und ich denke, wenn Ganto mich so sehen könnte, ich hier im Grasland mit einem nackten Mann, hi hi, eine Zigarette rauchend, die, wie Aidan mir nun sagt, das beste Gras der ganzen Insel enthalte, es sei von den Wachtposten, ach deshalb, ach deshalb, that's why, Aidan, trällere ich, that's why it feels so, und ich ziehe wieder, und er sagt, weil du so jung und nicht daran gewöhnt bist, und ich sehe den Himmel über uns zerlaufen in chinesisches Jadegrün, das erzähle ich Aidan, und er sagt, lucky you, lucky you, und er legt seinen Arm um mich und beginnt meinen Hals zu kraulen, was ich mir gefallen lasse, weil ich gar nicht mehr ich bin, sondern das alles vom jadegrünen Himmel aus beobachte, und es spricht wieder einmal für Aidan, daß er die Situation ganz und gar nicht ausnutzt, seine Hand plötzlich sogar abrupt wegzieht, come on, let's go for a swim now, sagt und mich hochzieht. Okay okay, brabbel ich müde, meine Beine sind so schwer und gleichzeitig leicht, die Schwere nur gedacht, gedachte, erinnerte, vorgestellte Alptraumbeine, und als wir durch das jadefarbene Licht des Graslandes und des Himmels wandern, ist mir, als hätte ich das alles geträumt und besichtigte meinen Traum ein zweites Mal, bis wir plötzlich auf dem Bootssteg sind, wo Aidans Kleidung auf einem Haufen liegt. Ich steige folgsam aus der Hose, ziehe mein Hemd über den Kopf, gleite aus der Unterwäsche und fühle mich, als legte ich mich nun schlafen, als sei es später Abend, und der Himmel wird zudem immer dunkler, auch das verstärkt mein Abendgefühl, mein Nachtgefühl, vielleicht sind es auch Wolken, Gewitterwolken; Aidan ist bereits im Wasser, es sei nicht tief, ruft er, sein Sprung hinein hat mich mit der gelbbraunen Brühe bespritzt, ich merke es daran, daß meine Hände instinktiv zu meinen Brüsten hochfliegen, um sie zu schützen, wobei ich spüre, wie hart und gekräuselt die Brustwarzen sind, erstaunlich, erstaunlich, und dann mache ich diesen einen einfachen Schritt nach vorne über die Kante des Stegs hinaus, spüre die glatte Oberfläche sich öffnen und mich einsaugen wie ein Laufwerk die DVD, ich bin kraftlos, an jedem Glied einknickend wie eine aufgeweichte Blume, die sich wiederfindet in der Tiefe des Wassers; gar nicht wahr, was Aidan sagt, ist doch nicht flach hier, ich kann zwar stehen, aber zu welchem Preis, wenn der Kopf dabei unter Wasser ist, und das ist er doch, denn wo ist die Welt? Und enttäuscht tauche ich hinab zum Grund, gleite wie ein Fisch entlang am Boden, der glitschig und weich aufwabbert, ein Fisch bin ich und ziemlich blind trotz offenen Auges, ich bin nicht mehr der sehende Himmel, ich werde immer trüber und wabbeliger, man kann mich essen, fangen und essen, tut es! Und man tut es, man hat mich gefangen, wie immer hat man meinen Wunsch mir prompt erfüllt, denn ich spüre plötzlich Gras unter mir, hartes, pieksendes Gras, und ich höre Aidan, der mit mir spricht, nein, es ist nicht Aidan, sondern ein fremder Mann, der einen absolut akkurat geschnittenen Kinnbart trägt, was mir sofort Vertrauen einflößt, wer so viel Mühe auf Kinnbärte verwendet, hat Zeit und Geduld, auch für mich, und er sagt Wörter, die Englisch sein könnten, aber sehr französisch klingen, und ich fühle noch den Druck seiner Lippen auf meinen, denn wir haben uns geküßt. Und meine Arme schlingen sich jetzt um seinen Hals, mein Gesicht reckt sich seinem entgegen, um ihn noch einmal zu küssen, wieder und wieder, das war noch nicht genug, doch er weicht aus!

19

Habe ich etwas an? Ja. Nein. Es ist nur eine Decke, die über mich gebreitet wurde, darunter bin ich nackt. Der Mann sagt, er heiße Maurice und er sei Arzt, wenn auch Neurologe, Psychiater, ich habe den Eindruck, er redet kompliziert, weil er testen will, ob ich ihm folgen kann. Ja, sage ich, du bist von Freedom Forest, du leitest das Wiederaufforstungsprojekt, und er sagt, ich soll mal versuchen, mich aufzurichten. Ich richte mich auf, kein Problem, und da steht Aidan, schaut, sagt nichts, wir sind inzwischen auch ganz woanders, das ist nicht mehr der jadegrüne Ort mit dem Tümpel, auch das pieksige Gras ist weg, ich liege auf einer Matte in einem Raum, der mal wieder schöner nicht sein könnte, ein zeltförmig geschnittenes Dach läuft herab bis zum Boden, das feine Flechtwerk läßt die richtige Dosis Sonnenstrahlen durch, die jedoch bläulich gefärbt sind, und da liegen Rucksäcke herum und außerdem noch mehr Matten, alle umhüllt mit weißen Moskitonetzen wie Schleier, die den Schlaf von der Wirklichkeit scheiden.

Just let her sleep, sagt Aidan, und ich stimme dem sofort zu, doch da sind Finger an meinem Auge, die das Lid hochschieben, ach der Arzt, der muß ein wenig nachsehen, und ich frage nach der Uhrzeit, damit sie merken, daß alles wieder in Ordnung ist, klare Sprache, Raum-Zeit-Empfinden zurück, Viertel vor sechs. Fahren wir gleich wieder? frage ich in Aidans Richtung, und er murmelt, es würde bald dunkel, wir müßten bleiben, die Finger wandern zu meinem Handgelenk, meiner

Achillesferse, ich mag nicht in einem Raum schlafen, in dem auch andere schlafen, das mochte ich noch nie, es stimmt einfach nicht, daß junge Menschen automatisch genügsam und unkompliziert sind, außerdem habe ich Kopfschmerzen und friere. Der Puls sei normal, sagt dieser Maurice und gibt mir meine Hand zurück, er schaut mich sehr nachdenklich an, this is a very pure place, we walk the talk. Damit steht er auf, wie ein Zen-Meister, der seine Zeitbombennachricht in den Schüler versenkt hat. Aus dem Ruckeln schließe ich, daß er die Hütte verläßt, eine Hütte, die daher nicht ebenerdig sein kann, sondern auf irgend etwas draufgebaut.

Als nächstes fällt Aidan neben mir auf die Knie, es täte ihm leid, er habe nicht geahnt, daß ich so stark auf das Zeug reagiere, und so weiter; ich fühle mich wie eine chinesische Kaiserin auf ihrem Sterbebett, die ihre letzten Audienzen gibt, und Aidan wirkt zerknirscht, was ich bei einem Mann, auch wenn ich erst wenige näher kenne, noch nie erlebt habe, oder rede ich das nur meiner Mutter nach, und während Aidan mir erzählt, was vorhin alles geschehen sei, betaste ich unter der Decke meinen Bauch, der kühl ist und mit einer pelzigen Staubschicht überzogen; Maurice gave you the kiss of life, he appeared right in time; Aidan, unterbreche ich ihn, Aidan, do they have internet here?

This is Freedom Forest, sweetheart, this is where the future merges with the past, I told you, didn't I? No one needs internet here. They don't even have cell phones. It's Archanu, it's the real Archanu. The real thing!

Seine Hymnen verebben mehr und mehr zu kraftloser Leier. Aidan raucht einfach zuviel, warum eigentlich habe ich das nicht längst bemerkt, warum hielt ich seine Selbstgedrehten für normale Zigaretten?

I let you rest now, sagt er und steht auf, der Boden unter mir gibt mit jedem Schritt leichte Stöße an mich ab, doch kaum ist er weg, geht die Leier plötzlich weiter: This is Archanu, this is Archanu, ich schaue erschrocken hoch, da ragen doch tatsächlich einige Meter über mir zwei nackte Füße über ein Brett, das mit Ketten von der Decke hängt, ein kleines, verborgenes Schlaflager, und die Füße bewegen sich nun im Takt eines albernen Singsangs, this is Archanu, this is Archanu; er verstellt seine Stimme, macht sie leicht heiser, so daß sie Aidans ähnelt, versetzt sie aber mit einem lächerlichen dramatischen Tremolo. Ich liege still und ängstlich unter ihm, ich warte darauf, daß dieser Spottgesang aufhört, this is Archanu, the real thing, this is Archanu, jetzt rappt er das sogar, der hat sie nicht mehr alle, trommelt mit der Hand auf seine Liege, macht Zischgeräusche und rappt, this is Archanu, fuck you Archanu, the real thing Archanu and we'll fuck you; bis auf den blöden Text macht er das ja gar nicht schlecht, wenn ich auch nicht verstehe, was er bezweckt: er weiß doch, daß ich hier unter ihm liege und alles mithöre, Minnegesang scheint mir das nicht gerade. Und da hört er auf und läßt seine blondbehaarten Beine herabbaumeln. Ich wickle die Decke stramm um meinen Oberkörper, während sein Gesicht langsam über mir auftaucht. Es ist Hendrik.

Er wirft eine Strickleiter herab, die letzten Sprossen ignoriert er und landet vor mir wie Tarzan. Um sein Handgelenk kräuselt sich ein Meer bunter Kordeln, wahrscheinlich ist jede mit einer Geschichte verbunden, einem Menschen oder einem Mädchen. Eine Weile sagen wir nichts, schauen jeder für sich in irgendeine Ecke der Hütte, in einer Art Trotz und Verlegenheit, zumindest ich, die Sonne sinkt, das blauglühende Licht in der Hütte wird bleiern, und plötzlich zeigt Hendrik, so wie er vor drei Tagen auf meine Schuhe gezeigt hat, auf meine nackten Schultern, ja, er berührt sie mit dem Handrücken, seltsam, alles seltsam an ihm, doch langsam ahne ich etwas, und während Hendrik überzeugt ist, daß ich unterkühlt sei und Maurice die einfachsten Dinge nicht erkenne, also das, was direkt vor ihm sei, bekomme ich eine Gänsehaut, aber nicht von der Kälte oder der Berührung: Du willst, daß ich es weiß, denke ich, während er aus einem der Rucksäcke Kleidung hervorzieht; du brauchst jemanden, mit dem du dein Geheimnis teilen kannst. Maurice erkennt die einfachsten Dinge nicht, sagst du, in der Hoffnung, daß es bei mir anders ist. Vielleicht weiß Maurice noch nicht einmal, was vor zwei Tagen in Morgenstadt geschehen ist, ja, daß Morgenstadt sich jetzt im Krieg mit Archanu befindet, daß das Gestern angefangen hat, Steine gegen das Morgen zu werfen.

Er überreicht mir die Kleidung, aber dreht sich nicht um. Im Gegenteil, er sieht mich aufmerksam an, als ich die Decke sinken lasse, als hätte er jedes Recht dazu. Ich lasse ihn in diesem Glauben, beziehungsweise übernehme ihn selber, streife also in aller Ruhe sein blaues Kapuzensweatshirt über, für die Jogginghose stehe ich sogar auf. Und was wie ein stummer Streit, ein Kräftemessen sich anzufühlen beginnt, gefällt mir plötzlich; als ich seine viel zu lange Hose fertig aufgekrempelt habe, sage ich zu ihm, der zu mir hochsieht: Warum bist du nicht im Gefängnis, Hendrik?

Meine Frage führt dazu, daß er aufsteht und die Hütte verläßt.

Was mache ich falsch? Warum meinen alle, sie dürfen mit mir direkt sein, und bin einmal ich direkt mit ihnen, nehmen sie Reißaus? So habe ich auch zu Ganto gesagt, als er von der Reinigung zurückkam und ins Auto stieg: Du hättest dich entscheiden müssen. Entweder für Mario oder für Marie.

Eigentlich hätte das Entweder-Oder auch einen anderen Namen vertragen können. Ich versuchte es aber erst einmal mit Mario. Außerdem klang es schön. So schön, daß Ganto wiederholte: Mario oder Marie. Und dann lachte er herzlich, wie immer, wenn ich das Wunderkind bin, das Überraschungsei, das faszinierende Springbrünnlein: seine letzte Waffe, um mir meine zu nehmen.

Ich sagte: Du wolltest uns beiden gefallen. Aber das geht nicht. Das ist unmöglich. Du mußt dich entscheiden!

Leicht pathetisch war das schon. Aber nichts sagt man zufällig. Auch Pathos hat Gründe. Zum Beispiel, daß man leidet.

Und Ganto lachte.

Ich hätte am liebsten den Lenker geschnappt und nach rechts gerissen, in das Schaufenster mit den Schuhen. Manchmal überkommt mich Lust auf etwas Gewaltsames, aber ich bin in letzter Konsequenz zu feige. Wenn ich vor der Glasstange stehe, die unser Wohnzimmer vom Abgrund trennt, wie oft dachte ich daran, das zu tun, was so immens einfach wäre, aber vielleicht eben, weil es so einfach scheint, ein einziger Schritt bloß, wie vorhin über den Steg hinaus, deshalb tue ich es nicht. Denn wenn man etwas so Gewaltiges vorhat, sollte man vorher schon ein wenig Mühe darauf verwenden, sonst stehen Ausführung und Ergebnis ja in keinem Verhältnis zueinander. Wahrscheinlich war das der Gedanke, der mich stets davon abgehalten hat, mal abgesehen davon, daß das, wovon er mich abhielt, ja auch nur ein Gedanke war. Ich sah auch meine Mutter vor der Glasstange stehen und daran denken. Vielleicht sogar mehr als denken. Das weiß ich nicht. Ich sah sie am Tag vor meiner Reise in der hereinwehenden Herbstluft stehen, die so rauchig und kalt ist, so nach Erde riecht, nach Blättern, ich sah sie den Garten einatmen, und ich sagte Mama.

Und Ganto sagte: Marie.

Er hob den Blick von der Fahrbahn und sah mich fast gefährlich lange – als sei auch er in Blechschadenstimmung – an. Dann sagte er: Kann ich dich eigentlich ernst nehmen? Was willst du? Wer bist du? Warum redest du immer so abgehoben?

Ich spürte den Schmerz sofort, er zuckte vom Herz sich seinen Weg zur Kehle hoch.

Über diesen Schmerz habe ich einen Tag lang nachgedacht. Dann verlangte er Handeln. Ich reagiere oft verzögert, verlangsamt.

Die Hütte liegt im blechernen Licht des Mondes. Jetzt sehe ich, daß sie auf eine Art Wagen gebaut ist, es befinden sich Räder unter ihr, deren Silberspeichen im Mondlicht glänzen. Freedom Forest ist eine Karawane, eine Arche Noah auf Rädern, so würde ich es dir beschreiben, Ganto, falls ich dir überhaupt noch etwas beschreiben will.

Hendrik scheint ganz in der Nähe, ich höre ihn einen Rhythmus auf nackte Haut klatschen, dazu seine halbtalentierten Zisch- und Stimmgeräusche, die er einstellt, nachdem ich eine Weile nachdenklich vor ihm gestanden habe. Von seinem Platz unter einem Baum schaut er zu mir hoch und sagt: In einer Woche geht mein Flug nach Amsterdam. Wenn du Maurice verrätst, wer ich bin, wird er mich hier wegschicken. Er hält mich für einen Volontär aus Holland. Maurice war nie bei uns. Verschiedene Welten. Morgenstadt ist Kommerz, das hier ist ernst gemeint. Es gibt nicht einmal Milch im Kaffee, weil man ja die eigene Frau auch nicht melken lassen würde. Aber es ist besser, als zehn Quadratmeter Zelle mit fünf einheimischen Schwerverbrechern zu teilen, oder?

Ja, flüstere ich zurück, aber bist du sicher, daß es für dich keine eigene Zelle gäbe?

Er lacht abfällig. Und während ich meiner verschrobenen Zellenphantasie nachhänge, von der er zum Glück nichts ahnt, bemerke ich auf der anderen Seite der Wiese ein Lagerfeuer, um das sich die Leute versammelt haben; leise Gitarrenmusik dringt jetzt herüber, Sologesang.

Bist du sicher, daß Maurice dich wegschicken würde? hake ich nach, auch wenn mein Nachfragen mich offenbar unbeliebt macht. Diese Frage hier ganz besonders. Hendrik atmet auch gleich schwer. Du hast keine Ahnung, was hier läuft, oder? Auf mich ist ein Kopfgeld ausgesetzt. Die schneiden mir die Kehle durch, bevor ich es merke. Und dann ist auch mit Freedom Forest Schluß, weil sie Maurice nicht verzeihen würden, daß er einem Mörder Asyl gewährt. Das bin ich in ihren Augen, ein Mörder. Sie würden Freedom Forest dafür bluten lassen.

Er spielt mit seinem Feuerzeug, die Flammenzunge kriecht immer wieder aus der Dunkelheit hervor und verlöscht. Ich habe ein solches Gespräch noch nie geführt. Ich weiß nicht, wie man mit jemandem spricht, auf den ein Kopfgeld ausgesetzt ist. Womit ich ihn da trösten könnte, zumal er mir gegenüber jene Herablassung herauskehrt, die ich zwar gewohnt bin; ja, vielleicht ist das alles, was ich für Hendrik tun kann, ihm Entspannung ermöglichen durch das Gefühl welt- und erfahrungsgesättigter Überlegenheit im Angesicht einer so durchdachten Existenz wie meiner. Zum Beispiel denke ich: Wie fühlt sich das an, den Tod eines anderen verursacht zu haben? Aber Hendrik würde diese Frage gewiß höhnisch abschmettern, im besten Fall ignorieren. Und so sage ich: Das ist ja irre.

Ja, das ist irre, wiederholt er. Und ermutigt von seiner Zustimmung, frage ich: Hast du diesen Tschak eigentlich gekannt?

Er heißt Jacques, verdammt, Jacques! Nein. Ich habe ihn nicht gekannt.

Jetzt weiß ich nicht mehr, was ich sagen soll. Ich mag nicht angebrüllt werden. Ich hätte Lust, geradewegs zum Lagerfeuer zu stapfen, Maurice an die Schulter zu tippen und ihm zu sagen: Da hinten, dieser Hendrik, das ist gar kein Volontär, sondern er ist derjenige, der den jungen Tschak oder Jacques neulich beim Einbruch erwischt hat, und er hat mit dieser Bloßstellung Jacques in den Selbstmord getrieben, so die Einheimischenlogik, die dir sicher vertrauter ist als mir, und nun sind die hinter Hendrik her; besser also, du unternimmst was, bevor die Wilden was unternehmen.

Wilde. Ich habe keinen einzigen hier gesehen bislang, es scheint ein wildenfreies Nest, wahrscheinlich, weil sie hier kein Geld kriegen, nicht einmal die üblichen Hungerlöhne als Mägde und Wächter und Köche, sondern ganz und gar selbstlos ihren Dienst tun müßten. Ist ihnen wohl zuwenig. Nun ja. Aber das ist Hendriks Chance. Und wenn sie auf denselben Gedanken kommen?

Ich schlage als nächstes einen Ton an wie meine Mutter, wenn sie Zuflucht zu ihrer Mutterrolle nimmt: Hendrik, ich finde, daß du es Maurice sagen solltest. Denn was, wenn sie dich hier finden?

Er stöhnt, als wäre ich ein wirklich unangenehmer, anstrengender Fall. Wir werden uns nie anfreunden, denke ich, wie auch, wenn du mir dein Geheimnis zumutest, ohne mit mir darüber reden zu wollen, und vielleicht bist du deshalb so wütend, weil du spürst, bei mir ist dein Geheimnis nicht gerade gut aufgehoben, ich stehe nicht auf Geheimnisse. Weshalb ich auch immer darauf aus war, in den heiligen Kreis der Gantos einzudringen. Aber darüber möchte ich jetzt nicht weiter nachdenken. Jedenfalls, und jetzt spreche ich laut: jedenfalls, Hendrik, werde ich wohl kein Auge zutun, solange wir in derselben Hütte schlafen. Und damit wende ich mich schnell ab, bevor er das noch mißverstehen kann, denn schon läuft ein unverschämtes Grinsen über sein Gesicht.

Ich wandere in die blauschwarze Dunkelheit, in der das Grasland liegt, und spüre die Weite meiner Pupillen. Die ruhige Stille, in die alles getaucht ist, scheint so wenig von uns zu wissen. Ob überhaupt jemals Menschen für dieses Land vorgesehen waren, ob es jemals Menschen gab, die diese Stille nicht als Bedrohung empfinden mußten, eine Stille, um die herum sie Anwesen bauen und in die hinein sie ihre menschlichen Geräusche halten wie einen Tauchsieder ins Wasser? Warum immer diese Bemächtigungen, warum können wir uns in die Welt nicht hineinfinden wie ein Bergbach, der sich seinen Weg zwischen den Steinen sucht? Da höre ich einen Wasserstrahl auf Blätter treffen, ja, das ist Hendrik, dem alles egal ist, was gut, schön und wahr ist, und das muß er mir nun illustrieren. Als er mit dem Besudeln fertig ist, höre ich ihn näher kommen, er legt plötzlich von hinten seinen Arm quer über mich, als nähme er mich in den Schwitzkasten; ich bin zu überrascht, vielleicht auch eine Spur neugierig, was als nächstes geschehen wird, weshalb ich nur hey sage, hey, was gibt das, Hendrik, und ich sage es viel zu lasch, und da schiebt er sein Gesicht von hinten neben meins, seinen Atem in meiner Ohrmuschel packt er mich nun so fest, daß ich gar nicht wegkönnte, wenn ich wollte, ob er auch Jacques so gefaßt hat? Und ich sage etwas lauter, Hendrik, was soll das, aber ihn scheint das nur weiter anzuspornen.

Als mir das klar wird, reiße ich mich los, seine Arme springen augenblicklich auf wie die Enden eines Fahrradschlosses. Ich bebe vor Wut. Ich schreie: du, und dann weiß ich nicht weiter, diese einzelne Silbe, der Anfang einer Wehr, bleibt ohne Gefolgschaft, alles in mir läßt mich im Stich. Meine Position hier wird lächerlich, etwas stimmt nicht, es muß einen Grund geben, warum ich nicht geeint mit allen meinen Kräften und Stimmen auf Hendrik losgehen kann, ihn bespucken und beschimpfen oder mich umdrehen und gehen. Ich sage doch schon lange und immer wieder, aber keiner mag mir helfen: Etwas mit mir stimmt nicht.

Wann fing das an?

Wer kann mir helfen?

Wer hört mir zu, außer ich selbst?

Wird die Einsamkeit, auf die mein Gebrabbel trifft, die Stimmen eines Tages alle ersticken, weil sie ihre Freude an ihrem schlingernden Tanz verlieren? Sie bringen sich selbst aus dem Takt permanent, es muß ihnen doch selber auffallen, sie sollten beginnen, sich voreinander zu verstecken! Sie sollten sich schämen, falls diese Stimmen verbunden sind mit menschlichen Gefühlen. Falls das nicht wieder eine andere Abteilung in mir wäre. Ich habe keine Ahnung. Und Hendrik sagt: Wenn du dich vor mir ausziehst, was denkst du dir dann eigentlich dabei?

20

Ich bin Hendrik eine Antwort schuldig geblieben, ich habe es wieder gemacht wie mit meiner Mutter, ich bin einfach gegangen.

Ich stapfe durch das kniehohe Gras, werfe einen Schritt nach dem anderen wie ein Maschinchen vor mich her in die Dunkelheit, und ich rede mir beruhigend zu, daß dieser Tag kein leichter war, viel zu voll mit Ereignissen: Kriegsnachrichten, Drogen, Fast-Ertrinken und abgewehrter Sex, das mache mir mal einer nach, damit könnte man mehrere Pausen auf dem Pausenhof füllen, mein Leben beginnt zu beginnen. Ich muß nur noch mitmachen. Ich muß nur noch dabeisein.

Ich rede mir gerne beruhigend zu. Manchmal bestehe ich nur noch aus dieser beruhigend mir zuredenden Stimme, die wie eine unsichtbare Doppelgängerin irgendwo über meiner Schulter schwebt. Sie ist, so viel weiß ich, sich ihrer nicht sicher, man kann sie durch Gegenargumente schnell zum Schweigen bringen, aber ich bleibe fair und versuche, mit ihr zu verschmelzen, weil mir das angenehmer ist, als den Schmerz zu spüren.

Es war auch so, als ich mit Ganto vor unserem Haus ankam.

Seine Fragen hallten in mir nach.

Keine davon war die ersehnte Frage, auf die nur ich die Antwort weiß. Es waren allesamt Fragen, auf die Ganto seine Antworten bereits hatte, und deshalb taten sie weh. Deshalb, verzwickte Logik, fragte ich ihn, ob er noch mit reinkommen wolle auf einen Tee; vielleicht mußte ich den Verursacher des Schmerzes in meiner Nähe halten, vielleicht sah ich darin die einzige Chance, ihn jemals loszuwerden.

Ganto schaute auf seine Uhr. Ich sagte beiläufig, daß meine Eltern auf einer Konferenz in B. seien und ihn leider nicht begrüßen könnten, sie aber gewiß nichts dagegen hätten, wenn ich ihm das Wohnzimmer mal zeigte, der Architekt habe sogar einen Preis dafür gewonnen; ich machte das, gemessen an der inneren Verzweiflung, erstaunlich gelassen, offiziell und fast elegant, und ich schien Gantos Vertrauen zu gewinnen, er sagte plötzlich: gut, gerne.

Doch der Schmerz war bei mir und griff um sich, ich war dadurch seltsam benebelt, als ich Ganto unten im Eingang kurz zu warten bat, damit ich schnell meine nasse Kleidung wechseln konnte. In einem Affenzahn rannte ich in mein Zimmer und zog mich um, das Tempo und die panische Hektik – als könnte Ganto verschwunden sein, wenn ich nicht schnell genug machte – fielen wie harte, vereiste Schneebälle in den hohen, ständig neu bestäubten Schnee meiner inneren Gedämpftheit, denn ich konnte oder wollte nicht wahrhaben, was Ganto da eben im Auto zu mir gesagt hatte, es mußte anders gemeint gewesen sein, viel harmloser, nur meine Überempfindlichkeit schien das mal wieder so zum Drama zu machen. Und während wir gemeinsam das Treppenhaus hochstiegen, versuchte ich durchzuatmen, mit jeder Stufe Sauerstoff in meine Zellen zu pumpen, das rät der Gründer, Sauerstoff reinige und heile, also versuchte ich es damit, und als wir oben angekommen waren, auf diesen Einhundertfünfquadratmetern von dunklen Steinwänden umschlossen, schien es mir tatsächlich, als sei eigentlich alles in Ordnung. Ich fragte Ganto, was er trinken wolle, ich nahm ihm den Mantel ab, entschuldigte mich, daß ich es unten versäumt hatte, und begegnete seinem leicht ironischen Lächeln, das ich aber auf dem Weg in die Küche wieder beiseite stopfte.

In der Küche merkte ich es. Es wurde mir klar, während ich die Gasflamme blau aufzucken sah und im Nebenraum Ganto spürte wie ein Energiefeld, das auf unsichtbaren Bahnen auf meines zufloß, jede meiner Bewegungen schien sowohl von ihm dirigiert als auch selber Einfluß zu nehmen auf ihn, nur die Wand trennte uns, aber es schien mir, als hingen wir in einem einzigen Gewebe miteinander zusammen, ein leuchtendes, glühendes Gewebe, das ohne Wände und Türen auskam, und dann fiel mir das Wort ein, das ich bislang nicht für nötig gehalten hatte, aber das so gut erklärte, warum Ganto die Macht hatte, mich zu verletzen: Liebe. Ich liebte Ganto. Ob er es verdient hatte oder nicht, ob es sinnvoll war oder nicht, ich liebte ihn.

Gerade als ich diese Erkenntnis hatte, dabei den schweren Wasserkessel in der Hand haltend, tauchte Gantos lächelndes Gesicht im Türspalt auf. Brauchst du Hilfe? fragte er.

Nein, sagte ich und fühlte mich wie bei irgend etwas ertappt, nein, danke, wirklich nicht, bekräftigte ich noch einmal, und Ganto öffnete die Tür nun so weit, daß nicht nur er, sondern auch die riesige Landschaft schwarz geölten Holzbodens hinter ihm in meinen Blick gerieten. Und irgendwie aus dem Konzept gebracht, fragte ich hastig und klang dabei wie meine Eltern, die Angst vor falschen Antworten haben: Und, gefällt dir unser Wohnzimmer?

Ganz schick.

Warte, sagte ich und ging auf ihn zu, wobei er zur Seite

wich, als hätte ich Lepra, ich wollte ja nur an ihm vorbei, um auf den Knopf an der Wand zu drücken.

Die Glassegmente schoben sich schnurrend ineinander, nur noch die Stange in Hüfthöhe blieb, und wie alle Wohnzimmergäste mußte auch Ganto zur Stange laufen und hinuntersehen in den Abgrund, und wie alle mußte er von Selbstmord reden. Er war wie alle. Das dachte ich, aber es tat meiner Liebe keinen Abbruch. Ich ließ ihn dort stehen, nun den herbstlich leuchtenden, schön gepflegten Garten bewundern, und ging zurück in die Küche.

Als ich mit dem Tablett wiederkam, auf dem Tassen und Keksschale aneinanderklirrten, war es im Zimmer inzwischen bedrohlich kalt, die Luft roch nach Erde und vermoderndem Laub, und Ganto hatte sich drüben in die Sofaecke zurückgezogen wie ein Flüchtling auf weitem Feld. Er fror, das sah ich, und ich wunderte mich, daß er mir nicht Bescheid gegeben hatte. Ich ließ das Glas zurückgleiten. Dann setzte ich mich neben ihn, das Wetter war inzwischen umgeschlagen, die Sonne leuchtete überirdisch die roten Blätter der Kastanien aus, der Himmel war ebenfalls ausdrucksstark blau, wie eine Präsenz, etwas, das zur Welt sprach in Farben.

Es schien mir, als hätte ich meinen Schmerz mit all dem um mich herum halbwegs unter Kontrolle gebracht, mit der Fensterscheibe, mit dem Tablett vor uns, mit dem hierhin positionierten Ganto – das ganze Ensemble meiner Qualen umgab mich, aber ich war in der Lage, es mir anzusehen wie die Zuschauer der griechischen Tragödie. Das bereitete mir eine leise, heimliche Freude, als hätte ich Ganto doch noch irgendwie überlistet, und als ich das nächste Mal die Teetasse auf den Tisch zurückstellte, ließ ich auf dem Rückweg meine Hand auf seine Schulter sinken, als Siegel meiner neugewonnenen Souveränität (er tat, als merke er nichts), und die Hand empfand in der Berührung mit seiner Schulter sowohl Befriedigung als auch Wut. Es mußte bald etwas geschehen. Und ich sagte: Was macht denn euer Fußboden?

Wird morgen geliefert.

Ist er schön?

Das weiß ich nicht.

Hast du ihn denn nicht gesehen?

Der Gesamteindruck steht ja noch aus.

Er beugte sich vor zum Tee, wobei meine Hand mitgezogen wurde, aber erst, als er sich wieder zurücklehnte, nahm ich sie weg. Die Scheiben müßten geputzt werden, sagte ich. Eigentlich ist das heute Rulas Tag, unsere Hilfe. Wahrscheinlich kommt sie auch gleich vorbei.

Ganto war inzwischen mit den Plätzchen beschäftigt, er krümelte auf den Boden, ich machte mir innerlich eine Notiz, das hinterher wegzukehren, sonst würde meine Mutter schimpfen. Und da sagte er: Du wirkst traurig. Bestimmt ist das alles nicht leicht, dein Weggehen, du hast doch auch einen Freund, oder?

Ich sah ihn ungläubig an, und meine Wut kaum unterdrückend sagte ich: Wenn ich traurig bin, dann deshalb, weil ich vorhin gekränkt wurde.

Er nickte, strich sich ein Haar aus der Wange, es wirkte, als legte er die Hand vorsorglich schon mal dorthin, falls ich ihn ohrfeigen wolle. Aber dann schien er ganz plötzlich Kraft zu sammeln, er sah mich an und sagte mit fast peitschender Stimme, als wolle er jeden Eindruck von Zerknirschtheit als kurze Sinnestäuschung korrigiert wissen: Du meinst sicher das im Auto eben? Ja? Aber wenn dich das kränkt, Marie, könnte das nicht auch ein Zeichen sein, daß an meinen Beobachtungen was dran ist?

Seine Hand war plötzlich an meinem Kinn. Er umfaßte es mit Zeigefinger und Daumen, wie bei einem Kind, bei dem man überprüfen will, ob es das Erklärte auch verstanden hat. Trotz dieser ziemlich autoritären Tour strömte ein warmes Pulsieren von seiner Hand abwärts in meinen Körper. Ich gab mir Mühe, davon nicht durcheinanderzugeraten. Aber es gelang mir nicht. Es brachte mich durcheinander, da half auch seine Rhetorik nichts.

Wir lernen voneinander, sagte Ganto und schlug nun plötzlich einen sanften Ton an, als wisse er, daß er sein Ziel erreicht hatte und ab jetzt weniger wieder mehr war; es sei ja nicht schlimm, wenn man mal etwas gesagt bekomme. Klar, murmelte ich, kein Problem. Und nicht nur in deinem Alter, Marie, es geht für uns alle immer weiter, das Lernen, sonst wären wir ja tot.

Er hatte den Mund nach dem letzten Wort nicht geschlossen. Ein Stück Zahn leuchtete zwischen dem Blaßrot der Lippen, als wollte er noch etwas folgen lassen; er atmete plötzlich durch den Mund, wie nach langer Anstrengung, nach einem Dauerlauf oder einer abrupten Hantelheberei in seinem Studio, und der letzte Satz, sonst wären wir ja tot, schien wie eine Einladung ins Leben zwischen uns herumzutanzen, zwischen den vielleicht dreißig Zentimetern Abstand, die noch blieben und die, weil dreißig Zentimeter so gut wie nichts waren, mich meine Arme um ihn schlingen ließen, mich wie ein Äffchen an ihn dranhängen ließen, aber wie eine Frau schloß ich die Augen und warte auf weiteres.

Aber es passierte nichts.

Das heißt, es passierte dann doch etwas. Sehr langsam fühlte ich die Anfänge einer Bestätigung dafür, daß er merkte, daß ich mich gerade um seinen Hals gehängt hatte, und daß er bereit war, seinen Part zu erfüllen, indem er mit der Hand meinen Rücken erst hielt, dann die Hand ein wenig zu bewegen begann, leichte, tröstende Abwärtsbahnen wischte, die, als verselbständige sich da etwas, an Intensität zunahmen, und plötzlich fühlte ich eine zweite Hand in meinem Haar, die Fingerspitzen hineinsinken bis auf meine Kopfhaut, schön war das, aber so ganz traute ich dem nicht, vielleicht wollte er mit seinen Berührungen nur die Peinlichkeit meines einsamen Äffchengehänges von eben ausgleichen und tat nun, als arbeiteten wir an derselben Sache, und ich löste mich abrupt und seufzte: Ach, ich weiß auch nicht, was heute mit mir los ist, ich glaube, ich bin durcheinander, und ich stand mit diesen Worten auf und trug meine halbvolle Tasse durch die leere Steppe des Wohnzimmers zurück in die Küche. Erst dort wurde mir klar, wie sinnlos diese Tassenaktion war und daß ich mir schnell überlegen mußte, wie ich ihr noch Sinn verleihen konnte, vielleicht, indem ich etwas von nicht-mehr-heiß-genug rief, das tat ich und ließ die Mikrowelle hörbar laut zuschlagen. Und als ich mit der dampfenden Tasse in der Hand wieder im Wohnzimmer stand, stand auch Ganto da, er hatte tatsächlich den Mantel über dem Arm hängen und tat, als guckte er ein letztes Mal in den tollen Garten.

Mußt du gehen?

Ja, es wird Zeit, antwortete er und klang ebenfalls heiser.

Das ist Rula, sagte ich, weil im selben Moment Schritte die Treppe hochkamen, und Ganto machte Ah und nickte, als hätte ich ihm eine komplizierte Sache befriedigend erklärt, und Rula, hallo sagend, war wie immer so schnell, daß wir nur noch ihren Rücken sahen, ihr streng nach hinten gebundenes blondiertes Haar, die Jeans, den geblümten Kittel, die zwei schaukelnden Putzeimer mit je Essigwasser und Seifenlauge. Sie nahm den Lappen aus dem Eimer und machte sich an der Glasfront zu schaffen, wir sahen ihr zu, wie sie die ersten Wischbewegungen vollführte, etwa so, wie Ganto vorhin über meinen Rücken, dann drehten wir uns beide zur Treppe, und ich ging vor.

Ich versuchte mir klarzumachen, daß das unser letzter Moment war für eine sehr lange Zeit, vielleicht sogar für immer, ich suchte nach einem entsprechenden Satz oder einer Geste, die das auffangen könnte, aber merkte wieder diese starke Benebelung, fast Gleichgültigkeit über mich ziehen, ja fast wollte ich, daß Ganto bereits hinter der Tür verschwunden wäre und mit ihm meine Erinnerung, wie wir diesen Augenblick des Abschieds bewerkstelligt hatten, ob gut oder schlecht, ich fühlte mich überfordert.

Und da sagte er: Willst du mir nicht noch dein Zimmer zeigen?

Ich drückte die Türklinke, das helle Flurlicht leuchtete ein Stück des Fußbodens aus, ringsum die Regale, das Bett, der Schrank, die Kommode blieben stumme Statisten im Schatten. Meine nassen Jeans hingen wie schrecklich verrenkte Beine über der Korbsessellehne, mein Pullover lag als blauer Farbhaufen auf der Sitzfläche. Es war die Materialisierung meiner Hetze und Panik, und ich ging beschämt darauf zu, mit meinem Körper gleichzeitig den Sessel verdeckend, vor Ganto, der langsam hinter mir ins Zimmer trat, und ich ging damit, als wäre ich gar nicht da (Männer kommen so aus Erotikläden, sagt mein Vater), ins angrenzende kleine Bad.

Ich wollte nicht hineinsehen, aber dann tat ich es doch. Der Spiegel zeigte mir einen schwarzen Strich, der quer über meine Stirn verlief, es mußte ein Körnchen Wimperntusche gewesen sein, vom Regen vielleicht aufgeweicht, mit einer Bewegung als seltsame Kriegsbemalung über die Haut gezogen. Ich wischte es weg und erinnerte mich in dieser Geste an meine Mutter, als sie neulich auf unser Anraten das Stück Zahnseide vom Rücken nahm, das sie einen Tag lang durch die Uni getragen hatte. Ich versuchte mir in die Augen zu sehen, aber das Gesicht, das ich dort sah, wollte sich nicht näher auf mich einlassen.

Er saß an meinem Schreibtisch, zum Raum gedreht, vielleicht hatte er diesen Platz gewählt, weil da sowieso schon etwas von ihm lag, nämlich sein Tanz der Ewigkeit. Er saß sehr aufrecht, in seinem Blick eine hoheitliche Provokation, die Unterlippe leicht vorgeschoben; vier, fünf Schritte ging ich auf ihn zu und spürte erneut diese Spannung, ich war sicher, er spürte das ebenfalls, es war physisch im Raum, und warum auch wollte er mein Zimmer sehen, was interessierte ihn, wieviel Topfpflanzen ich habe und wie wenig Bilder, überwiegend weiße Wandflächen, außerdem hatte er es ja bereits kurz gesehen, damals, als wir nicht ins Kino gegangen waren, und er sagte: Marie, ich muß etwas klarstellen.

Ja? sagte ich nach einer Pause, in der die Wörter um mich herumwirbelten und ich Mühe hatte, das passende zu finden. Aber eigentlich hätte ich sagen müssen: Nein! Nein, du mußt nichts klarstellen, es gibt hier nämlich keine Klarheit; wir sind in einem Bezirk absoluter Unklarheit, es ist die Liebe, es ist immer so!

Marie, hob er an, und ich schmolz herab zum Boden, setzte mich Ganto tatsächlich zu Füßen, einen Meter Abstand zwischen uns vielleicht; ich stellte schon mal räumlich die Erniedrigung her, damit er sie jetzt nicht noch verbal ausführen mußte, aber er tat es, indem er nun von Freundschaft zwischen uns sprach, wir sind Freunde, Marie, nicht wahr, und ich möchte, daß das so bleibt, wir sind nicht aus der Welt füreinander, nur weil du jetzt nach Morgenstadt fährst, wer weiß, vielleicht kommst du ja doch irgendwann zurück, und dann werden wir uns wieder unterhalten und austauschen können, du bist noch so jung, und ich bin sicher, daß noch viele Erfahrungen auf dich warten und du dich noch entwickeln wirst.

Ich saß stumm da und nickte gelegentlich, seine verbalen Injektionen bewirkten, daß ich seltsam müde und schlaff wurde, aber als ich ihm wenig später die Tür öffnete, damit er durch den Garten hinaus zur Straße konnte, hörte ich bereits wieder die Stimme in mir, die wußte, daß er das nur gesagt hatte, um etwas anderes nicht sagen zu müssen, daß sein Abwiegeln und Herunterkochen letztlich Beweise dafür waren, daß es etwas zum Herunterkochen gab, etwas, vor dem er sich genauso fürchtete wie ich; aber wollen wir so leben, wollen wir wirklich der Angst das letzte Wort über uns geben?

Ich habe mich weit von den anderen entfernt, ich stehe mitten auf freier Fläche im schwarzen Grasland, umströmt von weicher Nachtluft. Das Gras ist kniehoch und gibt mit sanften Beugungen nach. Jetzt bin ich so weit weg von dir, jetzt stehe ich so tief in dieser onyxdunklen Schwärze, daß ich mir wie eine Erfindung vorkomme, die nur lebt, wenn jemand das Licht anschaltet. Jetzt fühle ich mich so unscharf und weit, daß alle Geschichten und Regungen in mir wie auf kleiner Puppenbühne in Höhe meines Bauches erscheinen, einstudiert und wieder verlernbar.

Da höre ich meinen Namen über das Land schallen, sie rufen nach mir, mit verschiedenen Akzenten, das läßt mich erstarren, mein Name löst aus, daß ich zusammenzucke und nach der Person suche, die sie suchen, ich räuspere mich, dann rufe ich zurück: I am here, I am here, je suis ici! Mein Name auf der anderen Seite des Feldes erlischt, an seine Stelle treten Lachen und Stimmen, die sich mir nähern mit Stirnleuchten und Taschenlampen. Ich gehe ihnen entgegen, ich lasse mich von ihnen einsammeln und zum Feuer bringen, ich lasse mir ihre Lieder zur Gitarre vorsingen, Fado, israelische Lieder, französische Weisen. Es sei immer so, sagt das Mädchen neben mir, jede Nacht spielten sie. Sie heißt Alice. Sie ist so alt wie ich. Jeder singe ein Lied aus seiner Heimat. Auch von mir werde ein Lied erwartet. Und wer nicht singen mag, der erzählt statt dessen eine Geschichte. Irgend etwas, das du erlebt hast, sagt Alice, die große dunkle Augen mit buschigen Brauen hat, und am nächsten Abend würden die, die heute gesungen haben, eine Geschichte erzählen, und die heute erzählt haben, würden singen. Erzähle, sagt sie, erzähle. Was immer du willst. Und mit Blick in die Augen rundum, in denen sich die Flammen spiegeln, höre ich den Wörtern zu, die ich zu Fremden spreche, aber wer fremd ist und wer nah, scheint ab jetzt anders entschieden zu werden. Euch Fremden kann ich alles erzählen, euch, die ich noch nicht einmal im Tageslicht richtig gesehen habe. Ihr seid Erscheinungen der Nacht, so wie ich und wie alles, was ich erzählen könnte. Erscheinungen.

So now I will tell you the story of Ganto, sage ich, la histoire de Ganto, la historia de Ganto, Gantos Geschichte. In ihren aufmerksamen Gesichtern leuchtet der warme Schein des Feuers. Ich erzähle ihnen die Geschichte eines Jungen, der durch Gläubigkeit zum Glauben fand und durch Gläubigkeit den Glauben verlor, aber nie seine Gläubigkeit selbst, denn seitdem glaubt er ans Nichtglauben. Das erzähle ich, und jemand sagt: Wir wollen eine Geschichte, Marie, keine Theorien, und ich sage leise: Aber mehr weiß ich nicht über ihn. Mehr habe ich nicht. Und woher kennst du ihn, wer ist er? Erzähl uns davon. Ich blicke scheu durch die Gesichter, die um mich herumsitzen mit einer Geduld, die ich nie erwartet hätte, als kennten sie keine Zeit und keine Fehler. Sie wollen also wissen, was ich mit diesem Jungen zu tun habe, und ich sage: Da gab es mich noch nicht, da war ich noch nicht geboren, als dieser Junge mit anderen halben Kindern noch im Wald tanzte, die Ekstase für einen Beweis hielt, daß die Sache schon stimmte, geradewegs von Gott für sie gewollt, denn was sich gut anfühlt, kann nicht schlecht sein, so die menschliche Logik, nicht wahr, immer wollen wir gute Gefühle, und vielleicht erklärt das meine Blindheit diesem Ganto gegenüber, sage ich, und jetzt kommen wir der eigentlichen Geschichte näher, und ich sehe meine Zuhörer ermunternd lächeln, es sind auch Dunkle unter ihnen sowie eine sehr hellhäutige Frau, in deren Schoß ein nacktes Kind schläft. Auch Hendrik ist hier, er blickt ins leise prasselnde Feuer; welche Geschichte er wohl erzählt hat? Oder hat er bislang nur gesungen? Wir haben Zeit, sagt Maurice, es ist für jeden genug Zeit, und Aidan lächelt mich an, ich sehe ihn sagen, ohne daß er die Lippen bewegt oder ein Laut hervorkäme: Freedom Forest, that's your place Mary! Ja, sage ich, dann werde ich nun von Ganto und mir erzählen, wenn euch das interessiert, und Maurice sagt: Nicht weil es uns interessiert, sondern weil es dich interessiert. Es ist deine Stunde, Marie.

21

Verlöschendes Feuer. Lächelnde Blicke, wenn sie aufstehen, sich den Staub von der Kleidung klopfen und in die Dunkelheit verschwinden. Vielleicht habe ich zu viel geredet. Aber wenn man mir sagt, es ist deine Stunde, Marie, können daraus schon mal gerne zwei oder drei werden. Es waren zwei, erfahre ich von Aidan, you talked for almost two hours, you must be tired, und er schüttet ein paar Cashews aus seiner Hand in meine.

Dabei habe ich noch gar nicht ganz zu Ende erzählt. Geht auch nicht, denn Maurice nutzt meine Pause, mir vom Wasser zu berichten, wie es abgezählt wird in Kannen, jeder zum Waschen täglich drei, sei sparsam, ja, sage ich und fühle doch bereits jetzt genug Staub auf der Haut. Wir drehen das Rad der Zeit zurück, sagt er, es ist wie *Systemwiederherstellung* auf dem Computer. Wir geben den Menschen das Land zurück in dem Zustand, in dem man es von ihnen gestohlen hat einst. Gut, sage ich, sehr gut, und überlege, ob ich nicht doch noch die letzte Episode zwischen Ganto und mir erzählen soll, die ich bislang auch vor mir selbst geheimhalte, weil sie mir peinlich ist. Und Gantos E-Mail, *wirst du es mir sagen,* zielt wahrscheinlich auf ebendieses Geständnis.

Daß ich Mist gebaut habe.

Mehrfach.

An jenem Abend vor meiner Abreise.

Als ich versuchte, den heiligen Kreis der Gantos zu erweitern, mich aufs Fahrrad schwang und dann, wie lächerlich, von Ganto mit dem Auto zurückfahren ließ, kein Sterbenswörtchen vom Fahrrad auf der Straßenseite gegenüber. Ich hatte eine Stunde lang in der Kälte und Dämmerung vor ihrem Haus gestanden, einem dreistöckigen Altbau mit Garten rundum, und mir vorzustellen versucht, wie die Frau sich darin austobt, zumindest im Sommer, nicht wenn wie jetzt der Frost die Grasspitzen steif macht wie Brustwarzen (was für Vergleiche mir mal wieder einfallen!) und Rauhreif das Ziegeldach im Laternenlicht glitzern läßt. Ein Haus mit Platz genug für Kinder. Und doch gab es auch mich. Die Geliebte, die reinen Tisch machen will, mit dem leichten Schönheitsfehler, nie die Geliebte gewesen zu sein. Ich würde also reinen Tisch machen wollen, um die Geliebte zu werden. War es tatsächlich so? Und war das meine Frage? Im Grunde wußte ich nicht, warum ich dort stand und die gelb erleuchteten Vorhänge in den Fenstern beobachtete, in denen ich Schattenrisse der Gantos auszumachen meinte, vielleicht auch die der Fußbodenlieferanten, ihr Wagen auf der anderen Straßenseite meine Deckung. Und als die Frau am Fenster erschien und ein Tuch ausschlug in die Rhododendronbüsche, spürte ich plötzlich eine Verbundenheit, die fast so tief ging wie die zu Ganto, denn sie und ich haben etwas gemeinsam, Ganto, wir haben das gleiche Problem, nur weiß sie es nicht, und das erregte mein Mitgefühl. Fast hätte ich da wieder abziehen können, mein Fahrrad nehmen und nach Hause. Aber als im nächsten Moment die Handwerker aus dem Haus kamen und mir mein Versteck wegfuhren, ging ich hinüber.

Die Frau öffnete und schaute mich an. Freundlich und nichtsahnend, was mich ein wenig ärgerte. Ihre Jeans hatten

Farbflecke, und unter dem engen T-Shirt wölbte sich ein Schwangerenbauch. Es stimmte also. Heizungswärme und der Geruch von Chemie und Holz strömten mir entgegen, das kam vom neuen Fußboden, unserem übrigens sehr ähnlich, das hätte Ganto mir ja ruhig anvertrauen können. Und da tauchte er im Flur auf, aus dem ansonsten alles verschwunden war, die Wände weiß und wohl frisch gestrichen. Sein Blick schnitt in mich hinein, während ich den Boden lobte und dann die Ausrede für meinen Besuch hochhielt, seine Doktorarbeit, mit den Worten, ich würde sie leider nicht mitnehmen können, ich hätte sonst Übergepäck. Ich gab das Buch der Frau. Fast im selben Moment stand Ganto schon hinter ihr, seine Hand auf ihrer Schulter, mit der anderen nahm er es ihr weg wie ein Corpus delicti. Das war es wohl auch. Aber das wußte ich da noch nicht.

Ja, schade, aber wie du meinst, lächelte er ernst.

Und ich wollte auch noch mal mit dir sprechen, murmelte ich.

Haben wir nicht schon genug gesprochen?

Die Frau sah ihn erstaunt an, sein Ton war wirklich schroff, und ich machte eine auftaktige Handbewegung zur Frau hin, ich wollte ja auch mit ihr reden, ich wollte sie kennenlernen, und sie sollte mich kennenlernen. Vielleicht ihr erzählen, wie prächtig Ganto und ich uns verstehen und wie sehr er mir hilft, meine Wahrheit zu finden, indem er mir ein abschreckendes Beispiel ist und ich ihn aber trotzdem liebe, denn, so sagt mein Vater, man liebt den anderen seiner Fehler wegen. Und da sagte Ganto: Ich fahr sie schnell nach Hause.

Auch Ganto trug uralte Jeans. Darüber ein farbloses Sweatshirt, dessen Bund ausgeleiert war. Er verschwand mit dem

Buch in eins der Zimmer und kam dann mit einer passend verschlissenen Jacke zurück, die er auf dem Weg durch den Vorgarten überzog. Alles an ihm war hektisch, er schien nicht mehr reden zu wollen, mich nur schnell wie Altpapier wegfahren und dann wieder in die Behaglichkeit seines neuen Zuhauses sinken.

Im Auto begann ich trotzdem, meine Beschwerden und jüngsten Einsichten einzureichen: Daß er mir überhaupt nicht habe helfen können, weil, das sei mir jetzt endgültig klargeworden, er Maßstäbe auf mich anwende, die völlig extern seien und nicht aus meiner individuellen Wirklichkeit abgeleitet; das klang vorbereitet, was es auch war, aber das änderte ja nichts an der Richtigkeit. Ganto schwieg. Auch als wir vor unserem Gartentor hielten, sagte er nichts, und so redete ich beim Aussteigen einfach weiter und schien ihn damit wie ein Magnet aus dem Auto zu ziehen. Ein einsamer Jogger mit aufgenähten Lichtreflexen lief uns in den Weg, fast stolperten Ganto und ich übereinander, doch es rang keinem von uns ein Lächeln ab. Schon wieder dieses Haus, schon wieder also dieses Zimmer, schien er zu denken, und auch mir war, als würde mit jeder Wiederholung eine immer genauere Annäherung an etwas gesucht, wie im Sport, wenn wir dreißig Mal hintereinander Körbewerfen üben müssen, damit es irgendwann kein Zufall mehr ist, ob man trifft oder nicht, und dazu die Stimme des Lehrers, die mir befiehlt, verlasse das Feld nicht, solange du spielst, habe eine Mannschaft und habe einen Gegner, auch wenn dir nicht danach ist, weil du nicht einmal weißt, wer du selber bist (das letzte ist von mir). Und während wir im Dunkeln den Weg über die Steinplatten suchten, erklärte ich Ganto, er habe ja mitunter vielleicht recht mit seiner Morgenstadtkritik, aber er habe mir eben nie etwas Besseres angeboten.

Wir kamen mir dabei vor wie zwei Einbrecher auf einem fremden Grundstück. Die Tür, vor der wir schließlich standen, schien wie durch ein Wunder ein Schloß passend zu meinem Schlüssel zu haben.

Und nun sei der Koffer gepackt, sagte ich und zeigte auf das schwarze Ungetüm neben dem Bett, sah Ganto an und wußte plötzlich mit diesem großen Mann, der beharrlich schwieg, in meinem kleinen Zimmer nichts mehr anzufangen.

Ich konnte weiter Marie spielen, ihm mit Reden und Vorwürfen kommen. Würdest du nicht deinen Billig-Existentialismus auf mich anwenden, versuchte ich es, dich einmal einlassen auf ein wirkliches Gespräch, auf wirklich nackte leere Wirklichkeit mit mir!

Es hatte mein Übergang werden sollen zum sensiblen Thema des Handgelenkgreifens, aber Ganto sah auf die Uhr, klar, die Frau und der Embryo riefen. Und dann sagte er endlich etwas.

Warum regst du dich eigentlich so auf? Du bist doch Bewußtsein, kann Bewußtsein sich so aufregen?

Er hatte mal wieder gar nichts begriffen.

Kam sich aber auch noch geistreich vor.

Und während ich überlegte, ob ich ihn belehren oder nur im stillen bedauern sollte, fuhr er fort: Ich find's halt schade. Dieses Aussteigertum ist doch gar nicht dein Stil. Nur weil dir hier alle Türen offenstehen, wählst du jene, durch die wir dir nicht folgen können, verkrümelst dich in dieses Reservat für Versager und setzt deinen Schulabschluß aufs Spiel. Ich dachte, du willst mal studieren? (Er nickte meinem Bücherregal zu.) Du hast beste Voraussetzungen, du könntest hier so viel erreichen!

So wie du? fragte ich und hatte plötzlich seine Aufmerksamkeit wie nie zuvor.

Nur deshalb machte ich weiter.

Was hast du denn eigentlich erreicht? Was bist denn du, ein Angestellter? Mit einem siebenseitigen Artikel und einer Doktorarbeit, die niemanden interessiert? Nicht einmal meinen Vater, gerade eine Seite hat er gestern abend geschafft, dann hat er's mir zurückgegeben und gesagt: Er muß ziemlich gut reden können, denn schreiben kann er überhaupt nicht.

Als ich merkte, was ich da getan hatte, hockte Ganto bereits in sich zusammengesunken auf meinem Bett. Eben noch redenschwingend obenauf, jetzt den Kopf in die Hände gestützt. Wie leicht das war. Aber er hatte mich geärgert, und ich mußte ihm das doch wohl zeigen dürfen, indem ich ihn zurückärgerte. Und Ganto nahm die Hände aus seinem Gesicht und sagte:

Ich bin verwirrt.

Er sagte das allerdings sehr selbstgefällig und fern jeder Bitte um Beistand. Nur das war verwirrend, und wie er dabei auf meinem Bett saß, als wäre es seins.

Du klingst aber nicht so, sagte ich.

Er zuckte die Schultern. Und lehnte sich plötzlich zurück, seine Jacke schwamm um ihn herum wie von Wasser getragen, die eine Hand bedeckte seine Augen. Es sah aus, als gäbe er sich geschlagen. Vielleicht, weil man bei mir, wie meine Mutter meint, kein Bein auf die Erde bekommt. Oder es war doch nur ein K.o. von den Fußbodenaktionen des Tages. Dritte Möglichkeit: Wie er da lag, ausgestreckt auf dem schmalen Bett, setzte er tatsächlich auf meine Phantasie. Wie still es im Zimmer plötzlich war, nur der Wind, der draußen vor der Tür durch den Abend wehte und mit dem trockenen Laub raschelte; es ist doch nur ein Atem, der auf den anderen folgt, dachte ich, mehr sind wir nicht. Ich stand vor ihm und war hilflos wie nie. War er eingeschlafen? Vermutlich mußte als Gastgeberin nun ich mit Ideen herausrücken. Ich tippte vorsichtig an seine Schulter, das schien unverfänglich, er zog die Hand von den Augen und wirkte wie ein Computerbildschirm, dessen Programm wieder auftaucht, nachdem man eine Taste berührt hat. Ich fragte, gibt es einen Grund für deine Verwirrung, und er antwortete: Worüber man nicht sprechen kann, darüber muß man schweigen.

Worüber man nicht sprechen kann, davon schweigt man sowieso! wandelte ich das Wittgensteinzitat ab, und er schüttelte den Kopf, dann nuschelte er etwas von Umbrüchen in seinem Leben, allmählich den Halt verlieren, nannte aber noch immer keine Gründe, und ich gab zu bedenken, es sei doch normal und wünschenswert, den Halt zu verlieren, ich verlöre den Halt ja andauernd, und seitdem ich mir meines Bewußtseins immer bewußter würde, verlöre ich den Halt geradezu zielgerichtet und systematisch, weil meine Identität nicht mehr fest sei, sondern fließend und offen, so wie das Bewußtsein selbst, undefinierbar, doch ständig da, und das sei sehr spannend übrigens, beendete ich meine Rede, zu der er die Mundwinkel herabzog, und ich überlegte, ob dieses Verächtliche sich darauf bezog, daß ich wieder in mein Bewußtseinsthema floh, statt ihn direkt zu fragen: Hat deine Verwirrung mit mir zu tun? Weil du nach meinem Handgelenk gegriffen hast und ich mich an deinen Hals geworfen? Immerhin hatte er gerade einen Anfang gemacht, den Anfang zu endlich einer Aussprache, und ich kam ihm mit meiner Hausfrauen-Esoterik, wie er das nennt, wobei er da schief gewickelt ist, es ist ja alles viel grundlegender, klassisch geradezu, Goethe geradezu, denn wenn ihr's nicht fühlt, ihr werdet's nicht erjagen!

Ich wich einen Schritt zurück, zu besorgt, seine Verwirrung, die da wie ein kostbarer Besitz zwischen seinen Lippen klemmte, könnte nicht mit mir zu tun haben, auch wenn ich ihm zutraue, lediglich nicht zugeben zu können, daß ein Mädchen, dessen metaphysische Verwirrung er doch beheben soll, umgekehrt ihn in Verwirrung stürzt. Aus vormetaphysischen Gründen vielleicht. Ich hatte Angst, ihn zur Rede zu stellen, auch wenn der Gründer sagt, Angst sei stets schlimmer als das, wovor die Angst Angst hat. Aber wenn eintritt, wovor die Angst Angst hat, kann alles noch schlimmer werden, wenn also Ganto beispielsweise gesagt hätte: Nein, Marie, du hast nichts damit zu tun.

Dann wäre ich jetzt völlig allein.

Und vielleicht auch völlig umsonst hier.

Denn es hätte keinen Sinn, für ihn weiterhin auf die Suche zu gehen nach etwas, das seine Verwirrung lindern könnte. Wie zum Beispiel Freedom Forest, das ich ihm in schönen Farben zu schildern wüßte, die unsensiblen Teilnehmer unterschlagend. Wie wunderbar dieses reduzierte Leben hier, wir direkt zwischen Himmel und Erde, und wie wir immer leichter und sorgloser werden, indem wir selbstlos für andere schuften, so stelle ich es mir jedenfalls vor. Und da beginnt jemand zu singen, jemand mit Ring in der Augenbraue und, wie jetzt sichtbar wird, silbernem Kügelchen auf der Zunge, ein heller, zarter Tenor, imagine there's no heaven, die anderen singen sofort mit, nothing to live or die for, nur ich nicht, und wahrscheinlich würde auch Ganto nicht mitsingen, genausowenig wie Hendrik, der sogar seine Hände den anderen verweigert und statt dessen mit einem Stock in den glühenden Holzscheiten rumbohrt. Aidans Hand kenne ich bereits, die in meiner rechten dagegen fühlt sich rauh an und feucht, von dieser Alice, die wohl schon zu viele Bäume damit hochklettern mußte und Erdlöcher für Setzlinge buddeln. Und jetzt sehe ich: Eine Schlange wurde an ihrem Unterarm hochtätowiert. Ich würde mich nie trauen, derartige Endgültigkeiten zu stiften, ich lasse mir lieber so viele Türen offen wie möglich, in jeder Hinsicht; mir fehlt, wie Hamlet, die Tat. Ihr nicht. Soll ich ihr das zuflüstern, als Kompliment? Doch sie ist so ganz ins Singen vertieft. Und von beiden Seiten strömt nun ein Friede zu mir, der mich verlegen macht, weil ich den Friedensfluß eher stoppe, da ich ja diese vielen Gedanken rumballern hab im Kopf. Vielleicht ist jetzt Überwindung gefragt, und ich gebe mir einen Ruck und singe mit. Denn die Leute hier sind anständig, sie trinken nicht und beachten die Hausordnung, sind mir, bis auf Maurice, nicht ins Wort gefallen, auch wenn deutlich wurde, daß dieser Ganto-Reigen zu nichts führt, weder für sie noch für mich; geradezu eine Kolonie von Heiligen. Sie können mir so wenig folgen, daß sie nicht einmal merken, daß sie mir nicht folgen können. Sie sind nicht dumm, sie wirken lediglich so, und das liegt an mir. In meinem Kopf gibt es diese Abteilung, vor der auch Ganto die Prüfung leider nicht bestanden hat. Sie denken sicher, ich sei nett, vielleicht nur ein wenig kompliziert, aber das stimmt nicht. Denn ich hätte jetzt gerne einen Kaffee mit Milch, auch wenn die Kühe dann leiden. Und Hendrik stochert immer brutaler in den Holzscheiten, die dennoch sanft, die Glut so weise wie Jesus, auseinanderklappen. Funken fliegen auf und landen auf meiner Hose, eigentlich ja Hendriks Hose, und darum sage ich nichts, der Junge hat es zur Zeit sowieso nicht leicht, und das war es wohl nie für ihn hier. Und auch für Ganto war es nicht leicht. Denn er sagte plötzlich etwas, das ich kaum verstand, er brachte es kaum über die Lippen. Und anschließend mußte ich es zurückspulen und lange betrachten wie undeutlich geschriebene

Schrift. Es klang nach einer Frage. Es beinhaltete etwas von Buchrückgabe und Widmung und ob wohl doch zu aufdringlich vielleicht.

Ach, das war doch okay, nuschelte ich zurück.

Der zweite Fehler an diesem Abend.

Denn ich hatte keine Widmung gesehen. Nur flüchtig durch die Seiten geblättert, ich hatte nicht geahnt, daß da eine Widmung drinstehen könnte, mir war ja nicht einmal klar gewesen, daß Ganto mir das Buch hatte schenken wollen, so beiläufig, wie er es mir im Auto zugeschoben hatte. So wenig traue ich ihm also zu.

Vielleicht ein bißchen, murmelte ich nun. Denn die Buchrückgabe hatte nur Sinn, wenn man ihr diesen unschönen Sinn anhängte, nämlich als entschiedene Zurückweisung jener Widmung, die ich jedoch, je aufdringlicher sie war, desto weniger in Wahrheit zurückgewiesen hätte, insofern verstrickte ich mich zusehends in unübersehbare Schiefheiten. Und Ganto merkte es. Vielleicht hoffte ich es auch nur. Wobei ich nicht wußte, welche der Lügen er durchschauen sollte; die eine, daß ich die Widmung gesehen hatte, oder die andere, daß sie mir, hach ja, durchaus ein bißchen zu aufdringlich gewesen war.

Er kann ja gar nicht aufdringlich genug werden, wenn man mich fragt.

Und auf unser bedrücktes Schweigen hin sagte er: Ich muß jetzt nach Hause. Meine Frau neigt zur Eifersucht.

Sein Augenzwinkern dabei.

Völlig daneben.

Und sowieso, wer wüßte nicht, daß Ironie bloß der Sicherheitsboden ist, auf dem sich gefahrlos die Wahrheit sagen läßt. Dann mal los, sagte ich streng. Und er stand auf und ging mit eingezogenem Bauch an mir vorbei, als hätte ich wieder einmal

Lepra. Aber in der Tür drehte er sich um. Kälte strömte mir entgegen, ich verschränkte die Arme und rieb meine Ellenbogen; vielleicht hat Ganto mich deshalb nicht mehr umarmt; ich war ja durch mich selbst versorgt (der dritte Fehler an jenem Abend!). Er sah zum Boden, der Herbstwind schob ihm Laub auf die Schuhspitzen, dann sah er mich an und sagte: Leb wohl, Marie. Ich schloß die Tür und starrte auf seinen Körperabdruck auf meinem Bett. Ich hörte den Motor starten und wie sich das Geräusch allmählich entfernte und dann einfädelte in das leise Grundrauschen der Stadt. Und als käme er zurück, höre ich nun Motorengeräusche näher kommen, ja, wir alle verstummen und heben den Blick zu dem, was da aus der Dunkelheit des Waldes anrückt, heulend und schimpfend vor Krach.

Sie halten direkt auf uns zu, die Scheinwerfer erwischen uns im Gesicht, in den Augen, erhebet die Herzen, wir haben sie beim Herrn, ich fürchte mich, und auch die anderen: Sie springen auf und vergessen sogar, den Staub abzuklopfen, und Hendrik duckt sich wie vor Ohrfeigen aus der Dunkelheit, duckt sich und gleitet langsam weg und den Pfad entlang, wahrscheinlich zum See, ich weiß, er ahnt Unheil, sein Versteck fliegt jetzt auf, das ist mir recht übrigens, und da stehen vier Männer mit Schutzhelmen und der stumpfen Selbstsicherheit derer, die Grenzen von Berufs wegen zu verletzen gewohnt sind (so wie Teufelsaustreiber). Denn niemand darf hier einfach so auf diese geschützte Wiese fahren, murmle ich, schon gar nicht kurz vor Mitternacht, wenn die Blümelein längst schlafen und wir die letzten Liedchen anstimmen.

Ich glaube, Aidans Zigarette wirkt noch immer ein wenig.

Wirkt noch immer, und die vier Männer nehmen ihre Helme ab, leuchten mit Taschenlampen in unser Entsetzen, könnt ihr die ausstellen bitte, sagt Maurice, wir suchen wen, sagt Toskim. Er ist schon weg, sage ich. Wer, fragt Maurice und sieht mich zum ersten Mal an wie jemanden, den man vielleicht doch ernst nehmen könnte, zwar bestimmt unfähig, auf Bäume zu klettern, wenn die Kettensägen anrücken, womit er recht haben könnte, aber irgendwie scheint das Mädchen eingeweiht in was Wichtiges, und Toskim drängt sich zwischen uns: Wo ist er?

Ich lächle, merke dann aber doch das unangenehme Konfliktpotential der Lage, denn wenn ich Hendrik verpfeife und sie ihn nicht gleich einsammeln, was macht Hendrik dann mit mir? Nehmt ihr ihn bitte sofort mit, ja? frage ich, und Maurice schubst Toskim beiseite, um wieder direkt vor mir stehen zu können, der plötzlich interessantesten Person des Abends. Wer? fragt er, von wem redet ihr? Und Toskim schnaubt: Der Junge, der den Einbrecher erwischt hat, den suchen wir, und seine Stimme klingt wie: Ihr lebt hier wohl hinterm Mond, aber das könnt ihr euch jetzt nicht mehr leisten!

Hendrik, sage ich. Und zeige zu der Stelle am Waldrand, wo ich ihn abtauchen sah.

Die Strahlen der Taschenlampen tänzeln davon, Toskim, seinen drei Gehilfen nachschauend, sagt ernst, es sei ernst, und Aidan zündet sich eine seiner speziellen Zigaretten an, scheint die Stunde des Regelbruchs, Motorräder in Freedom Forest, mit einem weiteren überschaubarer machen zu wollen, oder aber er bangt nun wirklich um unser aller Zukunft und muß sich beruhigen, unsere Zukunft, von der Toskim nun spricht, und er redet von fliegenden Steinen und Blicken voller Haß. Wir haben Angst, daß sie unser Trinkwasser vergiften. Hört ihr? Dann ist hier auch Schluß mit lustig.

Aidan sieht mich intensiv und scheinbar ohne Zeitgefühl an, sein Grasatem transportiert die Worte: I told you, Mary, didn't I, they will kick the shit out of us, sein Blick gewissenhaft und seine zitternde Hand am Mund. Wir brauchen Hendrik jetzt, sagt Toskim. Was hat denn Hendrik damit zu tun? frage ich. Marie, er ist der Auslöser. Und während ich nach der Logik suche, die seine selbstsichere Stimme verspricht, hebt er die Hand, um sie auf meine Schulter zu legen, blitzschnell weiche ich aus, so daß sie zu einem nutzlosen Gegenstand in der Luft erstarrt; was bildet der sich ein, ich kenne ihn doch gar nicht. Nur auf seinem Motorrad gesessen und ihm beim Essen und Reden zugesehen. Es ist bloß eine Frage der Zeit, fährt Toskim fort, auch die Einheimischen werden eines Tages einsehen, daß wir ihnen Frieden und Wohlstand bringen.

Die Runde schweigt, man hört nur das Feuer hinter unseren Rücken prasseln. Aus dem Wald dringen plötzlich spitze, hohe Schreie, die mir das Blut gefrieren lassen, die Schreie eines Irren, Hysterikers, eines Verwirrten, also Hendriks Schreie. Sie haben ihn. Und Toskim erklärt: Wenn Hendrik sich bei den Einheimischen entschuldigen würde, wären wir einen großen Schritt weiter, sie legen Wert auf Symbolisches, versteht ihr? Es wird ihm schon kein Zacken aus der Krone brechen. Es geht hier ja nicht um einen Einzelnen, es geht ums Ganze, und jeder steht fürs Ganze, pars pro toto (er kann Latein), wir sind verantwortlich für unsere Ahnen, für die Generationen von Besatzern und Ausbeutern, wir stehen für alle, und wir haben Schuld für alle. Er blickt zu Maurice, doch der schaut an ihm vorbei, wir alle schauen inzwischen an ihm vorbei und zum Schauspiel hinter seinem Rücken: Hendrik, den sie an beiden Armen über die Wiese zerren, die Taschenlampen nun an ihren Gürteln befestigt, wirre Lichtschienen herumschleudernd. Nein, Angst ist nicht schlimmer als das, wovor die Angst Angst hat, ich sehe es an Hendriks Gesicht, das jeden Ausdruck verloren hat.

Macht einen Kreis, herrscht Toskim uns an, aber niemand macht einen Kreis, wir stehen ungeordnet in der Gegend herum. Auf ein Zeichen von Toskim lassen sie ihn los, und er taumelt auf uns zu; wir treten einen Schritt zurück, plötzlich nicht ganz sicher, ob er uns gefährlich werden könnte. Er tut mir leid. Ich habe ihn verpfiffen. Wenn man unbedingt einen Schuldigen will, sage ich, dann wäre das wohl eher derjenige, der diesen Tschak oder Jacques aus verkehrtem Mitleid nicht zur Polizei, sondern in sein Dorf zurückgebracht hat, wo er sich aus Schande dann umbringen mußte, so wenig also kennt ihr euch mit den Einheimischen und ihren Sitten aus, und da ruft Toskim, vielmehr brüllt es: Wir kennen ihre Sitten sehr gut, aber es wird Zeit, daß sie auch unsere Sitten kennenlernen! Man bricht nicht einfach in Häuser ein und nimmt sich, was einem nicht gehört. Genau, brülle ich zurück, und warum sollte Hendrik sich dann entschuldigen? Er schaut mich verwirrt an, klar, ich habe ihn erwischt und mache weiter: Und hätte er diesen Jacques einfach alles mitnehmen lassen sollen, vielleicht noch behilflich sein, hier, vergiß nicht die DVDs und vielleicht noch unseren elektrischen Milchschäumer, ich helf dir tragen? Ich sehe Hendrik überrascht lächeln, ich bleibe aber ernst und versuche, mich auf die Eingebungen zu konzentrieren, die da kommen: Dieser Junge hat außerdem nichts, aber auch gar nichts mit den Verbrechen irgendwelcher Kolonialmächte vor hundert Jahren zu tun, selbst wenn er von ihnen direkt abstammen sollte, und seine Eltern, die ich nicht kenne, sind sicher nette Holländer, die hier Tulpen ohne Pestizide pflanzen wollten und sich an der Einheit der Menschen das

Herz erwärmen, und rausgekommen ist Hendrik, der, ich gebe zu, ein wenig schwierig ist und vor allem Abstand zur Einheit sucht, die ja auch gar keine ist, solange ihr die Villen nicht teilt, da könnt ihr den Einheimischenkindern noch so viel Nachhilfe in Phantasiereisen geben.

Würde jemand dieses Mädchen mal bremsen, sagt Toskim, und ich rufe: Du kannst mich mal, und spucke auf den Boden. Und nun habe ich ein Problem, denn eigentlich müßte ich mich jetzt umdrehen und weggehen, aber dann erfahre ich ja nicht mehr, wie es mit Hendrik weitergeht. Und zum Glück legt Aidan rechtzeitig seinen Arm um meine Schultern, baby, you are great, you really got it, I knew you're a great soul, you want truth and nothing but truth, und er bietet mir seinen Joint an, den ich glatt akzeptiere und aus dem ich, Toskim ansehend, einen tiefen Zug nehme. Sofort wird alles weich, herrlich, ich könnte mich daran gewöhnen, vielleicht sollte ich schnell einlenken und sagen, daß das alles gar nicht so gemeint war, ich durchaus auch gerne hier bin. Und da merke ich, daß Toskim mit Hendrik und seinen Gehilfen ein paar Schritte in die Dunkelheit hinein gegangen ist, er hat sogar den Arm um Hendriks Schulter gelegt, sich Aidans Geste abgeschaut, Junge, wir brauchen dich nun, höre ich ihn raunen, du kannst jetzt unter Beweis stellen, was du hier in Morgenstadt hast lernen können, den Sprung über dich hinaus, das Opfer, es ist deine Stunde. (Seine Stunde. Dabei war es doch meine bis jetzt.) Aidan drückt mich fest an sich, ich halte das immer besser aus, das mit der Körperlichkeit und wie er da nun meinen Kopf streichelt und sogar ein bißchen meine Brüste und sagt: Es ist alles nicht so wichtig. Hauptsache, es geht dir wieder besser.

Ging es mir denn schlecht? Ich weiß es nicht. Auch nicht, nachdem sie Hendrik kleingekriegt haben, ihn zu den Motorrädern scheuchen und Toskim mir im Vorbeigehen zuruft: Das Vorstellungsgespräch kannst du dir übrigens schenken, Marie. Du bist nicht wirklich offen für diesen Ort, das spürt man. Ist ja nicht schlimm. Ciao.

Vielleicht kommt das vom Rauchen, ich weiß nichts zu sagen. Aber wenn jemand wie Toskim mir den Laufpaß gibt, muß das wohl ein Sieg sein; ich habe mich also bewährt, indem ich abgelehnt wurde. So könnte ich es Ganto erklären. Denn ich muß ihm ja wohl etwas erklären; die Reise hat soeben erst begonnen, und schon soll sie zu Ende sein? Oder bin ich noch zu Hause und träume? Aber ich spüre sehr gut Aidans Hände, die unter mein Hemd kriechen und dort herumwühlen, als suchte auch er den Unterschied von Wirklichkeit und Traum; oder sucht er eine Antwort, ein Mitmachen? Da kann er lange warten. Könnt ihr mich mit zurücknehmen? Habt ihr noch einen Platz frei? (Denn was soll ich hier noch? Ich baue mein Haus nicht auf Sand!) Meine klare Stimme, mein klarer Wille schneiden befreiend durch den Schlamm aus Geflüster, Erstarrung und Getaste, denn niemand weiß gerade, wie es weitergeht, was sie von Toskim und was von Hendrik halten sollen oder von mir. Aber nein, sie stehen auf meiner Seite, denn Alice, als Toskim ruft, du kannst bei mir hintendrauf (ausgerechnet!), steht in Umarmungsbereitschaft vor mir, was mir gut paßt, denn so kann ich mich elegant von Aidans Zuneigung befreien und mich in ihre Arme begeben, in den Dunst aus ungewaschener Kleidung, Erde und Schweiß (drei Kannen Wasser am Tag reichen nicht). Adieu Marie. Schade, daß du nicht bleiben kannst. Deine Geschichte war spannend. Ich wünsche dir viel Glück mit diesem Ganto, bitte paß auf dich auf. Und erzähle von Freedom Forest. Ja, sage ich, das werde ich tun, und als nächstes steht Maurice vor mir, der mir zwar unheimlich ist mit seinen Idealen, aber natürlich umarme ich auch den, immerhin hat er mir heute das Leben gerettet, und auch er sagt, paß auf dich auf, und damit reicht er mich an die anderen weiter, eine Umarmung nach der nächsten, so viel Herzlichkeit hätte ich gar nicht erwartet, stille Wasser, die aber tragen, wenn's drauf ankommt. Die Motoren starten, geben ungeduldig Gas ins Leere, nur um mich zu stressen, und dann verharre ich noch ein letztes Mal in Aidans Armen, tell them the truth, sweetheart, tell the world about this wonderful place. Okay-y, erwidere ich, und er schiebt mich über die Wiese zu den wartenden Männern, aber kurz vorher, in einer Lücke aus tiefer Dunkelheit, drückt er mich noch einmal fest an sich.

22

Ich könnte mit dem Fahrrad beginnen: Ich habe es bei euch vergessen, stell es doch bitte rein, ich hole es dann bei Gelegenheit ab. Ich würde jemanden mimen, der gehörig desillusioniert wurde und ab jetzt nur noch an Handfestem wie Fahrrädern interessiert ist. Er würde ein bißchen Mitleid mit mir bekommen und könnte sich vorwerfen, daß er zu wenig auf mich eingegangen ist, ich nun genauso langweilig bin wie er. Ich höre die Schritte meiner Mutter über mir, diesen rhapsodischen Wechsel aus Draufzu und Innehalten, ich spiele, das Telefon in der Hand, die einhundertunderste Version unseres Gesprächs durch, doch was sich bewährt, ist einzig der Einstieg, er hält sich an die Fakten: Hier ist Marie, ich bin zurück.

Ich betrachte die Stiefel, die sich glänzend vom Zimmerboden aufrichten, neue, braune Lederstiefel mit hohem Absatz, die meine Mutter mir besorgt hat, weil sie wußte, daß meine flachen blauen Schuhe nach der Rückkehr nicht mehr blau sein würden und nicht mehr Schuhe, nachdem sie von der roten Erde einer Insel durchgeküßt wurden, geschmirgelt von ihrem Staub, ihrem Sand, ihrem Wind.

Das ist ja verrückt, sagt er.

Kann sein, sage ich, und wir schweigen. Er wiederholt: Das ist ja verrückt, und ich lausche dem feinen elektrischen Sirren, das die Leitung in der länger werdenden Gesprächspause abgibt.

Marie?

Ich habe mein Fahrrad bei euch stehenlassen.

Dein Fahrrad, das weinrote? Das haben wir reingestellt, meine Frau hat dich damit gesehen. Wann holst du es ab?

Mal sehen, murmle ich, und denke: vielleicht gar nicht. Oder erst in einem halben Jahr. Damit man wenigstens ein bißchen verändert aussieht, durch natürliche Alterung, er soll nicht glauben, er habe dieselbe Marie vor sich wie eh und je. Moment bitte, sagt er, und Stimmen und Schritte tauchen im Hintergrund auf, dann ein Scheppern und Krachen, als würden schwere Möbel aus der Luft heraus fallen gelassen. Bist du noch da? meldet er sich atemlos zurück, und ich lasse ihn das zwei Mal fragen, bevor ich »ja« sage, denn dieses Ja ist viel grundsätzlicher als das, nach dem er gefragt hat. Er sagt nichts darauf. Vielleicht ist er überfordert. So aus dem Nichts heraus bin ich wieder da, ohne jede Vorwarnung. Aber wenn sich in der Zentralstelle unter seiner Durchwahl niemand meldet? Natürlich rufe ich ihn zu Hause an, ich gebe zu, nicht ohne Genugtuung. Und weil er noch immer nichts sagt, versuche ich nun ein köderndes Aber-es-ist-nicht-so-wie-du-jetzt-denkst. Und er macht sofort mit: Woher weißt du, was ich denke? (den Satz hat er von mir), und ich: Weil es immer so ist (den habe ich von ihm). Ein lauerndes Schweigen folgt. Merkt er, daß ich seine Worte spreche und er meine? Was merkt er überhaupt?

Wir haben heute abend übrigens eine Party, die Getränke werden gerade geliefert.

Eine Party, aber du tanzt doch gar nicht? Man kann ja auch andere Dinge tun, erwidert er gekränkt. Trinken, sage ich, zum Beispiel, sagt er, oder sich unterhalten, sage ich, richtig, ruft er aus, und allmählich wird auch das hier eine Unterhaltung; du hast dich gar nicht mehr gemeldet, was ist denn passiert, ich meine, uns allen war klar, daß du nicht für immer bleibst, aber zehn Tage nur?

Wollen wir das nicht lieber in der Zentralstelle besprechen? bremse ich ihn. Er schweigt. Irgend etwas stimmt nicht. Und ich weiß es eine Sekunde, bevor er es sagt.

Du bist da nicht mehr.

Stimmt. Ich bin da nicht mehr. Darum feiern wir heute auch.

Die Pause wird lang. Wir scheinen beide nicht sicher, was es für uns bedeutet, daß er nicht mehr in der Zentralstelle ist. Zumindest ich bin mir nicht sicher. Soll ich mich verlassen fühlen? Andererseits habe ich das, weswegen ich die Verlassenheitsbeschwerde einreichen könnte, gerade selber verlassen. Und die Symmetrie gefällt mir. Auf zwei verschiedenen Erdhälften hockend, haben wir beide die Gründe für zukünftiges Zusammenhocken aufgegeben, zwar führt es uns in entgegengesetzte Richtungen, denn wir laufen davon und auseinander, aber auch das ist schön, und vielleicht laufen wir uns ja doch entgegen, um die Erde herum?

Günther? sage ich zum ersten Mal, und Ganto, als sei dieser Name der Beginn von schweren Vorwürfen, sagt schnell: Ich habe ein Habilstipendium bekommen, ich gehe wieder an die Uni!

Glückwunsch, sage ich.

Und er: Willst du vielleicht zur Party kommen? Da können wir reden.

Das bezweifle ich. Ein Flur voller Menschen, voller Wissen, wie der Tanz geht und wie das Gespräch. Ich bleibe stumm nach dem Gruß. Die Frau schaut freundlich; stehen wir nah, schaue ich hoch. Da helfen auch die neuen Stiefel nichts. Die Frau und ihr Bauch und ich, wir schieben uns an den Leuten vorbei durch den Flur, der befallen wirkt, bestiegen, ein wehrlos nackter Flur, erschlagen und erobert von Menschen, die sich anlehnen, zulehnen und weglehnen; sie stehen hier, als hätten sie kein Zuhause, erst recht keine Tische, an denen sie sitzen und Briefe schreiben oder einen Sessel, in dem sie ein Buch lesen könnten, oder meinetwegen ein Gegenüber zum ruhigen Gespräch. Und als käme hier das Kind aus erster Ehe in den langen Flur gestapft, starrt man mich heimlich an; eigentlich gehörte es längst ins Bett, aber nein, es reckt den Hals und sucht. Sucht, nachdem die Frau schon wieder woanders ist. Sollte Ganto in dem Gewimmel plötzlich auftauchen, ich werde sofort den Kopf in eine andere Richtung wenden, denn mir scheint es besser, von ihm gefunden zu werden, am besten, indem er seine Hand auf meine Schulter legt und sagt: Wie schön, daß du hier bist. Sollen ruhig alle sehen, wie das ist, wenn Ganto erst hinter mir, dann vor mir steht, wie groß er dann ist, und wie klein es mich macht, und daß ich jemand bin, der eigentlich gerne aufschaut, sei es zu Ideen oder zu Gesichtern.

Günther holt noch Bier, wir haben nicht genug, neigt sich die Frau nun an mein Ohr, dann wird sie weggerissen von jemandem, der lauter spricht als ich. Ist schließlich eine Party. Da kann jedes Wort und jeder Blick jederzeit ins Leere sausen, so daß man ständig zum Neuhiersein gezwungen wird; durchaus auch mein Bestreben, das könnte ich Ganto gleich erzählen, als freundlichen Einstieg. Hast du Hunger? wendet sie sich nun wieder an mich und macht ein besorgtes Gesicht (als beziehe sie sich auf etwas anderes), ich sage: eigentlich nicht, doch das geht unter in lautem Gelächter. Die Frau zieht die

Augenbrauen hoch, die Hand dabei am Ohr, ich brülle: Ein bißchen! Und so drücken wir uns an allen vorbei zur Küche. Bier oder Wein? Ein Wasser! rufe ich und betrachte die wandernden Körper mit Essen vor der Brust. Katharina, sagt sie und reicht mir ein Glas, wir stoßen an. Ich schaue stumm auf die Rosen neben dem Braten, die in der Wärme, statt zu blühen, nach innen horchen zum Sterben mit schon hängenden Köpfen. Daneben Servietten, Teller und Brot, Salate und Soßen, Käse und Obst. Ich mag nicht essen. Außerdem, wie soll ich dann Ganto umarmen? Du bist blaß, versucht sie es wieder, war dort nicht ständig Sonne? Ich gehe nicht in die Sonne, sage ich. Und ich hatte ein Tuch, ein Tuch für den Kopf, und einen Vordermann als Windschutz. Er hieß Aidan. Aha, sagt sie und guckt interessiert, doch mehr habe ich nicht zu sagen. Ihr habt euch gut verstanden, ihr beiden? Ich betrachte ihren Mund, aus dem die Frage kam, bis ich sicher bin, daß sie Ganto meint und nicht Aidan, auch wenn nicht die leiseste Eifersucht mitschwingt. Ihr habt euch gut verstanden? wiederholt sie ihre Frage und neigt sich wieder herab zu mir, auch sie strengt das laute Reden an, ich bemerke ihren Atem und einen zarten Körpergeruch, milchig und weich, das also ist es, was Ganto täglich und nächtlich inhaliert. Ich trete einen Schritt zurück, als verletzten diese Wahrnehmungen die Spielregeln, geschieht hier doch etwas hinterrücks, ohne ihn, der sich mit dem Bier im Porsche wohl verfahren hat. Doch, sage ich, wir haben ja einiges gemeinsam, ich schaue hoch in ihre Augen. Er hat bis heute einen Hau weg, lacht sie, solche Partys machen wir ja fast aus therapeutischen Gründen, damit er sich daran gewöhnt, daß man auch ohne Jesus feiern darf, sie wirft einen schnellen Blick zur Tür.

Das darf man nicht! denke ich, aber ahne, die Frau findet

sich klug und mag keine Belehrung, da ist sie wie ich. Ohne Gott oder Jesus oder Bewußtsein geht gar nichts, ob hypermental oder normal, mir ist alles recht, solange es uns übersteigt, egal ob Stiefel oder Schuhe. Das werd ich nicht los.

Und sie sagt: Es war richtig, daß er gekündigt hat, mit sofortiger Wirkung. Er ist immer so mitfühlend mit seinen Klienten. Du hast dich sicher auch von ihm verstanden gefühlt, nicht wahr?

Das ist nicht fair, sie greift zu sehr vor, nimmt mir ja jeden Wind aus den Segeln, wobei zu den Segeln noch das Meer fehlt, denn Ganto, seine blauen Augen fehlen, in die hinein ich Sätze sprechen müßte, zu denen mir der Mut fehlt. Oder ist es vielleicht besser, alles unausgesprochen zu lassen und damit für immer möglich? Mir fällt das Glas hin, weil ein Mann mich angerempelt hat, besser: ein breites Bürohemd, das sich durch uns hindurchdrängt, geschäftig und zielstrebig, als müßte er da, wo die Spüle ist, Akten aus dem Nichts herausfischen, aber er stellt nur seinen leeren Teller ab, das Klirren hat er nicht bemerkt, so laut ist es hier. Ich trete zur Seite, die Frau holt den Lappen. Es ist in zwei Teile zersprungen, wir haben Glück, sagt sie kniend und wischt das Parkett, nach dem sie so lange gesucht haben. Ich denke an den lavaroten Lehmboden, der wie ein schlafendes Tier unter meinen nackten Füßen lag, und die Luft so warm, als käme sie aus einem Körper, als wäre alles um uns herum lebender Körper, die Bäume und die Hütten und der Lehm. So war es auf der Insel, so ist es wohl überall, wo es so warm ist, daß die Fenster offenstehen für das, was der Wind über die Welt trägt. Ich habe noch immer Staub unter den Nägeln. Eigentlich war es dort schön. Der Mann, es ist Mario, will auch auf seinem Rückweg durch uns hindurch. Hallo, sagt er fast schüchtern, hallo, sage auch ich. Ganze Arbeit geleistet, unser Günther, sagt er zur Frau und meint mich, er lallt ein bißchen. Wenn man vom Teufel spricht, sagt die Frau.

Er steht in der Tür. Die Blicke laufen ihm zu, weil das Licht anging, er will besser sehen, doch bestrahlt wird nur er. Da ist sie ja, die verlorene Tochter! Aber niemand weiß, wohin das Meer sich nun teilen soll, ich bin zu klein, man weicht aus im letzten Moment. Ich spüre seine Arme um mich, meine machen nicht mit, hängen herab, es ist nun mal so. Du hast dich kaum verändert, lacht er.

Dann laß ich euch mal allein, beweist die Frau Instinkt, ihr habt euch sicher viel zu erzählen.

Fang du an, sage ich.

Ruth Schweikert

Ohio

Roman

220 Seiten

ISBN 978-3-250-60051-0

MERIDIANE 51

Durban, Südafrika. Ein letzter Blick auf die schlafende Merete, bevor Andreas das Hotelzimmer verläßt, und wie beiläufig ist es da, das Ende ihrer gemeinsamen Geschichte. Einer Liebesgeschichte, die vor neun Jahren beinahe ebenso wortlos und selbstverständlich ihren Anfang genommen hat. Aber wie und womit hat es wirklich angefangen?

Die Antworten liegen verschwiegen in Familiengeschichten – jede einzelne von ihnen hat sich einmal wahr angefühlt. Und sie reichen weit zurück. Nach Celerina im Engadin, zum Beispiel, oder weiter, nach Ohio in Amerika, wo die Sehnsucht nach Glück ihren Ort haben muß, irgendwo zwischen den sich unendlich hinziehenden Maisfeldern und den modernsten Fabriken der Welt.

Ohio erzählt ein Liebes- und Familienepos auf kürzestem Raum; radikal, dicht und nah an der Schmerzstelle.

»Ich liebe diese glasscherbenscharfe Prosa der Ruth Schweikert.«

Gabriele von Arnim, Literaturclub

Navid Kermani

Kurzmitteilung

Roman

160 Seiten

ISBN 978-3-250-60104-3

MERIDIANE 104

Per SMS erfährt der knapp 40jährige Eventmanager Dariusch in seinem Rückzugsort Cadaqués vom Tod einer entfernten Bekannten. Naturgemäß ist er zunächst bestürzt über die so plötzliche wie abstrakte Konfrontation mit dem Tod. Aber da er die Frau nur flüchtig kennt, findet er zunächst keinen Grund, aus der Routine des Sommerabends auszubrechen. Sein Leben und das Leben als solches wird weitergehen, als wäre Maike Anfang nicht gewesen. Doch etwas sperrt sich in ihm dagegen, zur Tagesordnung überzugehen. Wieso stirbt Maike Anfang? Wieso stirbt jemand einfach so?

In der Schlaflosigkeit des frühen Morgens beschließt er, sich in den Zug zu setzen und zurückzukehren nach Köln. Er will die Umstände des Todes erfahren oder wenigstens bei der Beerdigung anwesend sein. Er will der Verstorbenen gedenken.

Kurzmitteilung ist die Geschichte einer Auflehnung gegen den Lauf der Dinge und zugleich ein höchst verstörender Kommentar zur Zeit. Ein Roman über die Alltäglichkeit des Todes und das Tödliche unseres Alltags.

»Nie hat man den Eindruck, Kermani ginge es um irgendeine Moral. Alles in diesem famosen Buch ist in der Schwebe. Ist Wahrheit und Lüge, Realität und Möglichkeit, todernst und verrückt.«

Mathias Schnitzler, Berliner Zeitung

Ammann Verlag

Katja Oskamp

Die Staubfängerin

Roman

224 Seiten

ISBN 978-3-250-60111-1

Meridiane 111

In einem schmuddligen Provinztheater verliebt sich die Regieassistentin Tanja Merz in den zwanzig Jahre älteren Dirigenten Edgar, einen charismatischen Holländer. Über Nacht verläßt sie das Theater und zieht in das Reihenhaus des Dirigenten ein.

Tanja wird schwanger. Schockiert von der Frühgeburt ihrer Tochter, nimmt sie den ärztlichen Rat, penibel auf Sauberkeit zu achten, todernst. Während Edgar von Orchester zu Orchester durch die Welt jettet und das Baby im Brutkasten um sein Leben ringt, fängt Tanja an, gegen den Schmutz zu kämpfen.

Endlich darf die junge Mutter das Kind ins keimfreie Haus holen. Auch Edgar kehrt heim. Die Familie ist komplett. Das Desaster nimmt seinen Lauf.

Aller Erwartung zum Trotz hat Katja Oskamps temporeicher und witzig erzählter Eheroman ein ziemlich scharfes Happy-End.

»Hier zeigt sich Katja Oskamps Fähigkeit der mehrfachen Motivierung des Details in einem Stil, der Humor und Beklemmung wie mühelos vereint. Ihr erster Roman liest sich gelegentlich wie ein Reflex auf Sartres *Der Ekel,* nur viel kurzweiliger.«

Friedmar Apel, Frankfurter Allgemeine Zeitung

Ammann Verlag